DONNA MARCHETTI

CARTAS DE
Amor e Ódio

TRADUÇÃO
Clarissa Growoski

COPYRIGHT © FARO EDITORIAL, 2024
HATE MAIL FIRST PUBLISHED IN GREAT BRITAIN IN EBOOK FORMAT
BY HARPERCOLLINS PUBLISHERS 2024
COPYRIGHT © DONNA MARCHETTI 2024

Todos os direitos reservados.
Nenhuma parte deste livro pode ser reproduzida sob quaisquer meios existentes sem autorização por escrito do editor.

Diretor editorial **PEDRO ALMEIDA**
Coordenação editorial **CARLA SACRATO**
Assistente editorial **LETÍCIA CANEVER**
Tradução **CLARISSA GROWOSKI**
Preparação **DANIELA TOLEDO**
Revisão **BARBARA PARENTE E THAÍS ENTRIEL**
Capa e diagramação **OSMANE GARCIA FILHO**
Imagem de capa **FARO EDITORIAL**

Dados Internacionais de Catalogação na Publicação (CIP)
Jéssica de Oliveira Molinari CRB-8/9852

Marchetti, Donna
  Cartas de amor e ódio / Donna Marchetti ; tradução de Clarissa Growoski. — São Paulo : Faro Editorial, 2024.
  288 p.

  ISBN 978-65-5957-615-9
  Título original: Hate Mail

  1. Ficção norte-americana I. Título II. Growoski, Clarissa

24-2171   CDD-813

Índice para catálogo sistemático:
1. Ficção norte-americana

1ª edição brasileira: 2024
Direitos de edição em língua portuguesa, para o Brasil, adquiridos por FARO EDITORIAL

Avenida Andrômeda, 885 — Sala 310
Alphaville — Barueri — SP — Brasil
CEP: 06473-000
www.faroeditorial.com.br

CARTAS DE
Amor e Ódio

CAPÍTULO UM
Mulheres bonitas recebem ameaças de morte

NAOMI

— Acho que é um novo recorde. É só a sua segunda semana no ar e você já recebeu carta de fã.

Anne chega de fininho, e quando ouço sua voz atrás de mim, giro na cadeira, assustada. Deve ser por causa dos sapatos dela. São tão silenciosos, mesmo em piso de cerâmica. Ela sorri e balança uma carta na mão.

— Não sabia que meteorologistas recebiam cartas de fãs. Será que devo me preocupar?

— As bonitas recebem — replica Anne, dando uma piscadinha. — Mas, como eu disse, duas semanas é um novo recorde. Tomara que o seu novo fã não acabe sendo um *stalker*.

Pego a carta da mão dela e viro o envelope branco e simples. Meu nome e o endereço do canal de notícias estão escritos à mão. Anne me observa sem se dar ao trabalho de disfarçar a expectativa. Deslizo o dedo sob a aba e a abro, rasgando o envelope ao meio.

— Use o abridor de cartas — diz Anne, parecendo irritada.

— Quem precisa de um abridor de cartas? Meus dedos servem.

— Você vai cortar o dedo com o papel.

Não me importo. Dou de ombros.

— Sempre abri cartas assim.

Enfio a mão dentro do envelope rasgado e puxo uma única folha de caderno dobrada. A carta foi escrita à mão. Curta, simples, direto ao ponto:

Querida Naomi,
 Tomara que você seja atingida por um raio e morra no meio da apresentação da próxima previsão do tempo ao vivo. Não seria irônico?
 — L

Não consigo me controlar e solto uma risada. Tento reprimi-la, mas agora que saiu, meu corpo chacoalha com as gargalhadas. Anne arranca a carta da minha mão para ver o que é tão engraçado. Eu a observo por entre lágrimas de risos, enquanto ela arregala os olhos e seu rosto fica vermelho.

— Meu Deus! — exclama ela. — Desculpa. Eu não sabia o que era. Eu não... Você tá bem? Por que tá rindo?

Respiro fundo para me acalmar e pego o envelope rasgado. Fico decepcionada quando vejo que não há endereço do remetente.

— De onde veio?

Anne balança a cabeça. É claro que ela está confusa com a minha reação.

— Chegou com a correspondência hoje de manhã. Sem endereço do remetente. Você sabe de quem é?

Faço que sim com a cabeça. Sinto um sorriso surgindo de fininho nos lábios.

— Faz dois anos que não tenho notícias dessa pessoa.

Minha resposta só deixa Anne ainda mais confusa.

— É uma piada? Ou tem um psicopata perseguindo você, e a gente deveria saber disso?

— É uma longa história. É meio complicado explicar.

Anne puxa a cadeira da mesa ao lado e se senta.

— Estou livre agora.

Eu me levanto, pegando minhas coisas. Já terminei o trabalho e esta não é uma conversa que quero que todos os meus colegas ouçam.

— Eu já estava de saída — digo. Anne fica decepcionada. — Vem tomar café comigo e eu te conto tudo.

***

Querido Luca,

Estou muito animada de ser sua nova amiga por correspondência. Minha professora disse que você mora na Califórnia. Nunca conheci ninguém que morasse na Califórnia. Isso é tão legal! Você vai para a praia todos os dias? Acho que é isso que eu faria se morasse aí. Você deve adorar morar aí.

Eu moro em Oklahoma. Sempre quis morar perto da praia para poder ir a hora que eu quisesse. Não tem muita coisa para fazer na minha cidade a não ser ir ao shopping ou ao rio, que não é tão legal quanto o mar.

O que você gosta de fazer na Califórnia? Você tem animais de estimação? Eu tenho um hamster, mas quero mesmo é ter um gato. Minha mãe diz que posso ter um gato quando for um pouco mais velha, mas ela está dizendo isso desde que me entendo por gente. Tenho dez anos agora e acho que tenho idade suficiente para cuidar de um gato. Ou de um furão. Se eu não puder ter um gato, então quero ter um furão. E você? Você gosta de furões?

Com amor,
Naomi Light

Eu estava na quinta série quando escrevi minha primeira carta para o Luca. Minha professora sorteou alguns nomes dentro de um chapéu e fez a gente escolher com quem ia se corresponder. Foi assim que acabei escrevendo uma carta para um menino chamado Luca Pichler, que morava na Califórnia. Estava empolgada em fazer amizade com alguém que morava em outro estado. Nunca tinha me correspondido com ninguém antes e não sabia como deveria terminar a carta. Minha mãe sempre me fez assinar todas as minhas cartas com "Com amor, Naomi", então foi assim que terminei essa. Só depois que escrevi que fiquei pensando se não era estranho escrever "amor" para um menino que eu não conhecia. Até então, eu só tinha escrito cartas para pessoas da família.

Era tarde demais para reescrever, e eu não queria rabiscar por cima e parecer desleixada. A sra. Goble estava andando por entre as mesas para recolher todas as cartas, então enfiei a minha no envelope e entreguei a ela.

A professora explicou que seriam enviadas pelo correio na manhã seguinte e que em alguns dias nossos amigos as receberiam. Então levaria mais alguns dias para termos notícias dos novos amigos da Califórnia.

Tivemos resposta das nossas cartas duas semanas depois. Fiquei muito animada de ter correspondência endereçada para mim que não fosse de alguém da família. Quando abri a carta, a primeira coisa que notei foi que a letra de Luca Pichler era horrorosa. Se ele tivesse pelo menos tentado caprichar um pouco, eu teria levado metade do tempo que levei para lê-la.

Querida Naomi,

Você parece muito chata. Minha mãe disse que Oklahoma é no meio do cinturão bíblico, e que por isso você provavelmente vai acabar grávida aos dezesseis anos. Além disso, furões fedem. Se você quer um animal de estimação de verdade, então tenha um cachorro, porque gatos são chatos. Pensando bem, talvez um gato seja perfeito para você, afinal de contas.

Tem tornados em Oklahoma?

Com amor,

Luca Pichler.

O fato de que tive que fazer um grande esforço para decifrar a letra dele tornou tudo ainda mais enfurecedor. Minha carta foi tão bacana e alegre, e ele respondeu... desse jeito? Senti meu queixo começar a tremer. Não iria deixar a sra. Goble me ver assim. Dobrei a carta e respirei fundo. Pisquei para me livrar da umidade que se formava em meus olhos. Então a desdobrei e reli. Ele também tinha usado "com amor" ao finalizar a carta. Será que foi a mãe dele que o ensinou ou ele estava apenas me copiando? Talvez ele tivesse colocado só para ser irônico depois de escrever uma carta tão odiosa. Será que meninos da quinta série na Califórnia eram capazes desse tipo de ironia de propósito? Duvido. Ele devia estar tirando sarro de mim, assim como no resto da carta.

Com cuidado, arranquei uma folha do caderno, peguei a caneta e escrevi a reposta.

Querido Luca,

Sua letra é horrorosa. Nem consegui entender o que escreveu. Parece que você disse que tem cinco gatos e que o que mais gosta de fazer nos fins de semana é limpar a caixa de areia deles. Achei meio esquisito. Você deveria parar de beber tanta água salgada. No fim das contas, talvez seja bom eu morar longe do mar.

E, sim, tem tornados aqui.

Com amor,

Naomi.

A carta seguinte dele foi mais fácil de entender. Ficou óbvio que ele fez com mais calma, se concentrando para que a letra ficasse melhor. Pareceu uma vitória, mesmo que essa carta tenha sido ainda mais maldosa do que a primeira.

Querida Naomi,
Escrevi esta carta mais devagar para que sua mente simplória de Oklahoma possa acompanhar. Sinto muito por seus pais serem irmãos. Ouvi dizer que o incesto pode causar muitas deficiências de nascença, o que explica por que você acabou ficando desse jeito.
Fiquei feliz em saber que há tornados em Oklahoma. Se tivermos sorte, um tornado vai destruir a sua casa e impedir que seus pais procriem mais pessoas como você.
Com amor,
Luca.

Fiquei furiosa quando recebi a segunda carta. Não conseguia entender como alguém podia ser tão malvado e nojento. Dobrei a carta e a enfiei na gaveta da minha carteira, jurando nunca mais escrever para ele de novo. Achei que talvez, da primeira vez, ele só tivesse tido um dia ruim, mas depois ficou claro que estava fazendo isso só porque era um ser humano horroroso.

* * *

— Mas você escreveu de novo pra ele, né? — pergunta Anne. — Você disse que faz dois anos que não tem notícias dele. Ele ficou todo esse tempo escrevendo pra você sem ter resposta?
— Eu respondi. Depois de um tempo.
— A sua professora viu as cartas dele?
Dou de ombros.
— Não. Ela sempre entregava as cartas com o envelope fechado. Acho que como ninguém nunca reclamou, ela supôs que nossos amigos estavam se comportando bem. Acabou sendo bom pra mim também, porque fiquei bem mais maldosa depois disso.
— Você ficou com raiva mesmo ou só fez isso pra ele reagir?
Fico em silêncio para pensar sobre o assunto.

— No começo, fiquei com raiva. Mas acho que, com o tempo, comecei a ficar ansiosa pelas cartas dele. Queria ver quão maldoso ele poderia ser. Estabeleci um objetivo pessoal de ser pior do que ele.

Anne olha para a carta entre nós na mesa.

— Parece que a bola tá com você agora.

Pego a carta e a observo, correndo os olhos pela letra familiar.

— Não tem endereço do remetente. Como é que vou responder?

— Tenta o endereço dele de dois anos atrás — sugere ela.

— Já tentei. Já faz um ano e meio que tentei. A carta voltou. Geralmente, quando um de nós se mudava, a gente mandava a carta seguinte com o endereço novo. Desta vez ele se mudou e não enviou nenhuma carta.

Anne franze os lábios, pensativa.

— Ele tá te desafiando — ela diz depois de um tempinho.

— Me desafiando?

— A encontrar ele — esclarece Anne. — Se você não responder, então ele vai ficar com a última palavra, encerrando décadas de batalha postal. Você tá preparada pra deixar ele vencer?

Balanço a cabeça.

— De jeito nenhum. Vou encontrar esse cara.

CAPÍTULO DOIS

Irmãos e irmãs

LUCA

Achei a ideia de ter uma amiga por correspondência bem idiota. Eu não tinha nada a dizer para uma criança qualquer que morava em outro estado. Talvez eu fosse o único na minha turma que não estava animado com isso. Enquanto meus colegas estavam lendo as cartas uns para os outros e falando sobre o que planejavam escrever como resposta, me sentei no fundo da sala. Preferia estar em casa jogando videogame.

Não era uma atividade que valia nota. A sra. Martin nunca nem leria as cartas.

— Luca — disse ela, chamando minha atenção. — Você gostaria de mostrar sua carta?

Balancei a cabeça.

— Acho que não.

Ela me deu um sorriso compreensivo.

— Quem sabe você não possa lê-la para o Ben.

Meu amigo Ben se sentava ao meu lado. Ele parecia estar tão animado quanto eu. Deslizei a carta na mesa para ele. Ele a leu e a empurrou de volta para mim.

— Ela fala bastante sobre o mar — comentou ele.

— Pois é — concordei.

— O que você vai escrever?

— Não sei, isso é uma idiotice.

— Você sempre acha que tudo é uma idiotice.

— Tudo *é* uma idiotice.

— Você precisa responder pra ela — disse Ben.

— Por quê?

— Porque se não responder, ela vai ser a única menina na turma dela que não vai receber uma carta.

Revirando os olhos e com um suspiro, virei meu caderno para uma página em branco. Olhei para a carta da Naomi mais uma vez e rabisquei a resposta. Quando terminei, abri um sorrisinho malicioso. Arranquei a folha do caderno e entreguei para o Ben.

— Você não pode mandar isso — falou ele. — Vai se dar mal.

— A sra. Martin nem vai ler — sussurrei em resposta.

— Que maldoso. Você vai fazer ela chorar.

— E daí? Nem conheço ela.

Peguei a carta de volta, dobrei e coloquei no envelope que nossa professora tinha dado. Achei que isso daria fim a essa coisa toda. Naomi Light pediria para se corresponder com outra pessoa e eu não precisaria escrever para mais ninguém.

Mas não foi o fim. Duas semanas depois, a sra. Martin entregou as novas cartas. Fiquei surpreso ao ver que Naomi tinha escrito para mim. Ben também pareceu surpreso. Ele esperou que eu abrisse a minha antes mesmo de abrir a dele.

— O que ela escreveu? — perguntou ele antes de eu terminar de ler.

A carta dela me deixou bravo.

— Ela nem entendeu o que eu escrevi e tá inventando coisas.

Abri meu caderno e comecei a rascunhar a resposta. Estava na metade da primeira frase quando risquei tudo. Ela tinha razão. Minha letra era feia. A sra. Martin estava sempre me pedindo para escrever com uma letra mais caprichada, e até a minha mãe já tinha me dito que eu precisava melhorar a caligrafia. Peguei outra página em branco e recomecei. Dessa vez, escrevi mais devagar, com cuidado para que todas as minhas letras ficassem separadas e bem legíveis.

Mostrei para o Ben quando terminei. Ele ergueu as sobrancelhas enquanto lia.

— Que nojento — disse ele. — O povo em Oklahoma faz isso mesmo? Casa com os irmãos?

Dei de ombros.

— Acho que não.

Peguei a carta de volta e a enfiei no envelope.

— Por que ainda tá sendo tão mau com ela? Ela devia tá animada de ter um amigo por correspondência.

Ben deu uma olhada para as outras crianças da turma e eu segui seu olhar. Todas as meninas abriam um sorriso enorme enquanto liam as cartas que receberam e trocavam ideias sobre o que responder. Eu sabia qual era a dele. Estava tentando fazer com que eu visse Naomi como uma delas: uma garota de verdade, e não só um pedaço de papel que vinha pelo correio.

— Não quero ter que ficar escrevendo pra alguém o ano inteiro. Se ela decidir que não quer responder minha carta, não vai ser minha culpa, e a sra. Martin vai ter que me deixar em paz.

Fechei o envelope, escrevi o nome e o endereço da escola da Naomi e deixei a carta na caixa que a sra. Martin tinha designado para a correspondência. Fui o primeiro a entregar. Ela sorriu para mim.

— Você foi rápido — falou ela.

Dei de ombros e sorri com o que eu achava que era o meu sorriso mais charmoso.

— É muito fácil escrever pra minha amiga por correspondência. Não vejo a hora de receber notícias dela.

Mais duas semanas se passaram até recebermos as respostas. A sra. Martin andou pela sala, entregando as cartas. Quando chegou à minha carteira, ela parou, vasculhando a pilha de cartas em sua mão. Pegou uma e entregou para o Ben. Quando chegou ao fim da pilha, começou de novo.

— Hum — começou ela ao ver que era óbvio que não havia carta para mim. — Sinto muito, Luca. Parece que não tem nenhuma carta pra você desta vez. Deve ter sido separada das outras. De vez em quando acontece. Talvez chegue daqui a um ou dois dias.

— Ah. — Tentei soar decepcionado, mas não precisei de muito esforço. Fiquei surpreso ao descobrir que *estava* mesmo um pouco decepcionado. Enquanto aguardávamos pelas cartas, me dei conta de que esperava que Naomi mandasse outra carta cruel em resposta à minha para que então eu pudesse revidar com algo ainda mais maldoso.

Sabia que o principal motivo de escrever cartas perversas era fazer com que ela parasse de me responder, mas não achei que fosse acontecer tão rápido. Agora eu era a única criança da turma que não tinha nenhuma carta para ler.

No dia seguinte, parei na mesa da sra. Martin depois do intervalo.

— Chegou carta pra mim hoje? — perguntei.

Ela balançou a cabeça.

— Sinto muito, Luca. Nada ainda. Quem sabe amanhã?

Mas não veio nada pelo correio no dia seguinte. Nem no outro.

Já tinha desistido de receber alguma resposta de Naomi quando o lote seguinte de cartas chegou pelo correio. Nem olhei para a sra. Martin enquanto ela circulava, entregando a correspondência. Estava fazendo a minha tarefa de casa quando ela colocou um envelope na minha carteira. Olhei para ela, surpreso. Ela piscou para mim e continuou andando pela sala, entregando o restante das cartas.

— Acho que seu plano não deu muito certo — disse Ben.
Ignorei e abri a carta.

Querido Luca,
Eu não ia responder nada depois do que você escreveu na última carta. Não gosto de usar palavras feias, mas queria dizer que você é um imbecil. Percebi que só deve ter dito aquelas coisas horrorosas para se safar da tarefa de me escrever, então decidi que o melhor castigo é continuar enviando cartas para você.
Talvez eu deva avisar que meus pais não são irmãos. Acho até meio estranho você ter pensado isso. Você deve fantasiar umas coisas bem nojentas. Espero que não tenha irmãos, porque, se tiver, eles não devem querer nem chegar perto de você. A sua personalidade é feia, e aposto que você é feio por fora também.
A propósito, como é o clima na Califórnia nesta época do ano?
Com amor,
Naomi.

Querida Naomi,
Na verdade, não sou feio, não. Todas as meninas da minha turma acham que eu sou um gatinho. Minha professora pegou duas delas trocando bilhetinhos e era isso que diziam. Então, você está errada. Além disso, não tenho irmãos. É bem nojento você achar que eu tenho fantasias com irmãos. Por que pensou isso? Você tem esse tipo de fantasias? Que nojento.
O clima é bem bom nesta época do ano. Hoje está uns 25 graus. Acho que vou para a praia depois da escola.
Com amor,
Luca.

Querido Luca,

As meninas da sua turma estão erradas porque meninos da quinta série não são gatinhos. Quando as meninas da sua turma chamarem você de gato, deve ser porque estão querendo dizer que é magrelo. Minha prima mais velha diz que meninos só ficam gatos no ensino médio. Mas, enfim, acredite no que quiser se isso deixa você feliz.

Tenho tanta inveja do clima daí. Aqui está muito frio e nublado. Queria estar deitada na praia agora. Você é bem bronzeado? Queria pegar um bronze.

Com amor,
Naomi.

Querida Naomi,

Pare de tentar ser minha amiga falando sobre o clima e bronzeado. Não vai funcionar. Outra coisa, você não deveria se estirar na praia porque alguém pode confundir você com uma baleia, e aí, quando você menos esperar, vai ter um monte de gente ao seu redor tentando empurrar você de volta para o mar.

Não estou nem aí para o que a sua prima diz sobre meninos. Se ela é mais velha do que a gente, então é claro que não acha que meninos da quinta série são gatos. Além do mais, eu não sou magrelo, e meu abdômen é definido.

Com amor,
Luca.

Quando chegou o período das férias de inverno, eu era um dos poucos alunos da turma que ainda recebia cartas com frequência. Até o Ben ficou entediado com a troca de correspondências. Ao voltarmos para a escola em janeiro, só havia uma carta esperando o nosso retorno. E era endereçada a mim. A turma toda se virou para me olhar quando a sra. Martin anunciou que eu tinha recebido um envelope lá de Oklahoma. Era como se todos tivessem esquecido que os amigos por correspondência existiam.

Enfiei o envelope na mochila para ler depois, sem ninguém me olhando. Quando respondi, mudei o endereço para o da minha casa, em vez de colocar o da escola. Não queria que ninguém soubesse que eu era o único que ainda cumpria a tarefa de escrever para alguém de outro estado.

CAPÍTULO TRÊS

Nomes são difíceis

NAOMI

— Tem mais alguma coisa aí nessa história — diz Anne. — Não pode simplesmente acabar com vocês dois enviando cartas ressentidas um pro outro na quinta série.

— Tem mais. Muito mais. Já disse que era uma longa história.

— Você guardou alguma das cartas?

Dou de ombros.

— Sei que elas estão em algum lugar.

É mentira. Sei exatamente onde todas estão. Estão enfiadas em uma caixa de sapato na prateleira de cima do meu armário, organizadas por ordem cronológica. Guardei até as cartas fechadas que voltaram depois que Luca se mudou.

— Não acredito que você nunca me contou nada disso antes — reclama Anne. — A gente não deveria contar tudo pra melhor amiga?

— Eu te conheci logo depois que parei de ter notícias dele — informo a ela. — Acho que o assunto nunca surgiu.

A verdade é que nunca contei sobre o Luca para ninguém. Meus pais só sabiam porque viam as cartas chegando. Minha colega de quarto na faculdade sabia porque me viu escrevendo para ele algumas vezes, mas nunca falamos muito sobre isso, e ela nunca leu nenhuma das cartas.

Ouço a porta do café se abrir atrás de mim e Anne desvia o olhar para quem quer que esteja entrando. Mesmo distraída, ela não muda de assunto.

— Como você vai encontrar esse cara?

— Não faço a menor ideia. Uma busca no arquivo público? Nem sei por onde começar.

— Você tem o nome e o sobrenome dele.

— É verdade, mas não sei onde ele mora agora.

— Procura no Facebook.

Tiro o celular da bolsa.

— Claro — digo. — Por que não pensei nisso antes?

Ela arregala os olhos.

— Você nunca procurou ele antes? Não teve nem curiosidade de saber como ele era?

— Claro que já procurei, mas faz muito tempo. Ele tinha uma daquelas fotos de perfil junto com outros cinco meninos, então não dava pra saber qual deles era o Luca.

Anne desvia o olhar de mim de novo para o caixa. Eu me viro para ver o que é que ela fica olhando e reconheço um dos meus vizinhos pedindo um café. Não me admira ela ficar olhando. Mesmo de costas para nós, Jake Dubois é um cara bonito. Ele tem cabelo escuro e músculos que preenchem muito bem a camisa. A manga curta da camisa abraça seu bíceps quando ele estica o braço para pagar o café. Nós duas admiramos a vista por um momento antes de eu me virar para a mesa de novo, voltando a atenção para o celular. Abro o Facebook e digito Luca Pichler na barra de busca. Vários nomes e fotos aparecem.

— Acha que ele é algum desses aí? — pergunta Anne, se debruçando na mesa para olhar para a tela.

Rolo pela lista.

— Nenhum desses caras mora nos Estados Unidos. Não sei. É possível que ele tenha se mudado, mas acho que ele não é nenhum desses. Vou ter que dar uma olhada com calma depois.

Um vulto paira sobre a mesa. Anne olha para cima, vê Jake primeiro e disfarça um gritinho de surpresa.

— Oi — cumprimenta ela, corando. Tenho certeza de que meu rosto está tão vermelho quanto o dela. Fico me perguntando se ele percebeu que a gente estava olhando para ele uns minutos atrás.

Ele diz "ei" para Anne e se volta para mim. Seus olhos azul-gelo sempre mexem comigo quando ele foca em mim. É impossível não ser atraída direto para eles, mas sinto que se eu ficar encarando, ele vai de alguma maneira descobrir os meus segredos mais obscuros.

— Achei que tinha te reconhecido — diz ele. — Você não tem mais previsão do tempo pra fazer hoje?

— Nossa! — exclama Anne. — Dois grandes fãs em um dia. Olha só.

Solto uma bufada e levo o café à boca antes de lembrar que meu copo está vazio.

— Anne, ele é meu vizinho.

— Ah! — Ela solta uma risadinha nervosa e desvia o olhar.

Ele fica quieto por um momento. Percebo que está olhando para o meu celular, que ainda mostra uma lista de todos os Luca Pichler do mundo. Fecho a tela depressa, e ele volta a atenção para mim.

— Queria perguntar se você tá a fim de jantar comigo algum dia desses. Hum, quem sabe no fim de semana?

Ele me pega desprevenida com a pergunta. Levo um segundo para perceber que ele está me convidando para sair. Já o vi pelo prédio várias vezes, mas só interagimos em duas ocasiões. A primeira vez foi quando ele se mudou, uns seis meses atrás e, ao sair, segurei a porta para ele entrar com uma caixa. Ele disse "obrigado" e eu respondi "de nada".

A segunda foi na semana passada. Eu estava descendo para pegar a correspondência e ele estava subindo. Ele parou bem na minha frente, bloqueando a minha passagem, e perguntou:

— Ei, você não é aquela moça do tempo? Naomi Light?

— Hum, sim, sou eu — respondi.

Dei uma olhada no crachá preso no uniforme hospitalar que ele estava usando, mas não consegui ver onde ele trabalhava.

— Legal — foi tudo o que ele disse antes de sair do meu caminho e subir correndo as escadas. Eu o vi algumas outras vezes, mas só trocamos sorrisos ou acenos educados e, às vezes, nos ignoramos por completo.

Percebo agora que já passou um tempo e eu ainda não respondi à pergunta dele.

— Ah, pode ser, hum, claro — gaguejo, soando tão nervosa quanto ele quando fez o convite.

— Legal — fala ele, e então nota o meu copo vazio. — Posso comprar outro café pra você?

Já é o meu terceiro copo do dia, mas me pego dizendo "ah, pode ser, hum, claro", e aí fico morrendo de vergonha porque foi exatamente assim que respondi a última pergunta. Me forço a sair do meu estado de estupor.

— Bem, na verdade, eu já estava indo embora.

— Vou pegar um copo pra viagem, então.

Ele se vira e volta para o balcão. Eu o observo por cima do ombro, meu coração martela no peito. Anne pigarreia, mas evito olhar para ela. Pela forma como meu corpo inteiro esquentou, tenho a certeza de que meu rosto está tão vermelho quanto o meu cabelo. Quando finalmente olho para ela, Anne está com um sorriso enorme estampado no rosto.

— Foi a coisa mais esquisita e mais emocionante que eu já testemunhei — provoca ela.

— Então você precisa rever os seus padrões tanto para coisas esquisitas quanto emocionantes. — Tiro o cabelo do rosto, tentando me acalmar. — O que tem de mais nisso?

— Naomi Light tem um encontro no fim de semana — cantarola ela, fazendo uma dancinha na cadeira. — E você nem precisou de um aplicativo de relacionamento pra conhecer ele. O que vai vestir?

Reviro os olhos, tentando impedir um sorriso.

— Ainda não tive tempo para pensar nisso, literalmente.

— Você nunca me contou que tinha um vizinho sexy assim. Só tinha falado daquele que é barulhento.

Faço um sinal para ela parar de falar e olho por cima do ombro de novo para ter certeza de que ninguém está ouvindo. Ele está passando o cartão no caixa. Me viro para Anne.

— Por que eu descreveria todos os meus vizinhos pra você?

— Todos eles, não precisa, mas… — Ela faz uma pausa, seus olhos se voltam para Jake. — Aquele ali com certeza valia uma descrição.

Jake está voltando para nossa mesa com um copo de café para mim. Anne e eu nos levantamos.

Ela se aproxima de mim e sussurra:

— Você precisa me dizer se encontrou o endereço do Luca Pichler. Quero saber o que vai acontecer.

— Você vai ser a primeira a saber.

Anne vai embora um pouco antes de ele chegar à mesa. Agradeço, e saímos.

— Te acompanho até em casa — oferece ele.

Dou risada, olhando para o nosso prédio, que fica bem do outro lado da rua.

— O que faria se eu recusasse?

Ele para um pouco e pensa.

— Provavelmente esperaria uns dez segundos e aí te seguiria que nem um esquisitão.

— Tá bom, então pode me acompanhar.

A maneira como ele sorri me afeta. Já o vi sorrir antes, mas quando o sorriso é direcionado a mim, meu batimento cardíaco aumenta e começo a pensar que talvez eu precise ser carregada até o outro lado da rua. Eu me forço a desviar o olhar do rosto dele, porque é o único jeito de eu sobreviver a esta caminhada até em casa. Então vejo seu braço e imagino Jake me carregando, minha cabeça encostada naquele peito musculoso... Tá bom, talvez eu deva parar de olhar para ele. Foco minha atenção na rua, torcendo para que eu não esteja sendo tão óbvia.

Esperamos o trânsito diminuir para então atravessar. Mesmo sem olhar para ele, estou muito ciente de cada passo que ele dá, a que distância está de mim em todos os momentos e cada vez que olha em minha direção. Consigo chegar ao outro lado sem tropeçar nos próprios pés. Ele segura a porta aberta para mim. Ao passar por ele, sinto seu perfume, ou talvez seja o sabonete, misturado ao aroma do café que ele está segurando. Inspiro profundamente durante o breve momento em que passo por ele pela porta.

Estou prestes a pegar as escadas quando me dou conta de que ele está indo em direção ao elevador. Hesito. Da última vez que peguei o elevador, ele quebrou e fiquei presa por trinta minutos até os bombeiros chegarem para me resgatar. De acordo com os vizinhos, ele foi consertado, e a maioria dos moradores do prédio ainda o usa, mas não quis mais dar sorte ao azar.

Ele me observa, sobrancelhas erguidas, e eu me afasto da escada e caminho até a geringonça. Não vou contar para ele que tenho medo de pegar o elevador, então tento parecer relaxada. Ele aperta o botão e a porta se abre. Respiro fundo e o sigo.

— Qual o problema? — pergunta ele ao apertar o botão do andar em que mora.

— Nada. — Aperto o botão do segundo andar, ignorando o fato de que consigo escutar meu coração martelando no ouvido.

— Tem certeza? Porque parece que tem medo de elevador.

— Não. Nada a ver.

Ele franze a testa.

— Você tá pálida que nem um fantasma. É claustrofóbica?

— Esse é o meu tom de pele mesmo — digo, forçando uma risada. — Muito obrigada.

— Ah, para. A gente pode ir de escada se achar melhor. — Ele estende o braço, mas, quando aperta o botão, o elevador já está começando a se mover e então chacoalha e para entre o térreo e o primeiro andar.

Solto um som involuntário que é uma mistura de arquejo com gritinho. Coloco a mão na boca.

— Opa! — Ele pressiona o botão mais uma vez, mas nada acontece.

— É exatamente por isso que eu não queria pegar o elevador — reclamo. — Sempre acontece comigo.

— Você já ficou presa aqui antes? — Ele arregala os olhos. — Não é à toa que estava com medo. — Ele olha de novo para o painel de botões. — Eu acabei piorando as coisas, né?

Eu me encosto na parede do elevador e respiro fundo. Solto o ar devagar para me acalmar. Pego o celular no bolso para ver se tem sinal, mesmo já sabendo que não. Foi assim também da última vez.

— Por favor, me diz que você tem sinal.

Ele olha o celular.

— Não, sinto muito.

Ele analisa o painel e aperta um botão. Ouvimos um sinal de chamada e aí reconheço a voz do segurança que fica na recepção. Pelo menos eles consertaram o botão de emergência desde a última vez que fiquei presa.

— Ei, Joel — diz ele. — Estamos presos no elevador.

— É a Naomi que tá com você? — A voz do Joel é rouca pelo alto-falante. — Pelo jeito ela não tem muita sorte com esse troço.

— Tô sabendo.

— Vou chamar ajuda — informa Joel. — Segurem as pontas aí.

A ligação se encerra e ficamos só nós dois. O elevador parece ainda mais silencioso agora. Queria que tivesse alguma música para quebrar o silêncio.

Olho para o teto e imagino se conseguiria alcançar o primeiro andar se removesse a tampa e subisse em cima do elevador. Não tive essa opção da última vez porque não fiquei presa com alguém tão alto. Tenho certeza de que conseguiria subir nos ombros dele e...

— Não vai dar certo — diz ele, interrompendo meus pensamentos.

— O que não vai dar certo?

Ele gesticula com o copo de café em direção ao teto.

— Você não ia conseguir abrir a porta se subisse lá.

Fico boquiaberta.

— Eu falei em voz alta?

Ele dá risada.

— Não, mas quase deu para ver o plano sendo bolado só de olhar pra você.

— Tenho certeza de que eu conseguiria abrir a porta. Sou forte.

— Talvez até conseguisse, mas não é seguro. O que aconteceria se o elevador começasse a se mover enquanto você ainda estivesse lá em cima?

Solto um suspiro.

— Não tinha pensado nisso.

— Vamos segurar as pontas e esperar a ajuda.

Concordo com a cabeça. Sei que ele tem razão, mas ainda me sinto ansiosa. Não sei por quê. Não tenho nenhum compromisso.

— Pelo menos temos café — declara ele.

— E um ao outro — acrescento. — Da última vez, fiquei aqui sozinha. Achei que ia enlouquecer.

— Você vai ficar bem? Não vai começar a hiperventilar e gritar, né?

Ando de um lado pro outro dentro da caixinha em que estamos.

— Vou ficar bem, contanto que não demorem pra tirar a gente daqui.

— Tenho certeza de que vai ser rápido. Só apertei um botão.

Dá para sentir o pânico crescendo. Respiro fundo mais uma vez para me controlar.

— O que você fez da última vez que ficou presa aqui?

Reflito por um momento.

— Nos primeiros dez minutos, fiquei tentando achar sinal no celular. Aí soquei a porta, gritando por ajuda até a minha garganta doer. Depois de um tempo, achei que nunca mais ia sair daqui e fiquei tentando decidir qual dos meus membros eu iria precisar comer pra sobreviver até que os bombeiros finalmente abriram a porta.

A testa dele está franzida de preocupação, mas um leve sorriso surge no canto de sua boca, como se ele não tivesse certeza se pode rir da minha desgraça.

— Foi uma situação sombria — acrescento. — Quase não saí viva.

— Parece que foi dramático — replica ele, ainda se esforçando para não rir. — Acho que vai ficar feliz em saber que nenhum de nós vai ter que recorrer ao canibalismo hoje.

— Que bom que pensa assim, mas ainda não estou pronta para descartar a possibilidade.

Ele bufa uma risada.

— Tá bom. Me lembre de nunca ir acampar com você.

A ideia de acampar com ele me faz ficar quente. Puxo a barra da camisa para me refrescar.

— Acampar é tranquilo pra mim. Não há elevadores no meio do mato.

Seu olhar desce para minha barriga. Percebo que a maneira como estou segurando a camisa dá a impressão de que estou prestes a tirá-la. Eu a solto, pigarreando, enquanto dou batidinhas na camisa para ajustá-la no lugar. Ele vira a cabeça, suas orelhas ficam vermelhas.

— Não acredito que evitei o elevador esse tempo todo só pra ficar presa nele de novo.

— Você nunca mais pegou o elevador desde que ficou presa?

Nego com a cabeça.

— Sempre uso a escada.

Ele olha para o botão do segundo andar, que ainda está iluminado.

— Dois lances de escada duas vezes por dia. Você não se cansa?

Dou de ombros, gesticulando ao redor.

— Acho que me cansaria disso aqui muito mais rápido.

— Faz sentido — concorda ele. — Ouvi dizer que sou insuportável.

Bato no braço dele.

— Não foi isso que eu quis dizer.

Ele encolhe o braço como se eu o tivesse machucado.

— Ai!

Dou risada.

— Nem doeu.

— Doeu, sim. Você é mais forte do que parece. — Ele aponta para a porta do elevador. — Aposto que consegue mesmo forçar a abertura.

Reviro os olhos. Entrego a ele meu copo de café, vou até a porta e tento abrir. Já sei que não vai funcionar. Tentei da última vez.

— Não consigo — digo, pegando o café de volta. — Acho que preciso ir mais vezes pra academia.

— Que nada. Você não precisa de academia. É só subir a escada plantando bananeira todo dia que vai ficar forte bem rápido.

Quase cuspo o café.

— Isso seria uma visão e tanto. — Verifico a hora no celular. — Aff. Faz quanto tempo já?

Dou mais um gole no café e me arrependo, porque preciso fazer xixi e não me ajuda nada ingerir mais líquido.

Me abaixo e sento com as pernas cruzadas nos tornozelos. Ele se senta perto de mim. Inspiro o ar com força. Essa proximidade quase me faz esquecer o quanto odeio o elevador. Quase.

Percebo que ele parece calmo, como se não estivesse ansioso para sair daqui como eu.

— Então — diz Jake. Me viro a fim de olhar para ele, esperando que continue. O canto da sua boca se curva para cima. Tiro o olho de sua boca e encontro seus olhos, que estão fixos nos meus. Minha respiração falha. — Ouvi você e sua amiga falando de mim.

Meu rosto esquenta ao relembrar tudo o que Anne disse. Estou com medo de saber até que ponto da conversa ele ouviu, mas tenho que perguntar.

— O que foi que você ouviu?

Ele sorri.

— Ouvi que você tem um vizinho barulhento.

Quero me enfiar num buraco. Se ele ouviu isso, então na certa ouviu todo o resto.

— Pode me emprestar seu celular? — pergunta ele.

Passo o aparelho para ele.

— Por quê?

— Pra eu te dar meu número.

Ele começar a digitar as informações de contato. Olho para a tela no momento em que ele salva o nome como "Vizinho Sexy".

Reviro os olhos.

— Nem um pouco convencido, hein?

Ele dá de ombros e me devolve o celular.

— Só estou aceitando o título que me foi dado.

Mando uma mensagem para ele e, para minha surpresa, a mensagem é enviada, apesar de o sinal estar horrível no elevador.

— Pronto, agora tem meu número também.

Observo seu rosto quando a mensagem aparece na tela. Ele não tenta disfarçar o sorriso.

— Como vai salvar meu contato? Moça Esquisita do Elevador?

Ele ri.

— De jeito nenhum.

Olho para o celular enquanto ele digita "Moça do Tempo Gata" para salvar meu número nos contatos. Sinto um sorriso surgindo no canto da minha boca ao mesmo tempo em que meu rosto fica vermelho.

— Gata, hein? — provoco. — Quantas moças do tempo você conhece?

— Muitas. Você ficaria surpresa. Tive que criar um sistema de numeração para todas as moças do tempo medianas na minha lista de contatos.

Me recosto na parede do elevador.

— Estou meio que decepcionada por não ser uma delas. Moça do Tempo Mediana Número 7 seria legal.

Ele balança a cabeça e gesticula com o celular.

— Não. Essa descrição aqui cabe melhor pra você.

O elevador sacode, me assustando, e começa a subir.

— Ai, graças a Deus.

Nós nos levantamos e a porta se abre no segundo andar. Saio para o corredor. Ele coloca a mão para impedir a porta de se fechar.

— A gente deveria fazer isso de novo alguma outra hora — diz ele.

Olho para o elevador e me encolho.

— Sem chance.

Ele faz um beicinho.

— Deixo você me levar pra jantar contanto que não haja elevadores envolvidos.

Ele sorri.

— Fechado.

* * *

Em casa, continuo a busca no Facebook por Luca Pichler. Tento limitar a busca para todas as cidades em que sei que ele já morou, começando por San Diego, de onde sua primeira e última carta vieram antes de ele desaparecer. Sem resultados. Tento de novo com outra cidade, e depois outra, sem sorte. Parece que todos os Luca Pichler que apareceram na minha busca inicial moram fora dos Estados Unidos. Começo a verificar os perfis, sabendo que é possível que ele tenha se mudado para fora do país, mas nenhum desses homens parece promissor.

Meu vizinho do andar de cima está pisoteando o chão. Ouço algo se arrastando — ou quem sabe rolando? — antes de uma batida alta soar do outro lado da sala. Abaixo a cabeça como se o som viesse do meu apartamento, e aí reviro os olhos, tanto para mim mesma quanto para o morador baderneiro. É quase como se a pessoa que mora lá em cima tivesse uma pista de boliche em casa. Coloco uma música para abafar o som.

Apesar do vizinho barulhento e do elevador infame, não é um lugar ruim para se morar. É um dos prédios mais bacanas nesta área de Miami. Não temos porteiro, mas temos Joel, o segurança. Às vezes quando ele está entediado — o que parece acontecer com bastante frequência —, ele gosta de segurar a porta para as pessoas que moram no prédio. Ele trabalha aqui há tempo suficiente para saber o nome de todo mundo. É uma das poucas coisas que vou sentir falta quando comprar minha casa e me mudar daqui.

Preparo o almoço e, enquanto estou comendo, meu celular vibra. Eu o pego e verifico a tela, esperando ver uma mensagem de Jake, mas não é ele. É Anne. Ela enviou um *link* para uma base de dados chamada PeopleFinder, onde posso procurar por Luca Pichler.

ANNE: Tem que pagar pra ter acesso ao endereço dele e tal.

Clico no *link* e digito o nome na barra de pesquisa. Os resultados retornam alguns homens com o mesmo nome. A versão gratuita do site mostra apenas a idade e a cidade. Não fico muito animada com os resultados. Um dos homens tem uns 50 e poucos anos, o outro está na faixa dos 20 e o último da lista está próximo dos 80. Ou o meu Luca Pichler não está nessa lista ou alguém errou a idade dele. Decido pagar a assinatura. Posso cancelar depois de conseguir o que preciso.

O pagamento é processado e a página recarrega, desta vez com as informações completas. Descubro que o Luca Pichler geriátrico mora em uma casa de repouso em Seattle. O Luca Pichler de meia-idade mora com a esposa, os sogros e seis filhos em Rhode Island. O Luca Pichler mais novo mora em uma residência para adultos com deficiência. Solto um suspiro. Nada disso parece promissor. Agora estou vinte dólares mais pobre e minha identidade deve ter sido vendida por muito mais do que isso.

> **NAOMI:** Sem sorte. Se eu não tivesse recebido aquela carta hoje, dava até para supor que Luca morreu.
> **ANNE:** Estranho. Será que os pais dele ainda moram na mesma casa? Você ainda tem o endereço?

É uma boa ideia, e algo em que eu estava pensando antes de ela enviar o *link* do PeopleFinder. Vou até o quarto e pego a caixa de sapatos do armário. As cartas mais recentes estão por cima e as primeiras, por baixo. Sempre escrevia o endereço dele no verso de cada carta, assim sempre saberia para onde enviar a próxima, mesmo se jogasse o envelope fora.

Tiro uma foto do endereço de San Diego com o celular. Estou quase guardando as cartas quando tenho uma ideia. Dou uma lida rápida nelas, me detendo em cada uma que tem um endereço novo para tirar uma foto. As cartas dos primeiros oito anos são do mesmo endereço em San Diego. Depois, as cartas vieram de várias partes do país. Ele vivia se mudando, mas sempre fazia questão que eu tivesse o endereço novo — até dois anos atrás.

Sei que é bem improvável que ele tenha voltado a morar em um desses endereços antigos, mas é um bom começo. Alguém, em algum lugar, tem que saber onde ele está.

* * *

Já tomei dois cafés quando a Anne chega ao canal de notícias com o terceiro para mim. Estou olhando dados de satélites e radares para preparar a previsão do tempo do dia quando ela coloca o copo fumegante perto de mim.

— Obrigada.

Sem tirar os olhos da tela, pego o copo quente e tomo um gole. Posso ouvi-la puxando uma cadeira e se sentando perto de mim.

— Você não tem trabalho a fazer? Ou o Patrick mandou você ficar me observando tomar o meu café?

— Só estava curiosa pra saber se conseguiu localizar o seu cartinimigo.

— Meu o quê?

— Seu cartinimigo — repete ela. — Sacou? Tipo um amigo por correspondência, só que é seu inimigo. Carta, inimigo. Cartinimigo.

— Sagaz. — Ainda não olhei para ela. Estou focada na tela. Só tenho mais dez minutos até entrar no ar. — Já te falei que não consegui encontrar ele no PeopleFinder. Fora ir até San Diego, não sei muito bem como localizar ele.

— Fazendo um intervalo já, Anette?

Nós duas nos viramos e vemos Patrick entrando devagar na sala com uma pilha de papéis nas mãos. Ele sempre carrega a mesma pilha de papéis ao andar pelos corredores quando quer parecer ocupado sem estar fazendo nada produtivo. Também nunca chamou Anne pelo nome dela de fato, mas acho que "Anette" é parecido o bastante e todo mundo sempre sabe com quem ele está falando.

— Só vim trazer o café da Naomi — rebate ela.

— Não sabia que entregar café exigia ficar aí sentada.

Eu me volto para o computador, revirando os olhos. Ela murmura uma desculpa e sai depressa. Como de costume, seus sapatos não fazem barulho no piso acarpetado. Patrick a observa sair e então se vira para mim.

— Já faz um tempo que quero dizer que você está fazendo um ótimo trabalho, Naomi.

Ele é uma daquelas pessoas que pronuncia o meu nome nai-ou-mi, mesmo eu já tendo corrigido inúmeras vezes. Nem me incomodo mais, mas fico me perguntando se ele percebe que é a única pessoa no canal que pronuncia meu nome assim.

— Obrigada, Patrick. Agradeço o reconhecimento.

— Você tem um talento inato — continua ele. — E seus gráficos são impressionantes. Suas previsões são precisas também. Ótimo trabalho. Emmanuel ficaria orgulhoso.

— Ah, obrigada. Você não sabia que fui eu que preparei os gráficos pro Emmanuel nos últimos dois anos? Na verdade, ele não olhou nem sequer um radar no último ano e meio antes de se aposentar.

— Já faz dois anos que está aqui? Hum... Não parece que faz tanto tempo.

— Pois é. Dois anos que passaram voando.

O rosto dele inteiro fica vermelho. Ele amassa as folhas que tem nas mãos. Sorrio para ele para tentar amenizar seu constrangimento. Ele sai da sala e, não muito tempo depois, Anne volta. Tento afugentá-la.

— Você vai se encrencar — aviso.

Ela revira os olhos.

— O que ele vai fazer? Me mandar embora?

— É provável.

Ela ri.

— Me conta sobre San Diego.

Levo um momento para me lembrar do que estávamos falando antes da interrupção de Patrick.

— Foi de lá que a primeira e a última carta de Luca vieram. Só consigo imaginar que ele ainda deve estar lá.

— Ele viu a sua previsão do tempo.

— E daí? Ele pode ter acessado de qualquer lugar. Não é preciso morar no lugar pra ver os canais locais.

— O que vai fazer?

— Vou esperar ele enviar outra carta. Talvez ele inclua o endereço da próxima vez.

— E se não houver próxima vez?

Com exceção do intervalo de dois anos, nunca fiquei mais de um mês sem receber uma carta dele. A única diferença é que agora não tenho como responder. Fico pensando se não colocar o próprio endereço foi intencional. Só pode ser. Talvez ele só queira me zoar. Ou talvez não queira que a esposa saiba que está escrevendo para mim de novo. Meu palpite é que ela é o motivo de eu não ter tido notícias dele por dois anos. Não a culpo, se ela tiver lido a última carta que enviei — a última antes de os correios começarem a mandar de volta os envelopes ainda fechados. Eu teria sentido a mesma coisa que ela se tivesse lido uma carta como aquela que escrevi. Nunca tinha considerado a possibilidade de outra pessoa além do Luca lê-la, só depois que a enviei e ele não me respondeu mais. Nem um milhão de cartas devolvidas poderia resolver a situação. Passei os últimos dois anos sentindo como se algo estivesse faltando. E agora retornou, mas será mesmo? Ele não enviaria uma carta assim, do nada, depois de dois anos, sem endereço, se não tivesse a intenção de que a troca continuasse.

— Ele vai mandar outra carta — murmuro. Tenho certeza disso.

CAPÍTULO QUATRO

O dilema da cutícula

LUCA

Muita coisa mudou em três anos entre a quinta série e o final da oitava. Beijei uma menina pela primeira vez no verão anterior à sexta série. Tive sete namoradas depois disso. Meu pai e minha mãe trouxeram um cachorrinho para casa quando eu estava na sétima série. Dei a ele o nome Rocky, e ele se tornou meu melhor amigo. Deixei de ser o menino magrelo do fundamental e me tornei o que eu imaginava que a prima da Naomi chamava de gato do ensino médio. Na quinta série, dei uma boa olhada no espelho e descobri que talvez Naomi tivesse razão. Eu era magrelo e não tinha feito nada para merecer o abdômen do qual tinha tanto orgulho. Naquele verão, meu pai trouxe alguns equipamentos de academia para casa, montou na garagem e começamos a malhar juntos.

Muita coisa permaneceu igual também. Eu e Ben íamos de bicicleta para a escola todo dia e fazíamos quase todas as aulas juntos. Eu ainda morava na mesma casa, na mesma cidade. Às vezes, quando saía de casa e sentia o ar salgado do oceano, pensava em Naomi e sorria, sabendo que ela tinha inveja de onde eu morava. Ainda escrevia cartas para ela. Tinha tanta coisa que eu poderia ter contado a ela nesses três anos que nos correspondemos, mas tudo que escrevíamos um para o outro era superficial.

A troca de cartas tinha se tornado uma competição para ver quem superava o outro. Nem sempre éramos perversos. Às vezes, dava para perceber que ela estava ficando entediada de escrever para mim, e aí a carta dela era a coisa mais desinteressante do mundo. Quando isso acontecia, eu sempre respondia com outra tão chata quanto ou — eu torcia — ainda mais.

Querido Luca,

    Hoje de manhã eu acordei. Escovei os dentes. Fui para a escola. Fiz minha lição de casa. Fui dormir. Nos intervalos, fiz minhas refeições.
    Beijos,
Naomi.

Querida Naomi,

    Esqueci de levantar o assento do vaso sanitário quando fui fazer xixi, pingou um pouco nele. Não limpei.
    Beijos,
Luca

    Meus pais eram as únicas pessoas que sabiam que eu ainda estava escrevendo para Naomi. Minha mãe achava fofo — isso porque nunca tinha lido nenhuma das cartas. Meu pai nunca deu opinião sobre o assunto. Ben perguntou sobre a garota apenas uma vez depois que começamos a enviar as cartas para os nossos endereços de casa em vez de para a escola. Dei de ombros e fingi que não me lembrava do que ele estava falando.
    Estávamos na última semana da oitava série quando enfiei a última carta da Naomi na mochila certa manhã. Minha mãe tinha se esquecido de verificar a caixa de correio no dia anterior. Curioso para saber se havia recebido alguma coisa, olhei ao sair de casa. Benny estava vindo de bicicleta quando me viu colocar o envelope fechado na mochila.
    — O que é isso? — perguntou ele.
    — Nada.
    Fechei o zíper, coloquei a mochila nas costas e subi na bicicleta. Ficamos os dois em silêncio a caminho da escola naquela manhã. Parecia que Ben sempre sabia quando eu não estava a fim de conversa. Eu estava cansado. Tinha ficado acordado a noite toda, tentando encobrir o barulho da discussão dos meus pais com música no volume máximo no fone de ouvido. Consegui abafar as vozes, mas ainda dava para sentir a vibração nas paredes a cada batida das portas, enquanto eles andavam pela casa, brigando em todos os cômodos, menos no meu quarto.
    Quando estávamos a uma quadra da escola, comecei a pedalar mais rápido para ultrapassar Ben. Mas a bicicleta dele era melhor que a minha, e ele me

alcançou depressa. Paramos no bicicletário que ficava na entrada do colégio e fomos para dentro.

— É o seu boletim? — perguntou Ben.

— O quê?

— A carta que colocou na mochila.

Franzi a testa.

— Os boletins não saíram ainda.

— O que que é, então? Por que você tá escondendo?

— Não tô escondendo, só não é da sua conta.

— É aquela menina, né?

Me virei e olhei para ele.

— Não. Que menina?

Ele revirou os olhos.

— Sua amiga por correspondência da aula da sra. Martin. Você continua escrevendo pra ela, né?

— Como é que você se lembra dessas coisas? E não, não tô escrevendo pra ela.

Senti meu rosto esquentando. Não sabia que deixava tanta coisa na cara assim.

— Mentira — rebateu ele. — Perguntei ano passado e você fingiu que não sabia do que eu estava falando. "Hum… hum… quem?" — ele me imitou de um jeito exagerado

— Eu não falo assim.

— Você é um péssimo mentiroso, Luca. Sei que ainda tá escrevendo pra ela. Ela é a sua namorada ou algo do tipo?

Meu rosto ficou ainda mais vermelho.

— Não. Ela não é a minha namorada. Mas ela não para de escrever pra mim. E ela também é malvada.

— Sério? Por que ainda escreve pra ela?

A verdade é que eu não queria que Naomi ficasse com a última palavra, mas não queria que Ben soubesse que eu era tão mesquinho. Dei de ombros.

— Para ter alguma coisa pra fazer.

Paramos quando chegamos à sala. Ben bloqueou a porta.

— O que tá escrito na carta?

— Não sei. Não abri ainda.

Ben ergueu as sobrancelhas, me incitando a abrir a carta. Suspirei, tirei a mochila das costas e peguei a carta. Rasguei o envelope e li em voz alta para ele.

Querido Luca,

Tomara que acorde amanhã de manhã com uma pontinha de cutícula e quando você cutucar ela, que fique maior e mais doída. Espero que incomode tanto que você fique cutucando e ela não saia, e você acabe puxando um pedaço de pele bem grande do seu dedo. Aí espero que infeccione e a única solução seja amputar a mão inteira.

Isso me deixaria muito feliz.

Com amor,

Naomi.

Ben me encarou de olhos arregalados. Alguns outros alunos se juntaram ao nosso redor, esperando para entrar na sala.

— Você tá bloqueando a passagem — alertei.

Ele entrou na sala, e seguimos até nossas carteiras no fundo.

— Por que ela diria uma coisa dessas? — perguntou ele assim que nos sentamos. — É... — Ele fechou a mão como se estivesse sentindo uma cutícula invisível depois de me ouvir ler o conteúdo da carta. — É perturbador.

— Ela tem o dom da palavra.

Coloquei a carta de novo dentro do envelope e guardei na mochila.

— Ela sempre escreve "com amor, Naomi" no final?

— Às vezes. Por quê?

— É meio estranho terminar a carta assim depois de escrever uma coisa dessas.

— Nunca tinha pensado nisso.

Na verdade, pensava nisso toda vez que lia as cartas dela. Em geral eu copiava o que ela tinha usado para terminar a última carta, mas de vez em quando escrevia alguma coisa diferente.

— Você vai responder? — ele quis saber.

— Não sei ainda. — Estava cansado demais para pensar em algo criativo, e não dava para responder uma carta como essa com algo chato.

— Luca. Ben. — Olhamos para a professora, que já tinha começado a aula enquanto estávamos distraídos com a carta. — Vocês se importam em se juntar a nós?

Ben murmurou um pedido de desculpa, e eu me endireitei na cadeira. O restante do dia não teve grandes acontecimentos. Teríamos provas durante o resto da semana, então a maioria dos professores nos fez revisar o que aprendemos ao longo do ano.

Quando voltei para casa de bicicleta no fim da aula, meus pensamentos se voltaram para a carta de Naomi na mochila. Ainda não tinha decidido o que responder. Achei que nada do que consegui pensar poderia superar o que ela escreveu sobre a cutícula. Coloquei a culpa da falta de criatividade no estresse por causa das provas que se aproximavam. Talvez conseguisse inventar algo melhor assim que as aulas acabassem.

Fiquei surpreso ao ver o carro da minha mãe na entrada da garagem quando voltei da escola naquele dia. Ela costumava chegar em casa só depois das cinco. Guardei a bicicleta na garagem e entrei. Encontrei minha mãe sentada à mesa da cozinha, lendo um documento. Seus olhos estavam vermelhos.

— O que foi?

Ela pareceu assustada ao olhar para mim. Acho que não me ouviu entrar. Juntou a papelada de qualquer jeito e a enfiou num envelope amarelo grande.

— Nada, querido. Está tudo bem.

Não me convenceu.

— Parece que você estava chorando.

Ela forçou um sorriso.

— Eu tinha acabado de bocejar quando você entrou. Meus olhos devem ter lacrimejado.

Os olhos dela estavam úmidos e vermelhos demais para ser só por causa de um bocejo, mas decidi deixar pra lá. Tirei a mochila das costas e a joguei no chão.

— Lição de casa? — perguntou ela.

Neguei com a cabeça.

— Temos prova esta semana.

— Então leve a mochila para o quarto.

Fiz o que ela pediu. Quando voltei para a cozinha, o envelope não estava mais em cima da mesa. Ela estava em pé perto da pia, mexendo uma xícara de chá.

— O que tem pra jantar? — perguntei.

Ela se virou e sorriu para mim.

— Vamos pedir pizza.

— Mas hoje não é sexta-feira.

— Vamos abrir uma exceção. Podemos pedir o sabor que você quiser.
— E o meu pai?
Meu pai não costumava me deixar escolher o sabor. Era sempre o que ele queria.
— Seu pai não vem pra casa hoje. — Ela se virou de costas logo depois de falar isso.
— Ah. Por que não?
Ela deu de ombros, se virou para mim e abriu um sorriso forçado.
— Ele tem uma coisa do trabalho. Pode ser que fique fora alguns dias.
Então eu soube que havia alguma coisa acontecendo. Meu pai nunca tinha "coisas do trabalho" que o impediam de voltar para casa. E também o fato de a minha mãe estar agindo de um jeito estranho. Nunca a tinha visto se esforçar tanto para fazer parecer que estava tudo normal quando seus olhos vermelhos indicavam outra coisa. Ela pegou o telefone sem fio e entregou para mim.
— Quer pedir a pizza?
— Pode ser — respondi, pegando o telefone.
Ela começou a caminhar para fora da cozinha. Olhei para o telefone na minha mão por um momento, então me virei para ela, que se afastava.
— Mãe?
Ela parou, se virou devagar e me encarou com uma expressão preocupada. Queria forçá-la a ser sincera comigo, mas com esse olhar, não consegui. Então, só perguntei:
— Posso pedir refrigerante?
— Claro, querido. Pode pedir o que você quiser. Hoje vai ser do seu jeito.

* * *

Meu pai não veio para casa na noite seguinte, nem na outra. Eu poderia ter deixado a ausência dele me distrair, mas decidi me distrair me matando de estudar para as provas. Responder à carta da Naomi era a última das minhas preocupações. Tinha quase esquecido a carta dela quando fui esvaziar a mochila depois da formatura da oitava série. Fiquei decepcionado porque meu pai não foi, mas acho que não fiquei totalmente surpreso. Sabia que tinha alguma coisa acontecendo. Só queria que minha mãe me contasse o que era.

Estava sentado na cama quando encontrei a carta. Rocky estava aos meus pés. Ele era um cachorro grande e ocupava quase todo o espaço no chão entre a cama e a parede. Puxei a carta de dentro do envelope e reli. Inventar alguma coisa maldosa parecia tão sem sentido agora. Não tinha energia para desperdiçar escrevendo para Naomi. Estava de mau humor. Era irônico, percebi, que essas cartas haviam começado só porque eu estava de mau humor naquele dia, na quinta série, e agora só conseguia inventar alguma coisa perversa quando estava de bom humor.

Ouvi uma batida leve na porta. Coloquei a carta na mesa de cabeceira e falei:

— Pode entrar.

A porta se abriu. Fiquei atônito ao ver meu pai entrar no quarto. Por um momento, pensei que todos os meus medos e minhas dúvidas eram infundados, e que ele de fato estava em função do trabalho, e por isso mesmo não pôde voltar para casa nos últimos dias. Achei que talvez ele tivesse vindo ao meu quarto para se desculpar por ter perdido minha formatura, e que agora sairíamos para jantar em família. Eu tinha recusado o convite para uma festa a que o Ben ia na esperança de que meu pai voltasse hoje. Agora estava feliz por ter feito isso.

Mas então vi a expressão no rosto do meu pai. As sobrancelhas franzidas, os lábios, curvados para baixo. Ele enfiou as mãos nos bolsos. Qualquer cumprimento que eu tinha para recebê-lo morreu antes de sair da minha boca.

Ele se sentou ao pé da cama e encarou o chão por um momento. Rocky se espreguiçou, levantou e foi até ele, balançando o rabo, mas meu pai ignorou o cachorro. Eu o observei, esperando que ele dissesse alguma coisa. Passou um tempo até ele finalmente falar.

— Sua mãe disse que eu deveria conversar com você.
— Sobre o quê?
— Sobre o que está acontecendo.

Quis ressaltar que nem minha mãe tinha conversado comigo sobre o que estava acontecendo, mas fiquei com receio de que, se eu falasse, ele acabasse mudando de ideia e também resolvesse não me contar nada. Ele suspirou e continuou:

— Sua mãe e eu vamos nos divorciar. Quero que saiba que não tem nada a ver com você. Sua mãe e eu... A gente simplesmente não consegue mais fazer dar certo. Pensamos que seria melhor se cada um seguisse o próprio caminho, então... hã... arranjei um emprego em Montana. Voltei pra buscar as minhas coisas e vou embora hoje.

Lutei contra o tremor que senti nos lábios. Ele sempre me disse que meninos não deveriam chorar e, embora estivesse bravo com ele, não queria decepcioná-lo.

— E eu? — perguntei.

— Você vai ficar aqui com a sua mãe.

Pensei sobre isso por um instante.

— Por que não posso ir com você?

— Sua mãe precisa de você aqui.

— Você vai voltar?

Ele ficou em silêncio por tanto tempo que eu soube qual era a resposta antes de ele falar.

— Não.

— Por que não?

— Achei que seria melhor me separar de uma vez. As coisas com a sua mãe estão... Eu nem ia voltar, mas precisava pegar as minhas coisas. Você sabe que não sou bom com despedidas.

Me ocorreu que durante o tempo que passou desde que se sentou na minha cama, ele não olhou para mim nem uma vez. Ele ainda não tinha olhado para mim quando se levantou e saiu do quarto. Rocky o seguiu pelo corredor, balançando o rabo, mesmo sendo ignorado. Fiquei com inveja do cachorro, tão alegremente ignorante à tamanha indiferença do meu pai. Quando ouvi a porta da frente bater, soube que era o fim. Minha mãe tinha feito a mala dele para que ele não precisasse ficar ali mais tempo do que os poucos minutos que levou para me contar que não era mais parte da família. Eu me tranquei no quarto pelo resto da noite.

Estava bravo. Principalmente com meu pai, mas também com minha mãe por ter permitido que ele fosse embora daquele jeito. Eu poderia ter dito tantas coisas cruéis, mas sabia que ela também estava sofrendo e não queria piorar tudo. Não podia ligar para o Ben porque ele estava na festa. De qualquer maneira, não sabia se queria contar a ele. Olhei para a carta da Naomi na mesa de cabeceira. Escrever sobre uma cutícula parecia tão imaturo, tão idiota, tão irrelevante. Porém, nenhuma das nossas cartas tinha muito conteúdo. Fazia quase quatro anos que estávamos nos correspondendo e sempre era algo idiota, mesquinho, maldoso e chato.

Me perguntei se ela ficava esperando por essas cartas idiotas tanto quanto eu. Me perguntei se ela ficaria magoada se eu parasse de responder. Me perguntei se ela me consolaria se eu me abrisse com ela, ou se tiraria sarro de mim por não ser perverso ou chato.

Querida Naomi,

Espero que em algum momento da sua vida você tenha alguém que ame e respeite mais do que tudo, se já não tiver alguém assim. Espero que sempre possa contar com essa pessoa e que possa dizer qualquer coisa para ela. E aí espero que, um dia, essa pessoa decida ir embora, e que nem dê a opção de você ir junto. E que nem olhe para você enquanto diz que está indo. Que não diga que ama você, nem dê tchau. Essa pessoa nunca deve ter amado você, nem se importa em dizer adeus, porque, na verdade, era tudo encenação, e você fez papel de idiota por acreditar.

Que você tenha muitas lembranças boas com essa pessoa, mas que ela não dê a mínima. E aí, toda vez que você se lembrar dos bons momentos, também lembrará do jeito como ela foi embora, e como nem olhou para sua cara ou disse que amava você, porque não amava. Porque você é uma pessoa tão escrota que não merece uma despedida decente. E você vai ficar imaginando, pelo resto da vida, se as pessoas que dizem que amam você amam de verdade, ou se é tudo uma mentira e elas vão simplesmente desaparecer assim como ele.

Não fique surpresa se eu não escrever mais. Isso é uma idiotice.

Tchau.

Luca

Querido Luca,

Esta deve ser a décima vez que diz que não vai mais me escrever, então acho que não acredito em você. Mas caso eu não tenha mais notícias suas, quero que saiba que se algum dia alguém fizer essas coisas comigo é porque ele é uma pessoa escrota e não me merece. E não o contrário. E se eu visse alguém tratando um dos meus amigos desse jeito, daria um chute no saco dele.

Com amor,

Naomi.

CAPÍTULO CINCO

Em busca de praias melhores

NAOMI

— Você tinha razão!

Anne me assusta mais uma vez e, pelo sorriso em seu rosto quando me viro para ela, posso afirmar que ela sabe disso.

— Você tem que investir em sapatos que façam mais barulho antes de causar um ataque cardíaco em alguém. Eu tinha razão sobre o quê?

Ela joga um envelope fechado na minha mesa. Faz três dias que recebemos o primeiro.

— Você disse que ele ia mandar outra carta. Você tinha razão.

— Não esperava que fosse ser tão rápido.

Pego o envelope, decepcionada ao ver que ele também não colocou o endereço. Rasgo para abrir.

Querida Naomi,

Posso imaginar como está irritada por não poder me responder. Você sempre teve que dar a última palavra, não é? Quem sabe se tivesse aceitado o meu convite, não estaria aí doida, se perguntando como fazer para escrever para mim. Ai, ai. Uma pena.

Com amor,

Luca

Anne lê a carta por cima do meu ombro. Ela ergue uma sobrancelha quando termina.

— Com amor?

— Era assim que ele terminava todas as cartas. Bom, quase todas. Tenho certeza de que fez isso pra ser irônico.

— Ele não terminou a última carta assim. Talvez ele não esteja mais tentando ser irônico. Tipo, por quantos anos você escreveu para ele?

— Ele é casado.

Percebo que nunca tinha dito isso em voz alta antes. Ouço as palavras saírem da minha boca, mas parece que é outra pessoa que está falando. As três palavras ecoam dentro da minha cabeça, mesmo depois que Anne continua a conversa.

— Isso não o impediu de escrever pra você.

— Na verdade, acho que foi exatamente por esse motivo que ele *parou* de escrever pra mim.

— Talvez ele tenha se divorciado.

Não sei por que a ideia de Luca estar solteiro faz meu coração acelerar. Deve ser porque significa que ele pode voltar a me escrever. Ponho um sorriso no rosto para que Anne não veja minha agitação interior.

— Puxa! Que sorte a minha!

Anne revira os olhos, ainda sorrindo.

— O que ele quis dizer com aceitar o convite dele?

— Não sei direito. Ele me desafiou a me encontrar com ele algumas vezes durante esses anos, mas sempre fazia parte de alguma piada idiota. Ele também perguntou se a gente podia ser amigos no Facebook, e eu disse que não. Talvez seja disso que ele esteja falando.

— Ele tá te provocando. Acho que ele quer que você descubra o endereço dele e responda a carta.

— E como é que vou fazer isso? Ele já devia saber que eu ia tentar procurar ele depois de receber a última carta. Ele deve ter desativado o perfil no Facebook antes de enviá-la.

— Tenta o endereço de quando ele era criança. Você ainda tem o endereço, não tem?

Balanço a cabeça.

— Não vai funcionar. Procurei no PeopleFinder. Outra família mora lá agora.

— Pode ser que algum dos vizinhos antigos dele ainda more por perto. Se houver alguém na rua em que ele morava que era próximo da família, deve saber como ir atrás dele.

42

— E o que eu devo fazer? Mandar uma carta pra cada casa na rua e esperar pra ver se alguém me responde?

— É uma opção.

— É a única opção — eu a corrijo.

— Bom...

— E aí?

— Você pode ir pessoalmente e perguntar.

Dou risada.

— É em San Diego, Anne. Fica a uns bons milhares de quilômetros de distância daqui.

Ela torce os lábios.

— Eu meio que sempre quis ir pra San Diego.

— Por quê?

— Ouvi dizer que as praias de lá são as melhores.

— Sério?

Ela dá de ombros.

— Só quero descobrir se é verdade.

— Não vou dirigir até a Califórnia pra pegar o endereço de um antigo amigo por correspondência. Foi mal aí, cartinimigo.

Anne parece espantada.

— Dirigir? Quem falou em dirigir? A gente pode ir de avião hoje à noite e voltar antes do fim de semana acabar.

A ideia de pegar um avião me deixa nervosa, mas não quero contar isso a Anne.

— Parece caro.

— Aposto que não é caro. Você tem alguma coisa melhor pra fazer neste fim de semana?

— Tenho um encontro com meu vizinho sexy.

— Ah, é mesmo. Tinha esquecido. Aonde vocês vão?

Dou de ombros.

— Não sei. Não falamos sobre isso.

— Vocês moram no mesmo prédio.

Lembro de nós dois presos no elevador juntos. Pensei em mandar uma mensagem para ele naquela tarde, mas desisti. Me pergunto se ele está esperando que eu dê o próximo passo, ou se o meu comportamento no elevador o assustou.

— Você acha que eu deveria cancelar? Será que vai acabar sendo estranho se o encontro não for bom e a gente ainda tiver que se encontrar no hall do prédio pelo próximo mês?

— Em primeiro lugar, esse é um motivo muito idiota pra cancelar. Em segundo, você vai comprar uma casa mês que vem. Não vai ter que cruzar com ele pra sempre.

Eu me levanto e pego as minhas coisas, pronta para ir para casa. O expediente de Anne também já terminou e ela me segue.

— Você deveria descobrir os detalhes do seu encontro — comenta ela quando chegamos ao estacionamento.

— É, deveria.

— Ou...

— Ou o quê?

— Ou quem sabe você não possa adiar pro próximo fim de semana?

— Você tá mesmo com toda essa vontade de ir pra San Diego?

— Vai ser divertido. Além do mais, preciso de uma desculpa pra sair e fazer alguma coisa no fim de semana. Tudo o que eu faço é ficar esperando pra encontrar homens com os quais não rola a menor química só porque demos *match* no Tinder. Ter um tempo só entre nós, garotas, ia me fazer bem.

Solto um suspiro. Passei os últimos dois anos tentando tirar Luca da cabeça e agora ele está de volta, pra valer. Não sabia que podia ser tão difícil esquecer alguém que nunca conheci pessoalmente. Mas essa é a questão. Ele nunca foi nada além de palavras no papel. Sei que, se eu for atrás dele, nunca mais será a mesma coisa. Talvez seja disso que eu esteja precisando.

Penso no encontro que eu deveria ter com Jake. Que momento mais inoportuno.

Chego ao carro e abro a porta. Anne para, esperando atrás do meu carro, me observando.

— Quero muito descobrir o endereço do Luca — digo.

— Imagina como ele vai ficar chocado quando você enviar uma carta. Acho que ele não espera que se dê ao trabalho de ir a San Diego pra descobrir.

— Tem razão. Se eu não descobrir o endereço, ele vai continuar mandando essas cartas para o canal, me provocando.

— Ele deve achar que já ganhou a parada depois de se livrar do perfil no Facebook. Vai deixar ele ganhar?

Balanço a cabeça.

— Nem ferrando. Vamos pra San Diego.

Anne nem tenta esconder a animação.

— Te ligo quando chegar em casa. — Ela dá pulinhos feito uma criança que acabou de saber que vai para a Disney.

Dou risada e entro no carro, enquanto ela vai em direção ao dela. Amo o fato de ela estar tão engajada em tentar encontrar o garoto com quem eu trocava cartas desde a infância.

Quando entro no prédio, vejo Jake pegando a correspondência. Ele espia por cima do ombro ao ouvir a porta de entrada, desvia e, ao ver que sou eu, volta a olhar. Então abre um grande sorriso, fazendo meu coração acelerar. Não me lembro da última vez em que alguém ficou feliz assim ao me ver. Seu cabelo escuro está um pouco bagunçado. Sinto um desejo estranho de passar a mão por entre os fios sedosos. Enfio as mãos nos bolsos para me impedir de fazer alguma coisa constrangedora.

Ele está vestindo outra camiseta que abraça seus bíceps. Nunca senti tanta inveja de uma camiseta. Ele fecha a caixa do correio e se vira de frente para mim. Começo a me arrepender por ter me comprometido a ir para San Diego no fim de semana. Fico me perguntando se é tarde demais para cancelar, mas sei que Anne já deve estar reservando as passagens.

— Oi — digo, indo em direção às caixas de correio.

— Oi.

Ele mantém contato visual comigo enquanto vou na sua direção. Noto que um lado de sua boca se levanta um pouco mais quando ele sorri. Seus olhos também parecem ainda mais azuis, mas talvez seja a luz. É difícil não olhar para ele. Acho que nunca conheci um cara tão atraente assim. Me dou conta de que ficamos em frente às caixas de correspondência, nos encarando sem dizer nada, por vários segundos. Pigarreio.

— Então, há, sobre o fim de semana. — Não tinha me dado conta do quanto isso ia ser difícil até ser obrigada a verbalizar. — Surgiu um compromisso. Podemos marcar mais pra frente?

— Ah. — O sorriso dele vacila. Ambos os lados de sua boca estão agora alinhados. O sorriso ainda está ali, mas já não é tão iluminado. — Claro, sem problema. Espero que esteja tudo bem.

— Está, sim. Só vou fazer uma viagem de última hora pra San Diego. — Reviro os olhos na tentativa de convencê-lo de que o motivo da viagem não é nada demais. — Mas podemos sair no fim de semana que vem. Ou melhor, quando você puder.

— Acho que fim de semana que vem dá. San Diego, hein? É uma viagem a trabalho?

— Não exatamente. Bem, na verdade, não. Vou com a Anne. — Não quero deixá-lo com ciúmes dizendo que estou tentando encontrar outro cara, ainda mais por estar adiando nosso encontro por causa disso. Tento pensar em outra desculpa. — Ela, hã… ela quer conhecer as praias de lá. Ela acha que são melhores do que as daqui de Miami.

É uma meia-verdade, mas mesmo assim me sinto mal.

— Ah. Então é uma viagem de pesquisa.

Dou risada.

— Dá pra dizer que sim.

— Ouvi dizer que a areia é mais branca aqui.

— Não sei dizer. Nunca fui para a Costa Oeste. Mas imagino que não haja tantas algas nas praias de lá.

— Você vai ter que me dizer qual é o consenso.

— Pode deixar. Te vejo por aí?

O canto da boca dele se levanta de novo, completando o sorriso torto.

— Eu te acompanho pela escada. A não ser que você queira se juntar a mim no elevador.

Solto outra risada.

— Sem chance.

Vamos em direção à escada. Só quando já estamos na metade do primeiro lance que percebo que esqueci de verificar a correspondência.

— Deve ser um saco subir e descer essas escadas carregando as compras do mercado — comenta ele.

— É melhor do que a outra opção. E se eu ficasse presa no elevador todas as vezes e os laticínios estragassem?

— Bem pensado. Mas pelo menos se você ficasse presa com todas as compras, teria algo pra comer em vez do próprio pé.

— Não compro tanta coisa assim. Moro sozinha. Consigo levar tudo em uma viagem só.

— Ah, você é uma pessoa do tipo levo-tudo-em-uma-viagem.

— Não confio em ninguém que não seja assim. — Eu me viro para olhar para ele ao alcançarmos o segundo andar. — Ah, não. Não me diga que gosta de fazer mais de uma viagem. Você carrega uma sacola por vez?

Ele franze a testa.

— É um fator determinante?

Faço que sim com a cabeça.

— Claro que é.

— Bem, você tá com sorte então, porque eu praticamente inventei essa coisa de levar tudo em uma viagem só. — Ele ignora quando reviro os olhos. — Tenta carregar todas as compras para uma família de seis sem ajuda nenhuma.

Levanto uma sobrancelha.

— Tá bom, agora você tá só se exibindo. Família grande, hein?

Ele sorri.

— É. E a sua?

Nego com a cabeça.

— Só eu, cresci sozinha. Sempre quis ter irmãos.

— Pode ser caótico — afirma ele —, mas eu não mudaria nada.

Me pego esperando poder conhecer a família dele. Sei que é absurdo, ainda nem tivemos o primeiro encontro.

Meu celular começa a tocar. Eu o tiro da bolsa para ver quem está ligando.

— Precisa atender? — pergunta ele.

Suspiro.

— É a Anne. Ela tá tentando planejar a nossa viagem.

Fico na esperança de que ele me diga para cancelar a viagem e passar o fim de semana inteiro com ele. Quero que ele me diga para esquecer aquele cara que costumava escrever cartas para mim e seguir em frente com a minha vida. Mas, mesmo se ele soubesse dessa história toda, não sei se eu conseguiria. Preciso de um desfecho. Não posso deixar essa coisa com o Luca em aberto.

— Aproveita bastante — diz Jake. — Te vejo na volta.

Eu o observo subir as escadas e atendo a chamada da Anne, equilibrando o celular no ombro enquanto abro a porta para o hall do segundo andar.

— Então, tô olhando na internet e tem um voo direto pra San Diego que sai daqui a quatro horas por menos de trezentos dólares.

— Nossa, muito bom.

Por alguma razão sempre imaginei que as passagens de avião custassem milhares de dólares.

— É um ótimo negócio — diz ela. — Vamos chegar lá hoje à noite e podemos reservar um quarto duplo, a não ser que você queira quartos separados. E aí podemos procurar a rua do seu cartinimigo logo cedinho. Se der tudo certo, podemos passar o resto do dia na praia e pegar um corujão pra voltar para casa.

— Tá bom. O que é um corujão?

— Você tá brincando? Todos aqueles anos na faculdade e você nunca aprendeu o que é um corujão?

— É um avião? Nunca viajei de avião, Anne.

Posso ouvi-la rindo da minha cara do outro lado.

— É um voo de madrugada. Chegamos em casa no domingo cedo. Assim a gente não precisa pagar duas diárias do hotel.

— Tô dentro. Como compro minha passagem? No aeroporto?

— Você tá falando sério que nunca viajou de avião?

— Se você continuar me zoando, vou desistir dessa ideia.

— Tá bom. Mas não. Quer dizer, você pode comprar a passagem no aeroporto, mas é mais rápido comprar *on-line*. Vou te mandar o *link*.

Minhas mãos estão suadas quando desligo. Anne manda o *link* de imediato, e clico nele. Não acredito que estou prestes a ir a um aeroporto para tentar pegar um avião. Preencho o formulário com as minhas informações e descubro que é incrivelmente fácil comprar a passagem. Fico preocupada com o fato de que, assim que clicar no botão para confirmar o pedido, vai soar um alarme, a tela vai ficar vermelha e a passagem será negada. Talvez até meu apartamento seja invadido por agentes da imigração. Meus dedos pairam sobre o botão. Estou tendo palpitações. Fecho os olhos e toco na tela.

Não acontece nada. Nenhum alarme e ninguém invadindo meu apartamento. Abro os olhos e vejo que meu dedo não apertou o botão. Toco a tela de novo e espero, prendendo a respiração, enquanto a tela fica branca e depois recarrega com a confirmação da minha passagem. Solto o ar com força e me lembro de que essa foi a parte fácil. Agora preciso sobreviver ao aeroporto.

CAPÍTULO SEIS
Demoníacos Olhos de Husky

Estou na calçada em frente ao meu prédio, mochila pendurada no ombro, esperando Anne me buscar. Uma menininha está virando cambalhotas para lá e para cá na minha frente. Sou péssima em adivinhar a idade de alguém, mas diria que ela deve ter uns cinco ou seis anos. Ou talvez dez.

Quando ela vira a quarta estrelinha na minha frente, olho ao redor, me perguntando onde estão os pais dela. Parece que não há ninguém cuidando da pequena acrobata da calçada. Observo com uma sobrancelha erguida quando ela para e se agacha perto de um arbusto na calçada. Então, como se soubesse que está sendo observada, ela se levanta e vira de frente para mim.

— Olha isso!

Não tenho outra opção a não ser olhar para a mão estendida da criança que, de repente, está muito mais perto do meu rosto do que eu gostaria. Nos dedos da criança há o que parece ser um bigode falso. Franzo a testa, tentando descobrir por que ela está me mostrando isso, quando percebo que o bigode está se movendo.

— O que é isso? — pergunto, espantada.

— É uma lagarta.

— Ah. Bonitinha. — É a lagarta mais peluda que já vi. Nem sabia que lagartas poderiam ser tão peludas.

— Você quer segurar ela, Danone?

Levo um momento para perceber que a criança não está me chamando de Danone, mas está tentando dizer meu nome.

— Talvez você devesse colocar essa coisa no chão — sugiro. — Pode ser venenosa.

— Você é boba. Lagartas não são venenosas. — A menina coloca a outra mão na frente da lagarta. Nós duas observamos a lagarta se mover de uma mão para outra. — Essa aqui vai se transformar numa mariposa.

— É mesmo? — Olho ao redor mais uma vez. Anne deve chegar a qualquer minuto, e tenho receio de que, quando eu partir, essa menina vá ficar sem a supervisão de um adulto. — Cadê os seus pais?

— Minha mãe está limpando o banheiro. Ela não sabe que eu tô aqui fora.

— Você deveria voltar lá pra dentro antes que ela se dê conta de que você não está e comece a ficar preocupada.

Ela faz careta.

— Posso levar a lagarta lá pra dentro?

Penso um pouco.

— Melhor colocá-la de volta no arbusto em que você a encontrou. Assim, ela pode construir um casulo e virar uma borboleta.

— Mariposa — ela me corrige.

— Isso.

Anne buzina ao estacionar. A menina corre de volta para o arbusto para soltar a lagarta. Jogo a mochila no banco traseiro do carro da Anne e, do banco do passageiro, observo a menina desaparecer dentro do prédio.

— Essa menina é filha de quem?

— Não faço ideia — digo. — Ela mora no prédio e acha que meu nome é Danone.

— Danone? Vou ter que me lembrar disso.

— Por favor, não.

— Está animada para viajar de avião pela primeira vez, Danone?

— Tô um pouquinho nervosa, Anette.

Anne se encolhe.

— Tá bom, tá bom, desculpa. Esquece esse negócio de apelido. — Ambas ficamos em silêncio por um momento enquanto ela dirige para o aeroporto. — Mas não precisa ficar nervosa. Sabia que os acidentes de avião são raros?

— Não é por isso que estou nervosa. — Assim que falo, me arrependo. Estar com medo de um acidente de avião é muito mais fácil de explicar do que o que realmente me faz repensar a viagem.

Anne franze a testa para mim.

— Com o que está nervosa, então?

— Nada. É bobagem.

— Você que trouxe o assunto à tona.

— Vamos deixar pra lá. Sei que vai dar tudo certo. — Não acredito de verdade no que estou dizendo, mas preciso pelo menos fingir que está tudo bem.

— Está com medo de passar mal, né? — pergunta ela. — Você sente enjoo em viagens?

— É, é isso — minto. — Não consigo ir nem em montanha-russa sem vomitar.

— Você vai ficar bem. Eu costumava vomitar toda vez que viajava de avião. Posso te ensinar o que eu fiz pra não acontecer mais.

— Valeu. — Agora tenho duas coisas com as quais me preocupar. Nem tinha considerado que não era só conseguir entrar no avião, posso acabar vomitando em mim mesma.

Chegamos ao aeroporto, e Anne para o carro no estacionamento. Respiro fundo. Estou mais nervosa agora do que quando entrei no carro.

— Esqueci meu passaporte — digo. — Já não deve mais dar tempo de ir buscar, né? A gente devia voltar.

Anne revira os olhos e agarra meu braço, me puxando em direção ao prédio.

— Você não precisa de passaporte pra viajar pra Califórnia.

Me sinto leve como uma pena ao deixar Anne me arrastar na direção das portas automáticas que se abrem para o enorme saguão. Estou suando frio. Na certa, se ela olhasse para mim, ficaria horrorizada com a minha palidez. Enquanto estamos indo na direção da fila para o raio X, observo os agentes do aeroporto à frente. Quando um deles olha para mim, desvio o olhar, na esperança de não estar chamando muita atenção.

Me aproximo de Anne ao alcançarmos as máquinas de raio X.

— E se eles não me deixarem passar? — sussurro.

Ela ri. É óbvio que acha que estou brincando.

— Eles têm algum motivo pra não deixar você passar?

— Sei lá. Pode ser que sim. Eles não vão me pedir para, tipo, tirar a roupa, né? Ela analisa a fila à nossa frente.

— Não estou vendo ninguém ficando pelado aqui. Tenho quase certeza de que é pra isso que servem os escâneres. Mas não vou reclamar se aquele cara com a tatuagem no bíceps me disser que precisa me revistar.

— Que cara?

Não lembro de ter visto tatuagem em nenhum dos agentes do aeroporto.

— Blusa azul.

— Ele não é agente do aeroporto, Anne. Ele é... — Observo o cara da tatuagem desdobrar um carrinho de bebê e uma mulher que carrega uma criança se abaixando para colocá-la ali dentro. — Ele é um passageiro. *E* é casado.

— Mesmo assim, eu não reclamaria.

Dou uma cotovelada no braço dela.

— Você é terrível.

Estou tão entretida com o comentário inadequado de Anne que nem percebo que já cheguei ao início da fila. Passo pelo raio X e seguro a respiração quando o agente me diz para esperar. Me dou conta de que todos os meus medos estão prestes a se tornar realidade. Alguém vai me puxar para o lado e me prender ou me dizer que preciso...

— Tudo certo, pode ir — o agente diz antes que eu consiga terminar minha terrível linha de pensamento. Corro para a esteira e pego minhas coisas. Anne passa pelo raio X um pouco depois e seguimos pelo aeroporto.

Paramos em um dos restaurantes para comer alguma coisa e depois vamos para o portão de embarque. Nossos assentos são lá no fundo do avião.

Meu celular vibra assim que me sento. Olho para a tela e fico toda animadinha quando vejo uma mensagem nova do Jake.

> **VIZINHO SEXY:** O elevador acabou de dar uma balançada quando eu estava descendo. Me fez lembrar de você.

Sorrio. Me pergunto se ele está inventando isso só para ter uma desculpa para falar comigo.

> **NAOMI:** Você ficou preso?
> **VIZINHO SEXY:** Não. Só balançou um pouco.
> **VIZINHO SEXY:** Já tá no avião?
> **NAOMI:** Acabei de sentar. Acabaram de anunciar que temos que desligar os celulares.

— Como o Demoníacos Olhos de Husky reagiu quando você cancelou?

A pergunta de Anne desvia a minha atenção do celular. Fico tão confusa com a combinação de palavras que ela acabou de usar que parece que ela está falando em outra língua. Franzo a testa, e quando ela não repete o que disse ou tenta esclarecer, sou forçada a perguntar:

— O que disse?

— Quando você cancelou… — repete ela.

— Isso eu ouvi. Mas não faço ideia do que você falou antes.

— Demoníacos Olhos de Husky — diz ela, revirando os olhos. — Sabe como é, seu vizinho sexy de olhos absurdamente azuis com quem você deveria estar saindo neste exato momento.

— Ah. — Dou de ombros. — Ele levou numa boa.

— Mas você contou a ele, né?

— Claro que contei. Só fiquei confusa com o apelido que deu a ele.

— Ah, para. Você não acha que ele tem os olhos de um husky demoníaco?

— Tipo, agora que você falou, acho que sim. Mas tem que ser demoníaco? Faz ele parecer horripilante.

— Se você me dissesse o nome dele, eu não precisaria chamá-lo de Demoníacos Olhos de Husky.

— O nome dele é Jake.

Ela estica o pescoço para ver a tela do meu celular. Quando vê como o contato dele está salvo, revira os olhos.

— Sério? Tenho certeza de que um cara como ele não precisa ter o ego inflado.

— Só estou planejando me divertir um pouquinho com ele até me mudar. Além disso, foi ele quem salvou o número no meu celular assim.

— Se você vai usar um apelido, Demoníacos Olhos de Husky é melhor.

— Não gosto da parte do demoníaco. Quem sabe só Olhos de Husky?

Ela comprime os lábios, franzindo a testa. Então, pega meu celular.

— Ei, o que você tá fazendo?

Observo ela mudar o nome dele de *Vizinho Sexy* para *Olhos de Husky*. Depois, ela desliga o celular antes que eu possa fazer qualquer coisa. Ela devolve o telefone para mim e se volta para a janela.

— Olha só — diz ela. — Estamos voando.

— Ah! Nossa, é mesmo. — Senti quando o avião decolou, mas estava tão distraída na conversa com Anne que não disse nada.

— Viu? Não é tão ruim assim.

Observo as casinhas e os carros lá embaixo por um momento e depois abro a mochila que coloquei debaixo do assento à minha frente. Puxo uma pasta.

— O que é isso? — pergunta Anne.

— Material de leitura pra gente ficar entretida pelas próximas horas. — Abro a pasta, revelando uma pilha de cartas que escolhi para deixar Anne ler.

Ela arregala os olhos e pega a primeira folha.

— São do Luca?

— São todas as cartas que ele escreveu pra mim no ensino médio.

Ela lê a primeira, franze a testa, depois solta uma risada que faz algumas cabeças se virarem para nós.

— O que respondeu pra isso aqui? — questiona ela, pegando a próxima folha, decepcionada ao ver que não é minha resposta, mas sim outra carta do Luca.

— Ele nunca mandou as minhas de volta, então só tenho as dele. Mas lembro como se as tivesse recebido ontem. Ainda devo conseguir te dizer o que respondi.

CAPÍTULO SETE

A coitada cega

LUCA

A questão com a Naomi era que, não importava quão cruel eu fosse, ou quão mal-humorado estivesse quando escrevia uma carta para ela, ela sempre me respondia. E eu era muito, muito cruel. Durante um ano, depois que meu pai foi embora, eu a usei como saco de pancadas a distância. Nunca contei para ela o que aconteceu porque não queria que ela sentisse pena de mim como todo mundo sentia. Quando eu desabafava com o Ben ou com a minha namorada, eles ofereciam soluções que nunca funcionavam, ou lamentavam, mesmo que não tivessem como fazer nada a respeito. Mas quando eu desabafava com Naomi na forma de uma carta perversa — em geral com palavras que eu queria poder dizer para o meu pai —, ela revidava com algo igualmente maldoso ou perturbador, e isso sempre me fazia rir.

Estávamos no ensino médio quando o tom das nossas cartas começou a mudar. Foram-se os dias dos insultos inocentes de criança sem a experiência de vida para sustentar o que estávamos dizendo. Não sei direito em que ponto passamos do limite, ou quem o cruzou primeiro, mas nenhum dos dois recuava.

Querido Luca,

Eu deveria estar escrevendo uma redação agora, mas não consigo me concentrar porque minhas primas estão no meu quarto brincando de fazer transformação uma na outra e tentando me convencer a participar. Courtney está tirando a sobrancelha da Bella, e a Bella está gritando. É bem difícil escrever sobre a guerra civil com isso rolando, mas me fez pensar em você.

Eu adoraria arrancar cada pelinho da sua perna, um por um, com uma pinça. Imagino que seria muito gratificante ver você chorar de dor. Aí, quando eles começassem a crescer de volta, eu torceria para que ficasse com um pelo encravado e, quando o cutucasse, ele acabasse infeccionando e isso levasse à perda da sua perna. Então, quando o seu médico desse uma prótese, ficaria satisfeita caso ela fosse alguns centímetros mais curta para você ficar mancando de um jeito horroroso pelo resto da vida.

 Com amor,
 Naomi.

Querida Naomi,
 Minha mãe tira a sobrancelha e sempre fala sobre se depilar com cera. Não entendo por que as mulheres se sujeitam a tanta dor. É só usar uma gilete ou algo do tipo. Você deveria ter participado da brincadeira das suas primas. Aposto que precisa de uma transformação mesmo.
 Quero saber por que está tão obcecada com os pelos da minha perna e com a ideia de eu perder um membro. Por acaso, é por que você, lá no fundo, quer vir para San Diego cuidar de mim? Eu deixo você arrancar meus pelos se isso significar ter você de joelhos na minha frente.
 Com amor,
 Luca.

Querido Luca,
 É muito nojento que você sempre leve as coisas para o lado sexual. Mas acho que não me surpreende, já que você nunca transou. Você provavelmente vai ser virgem aos cinquenta anos e aí alguma coitada cega na casa de repouso vai apalpar você sem querer achando que é o marido dela. Você vai ter sorte que o marido dela também tem o pinto minúsculo, então ela nem vai notar a diferença.
 Com amor,
 Naomi.

Querida Naomi,
 Você está errada. Não sou virgem e já tive muitas namoradas, então não vou acabar sozinho numa casa de repouso como você. Você vai acabar sendo aquela mulher cega brincando com o micropênis errado.

Além do mais, meu pau não é pequeno. Posso te mandar uma foto da próxima vez se você quiser conferir.

Com amor,
Luca.

Querido Luca,
Você já deve ter tido muitas namoradas porque é muito ruim de cama. Não é porque tem um pau grande que é bom de cama, e ter muitas namoradas não significa que não vai acabar sozinho. E eu dispenso a foto do pau. Não quero que a pobre da minha caixa de correio pegue clamídia.
Com amor,
Naomi.

Até o final do terceiro ano do ensino médio, muitas das nossas cartas se tornaram um pouco paqueradoras assim. Ou talvez eu só estivesse imaginando que ela estava me paquerando porque era um adolescente cheio de tesão. Ben estava namorando com a Yvette desde o primeiro ano e ficava o tempo todo com ela. Nós só tínhamos uma aula juntos no terceiro ano, e era o único momento em que nos víamos. Mesmo assim, não era como costumava ser. Ele tinha feito novos amigos nas outras aulas, e eu comecei a me sentir meio jogado de lado. Nunca fui bom em fazer novos amigos e acho que sempre contei com Ben para ser o meu melhor amigo.

Diferente de Ben, que tinha o objetivo de um relacionamento a longo prazo, eu não estava muito interessado em ficar com uma menina por mais de uma ou duas semanas. Tinha sido divertido por uns anos, mas até o terceiro ano eu já tinha ficado com metade das garotas da turma. A outra metade ou não era atraente ou estava vetada porque eu já tinha ficado com alguma amiga delas. Acabei passando a maior parte daquele ano sem ninguém. Foi ótimo para as minhas notas, mas foi solitário.

No final daquele ano, parecia que todos os meus amigos estavam entrando numa rede social chamada Facebook, e até minha mãe já fazia parte havia alguns anos. Relutei no início, mas entrei na onda e criei uma conta. A foto do meu perfil era eu e Ben e alguns dos amigos dele na praia.

Foi mais por conta do tédio e um pouquinho da solidão que acabei digitando "Naomi Light" na barra de pesquisa um dia, tarde da noite. Fazia anos que eu me correspondia com ela e ficava imaginando como ela era. Hesitei antes de apertar "enter". Não tinha certeza se queria mesmo saber como Naomi era. Insinuei que ela era feia em muitas das cartas que mandei, mas não fazia ideia de como ela era de verdade. Tinha receio de que, se soubesse, isso pudesse mudar as coisas. Quando a via na minha mente, eu a imaginava bonita. Era um pouco por causa disso que era divertido flertar com ela. Será que eu ainda iria querer escrever para Naomi se soubesse que ela era um ogro?

De qualquer maneira, apertei a tecla e esperei os resultados da busca aparecerem. Alguns resultados surgiram, a maioria mulheres mais velhas, mas havia um ícone que parecia uma adolescente que morava na cidade de Oklahoma. Cliquei no perfil e me peguei prendendo a respiração. Essa não podia ser a garota com quem eu estava me correspondendo havia anos. Verifiquei o perfil mais uma vez, confirmando que ela morava na cidade de Oklahoma e estava no mesmo ano que eu. Depois cliquei na foto do perfil para ver melhor.

Naomi tinha o cabelo de um ruivo claro e a pele alva com algumas sardas clarinhas salpicando o nariz. Os olhos eram azul-escuros, os lábios eram cheios e rosados, e os dentes, perfeitamente brancos e retos. Tinha covinhas nas duas bochechas quando sorria. Cliquei para ver a foto seguinte. Ela estava com roupa de ginástica. Ela estava em boa forma, tinha as pernas torneadas e estava de pé no meio de um grupo de meninas. Para mim, ela se destacou como a mais bonita. Percebi que eu estava praticamente babando. Olhei outra foto e continuei clicando para ver mais. Queria ver todas as fotos que ela já havia tirado na vida.

Não acreditei que durante todo aquele tempo era com *ela* que eu estava me correspondendo. Ela fazia a garota mais gostosa da minha escola parecer um cogumelo. De repente, desejei poder voltar atrás em todas as coisas mais cruéis que eu já tinha escrito para ela.

Considerei enviar uma solicitação de amizade, mas aí ela saberia que eu a tinha procurado. Não sabia direito por que não queria que ela soubesse disso. Em vez de enviar a solicitação, peguei uma folha de papel e uma caneta.

Querida Naomi,
Finalmente fiz um perfil no Facebook. Tenho quase certeza de que fui a última pessoa da minha turma a entrar. É meio esquisito entrar lá e ver todas as coisas aleatórias que minha mãe anda postando. Ela é sempre a primeira a comentar em todas as minhas fotos. Às vezes, quando entro, tenho cinquenta novas notificações e, por um segundo, penso que devo ser popular, mas aí clico no ícone, e é só a minha mãe

enchendo a minha página de curtidas e comentários. Acho que ela deve ser a minha única amiga de verdade. Isso não é um pouco patético?

Acha que a gente devia ser amigos no Facebook? Quero dizer, supondo que tenha uma conta lá. Me diz o que acha e eu procuro e adiciono você.

Com amor,
Luca.

Querido Luca,
O que faz você achar que eu gostaria de ser sua amiga no Facebook? Nem se dê ao trabalho de enviar uma solicitação. Nem me procure, tá bom? Ah, e seja mais legal com a sua mãe.

Beijos,
Naomi.

Não era a resposta que eu estava esperando. Achava que ela leria minha carta e aí, por curiosidade, entraria no Facebook e me procuraria. Inevitavelmente, veria que eu também era mais gostoso do que qualquer outro cara da escola dela e me enviaria uma solicitação de amizade ou, no mínimo, diria que tudo bem eu enviar uma para ela.

Fiquei tão no chão com a resposta dela que deixei a carta de lado e não respondi por um mês. Eu meio que tinha esperança de que, sumindo por um tempo, ela mudasse de ideia, ou que talvez me procurasse no Facebook e percebesse o que estava perdendo. Mas isso não aconteceu.

CAPÍTULO OITO
Como se tornar um stalker

NAOMI

— Por que não quis ser amiga dele?

Anne tinha acabado de ler todas as cartas que o Luca enviou durante os três primeiros anos do ensino médio. Eu fui lendo ao lado dela e contei o que lembrava das respostas.

Dou de ombros.

— Sei lá. Pensando bem, deve ter sido meio insensível da minha parte.

— Você não ficou curiosa pra saber como ele era?

Eu tinha pesquisado depois que ele enviou aquela carta. Estaria mentindo se dissesse que não fiquei um pouco a fim do Luca em algum momento, mas jamais admitiria isso para Anne. A página dele era fechada, então só dava para ver a foto de perfil, em que ele estava com um grupo de meninos na praia, todos de óculos de sol e com os braços cruzados como se achassem que eram grande coisa. E eram — pelo menos, a Naomi do ensino médio achava que eles eram muito gatos —, mas isso não tinha importância.

— Eu tinha um namorado na época que o Luca mandou essa carta. Não ligava muito pra como ele era. E, de qualquer maneira, o perfil dele era privado.

Omito o fato de que visitei o perfil dele várias vezes, tentando descobrir qual dos caras da foto era o Luca e na esperança de que ele mudasse as configurações e eu pudesse bisbilhotar um pouquinho mais sem ele saber.

— Você é doida — retruca ela. — Eu teria aceitado a solicitação de amizade dele.

Penso um pouco a respeito disso, tentando lembrar qual foi a minha lógica para rejeitar Luca na época.

— Você leu as cartas dele — eu a relembro. — Ele era perverso e ofensivo, e eu não queria que ele deixasse comentários assim na minha página do Facebook, onde todo mundo poderia ver.

E também tinha o fato de que eu gostava de escrever as cartas e enviá-las, e eu tinha receio de que se Luca e eu encontrássemos outra maneira de conversar, isso acabasse. Não estava pronta para dar um fim a esse período. Acho que ainda não estou pronta, considerando que agora estou em um avião para tentar encontrá-lo depois de dois anos sem ter notícias dele.

— Faz sentido. Mas ainda assim eu teria pelo menos adicionado ele por um instante só para ver como ele era. Na verdade, já bisbilhotei o Facebook de quase todas as pessoas com as quais troco e-mails no trabalho.

— Sério? Por quê?

— Gosto de dar um rosto ao nome.

— Admito que agora estou curiosa. Acha que ele excluiu a página do Facebook só para tornar mais difícil encontrá-lo?

Anne faz que sim com a cabeça.

— E deve ter pagado para que as informações dele fossem removidas do PeopleFinder. Ou Luca Pichler não é o nome verdadeiro dele.

— Só pode ser o nome verdadeiro dele. Esse foi o nome que a escola me deu quando começamos a troca de cartas.

— Verdade. Se é assim, então ele se esforçou muito mesmo pra que não fosse fácil encontrá-lo.

— Tudo bem — digo, resignada. — Não precisamos do Facebook ou dos dados públicos pra encontrar ele. Vamos bisbilhotar à moda antiga.

Eu meio que gostaria de ter pensado em fazer isso antes, mas achei que houvesse uma razão para ele ter cortado a nossa comunicação: a esposa dele. Provavelmente, teria sido estranho se alguma mulher aleatória (eu) aparecesse na porta deles procurando por Luca. Pensando bem, talvez ele ainda esteja com ela. Talvez ainda vá ser estranho. Não faço ideia de onde estou me metendo.

— Vai ser muito divertido — expressa Anne.

Ela coloca as cartas de volta na pasta e a guarda na minha mochila, enquanto esperamos o avião pousar. Ainda há muitas outras cartas para ler no aeroporto amanhã à noite.

* * *

— E se isso for uma péssima ideia? E se ele voltou pra casa onde morava na infância e quando eu aparecer na porta dele, ele mandar me prender por perseguição? Ou pior. E se eu levar spray de pimenta na cara?

— Acho difícil — replica ela. — Além disso, aposto que ele também teve que bisbilhotar um pouquinho pra descobrir onde você trabalha.

Penso em Luca passando por todo esse trabalho que Anne e eu agora estamos tendo para encontrá-lo. Fico imaginando quais são as motivações dele e por que, depois de dois anos, finalmente estou tendo notícias. Por que agora? É meio inesperado, depois de ter sido esquecida por tanto tempo, ter notícias dele de novo agora. E ainda por cima sem poder lhe responder. Se bem que "esquecida" talvez não seja a palavra certa. Nós dois nos mudamos e imagino que ele tenha seguido com a vida. Enquanto isso, ele sempre esteve à espreita nos recônditos da minha mente, de uma maneira ou de outra.

Não parece justo ser tão difícil encontrá-lo agora. Imagino que deve ter sido um pouco mais fácil para ele, visto que meu nome e rosto estão nos noticiários todas as manhãs.

Anne me acordou cedo para procurá-lo, e agora aqui estamos, às oito da manhã, de pé em frente à casa em que ele cresceu. A casa é azul-clara com venezianas brancas. Tem uma caixa de correio no canto do terreno. Me pergunto se é a mesma que abrigou as inúmeras cartas que enviei para este endereço ao longo dos anos.

— Não deve ter sido tão complicado — digo. — Ele só precisou pesquisar meu nome e achar todas as previsões do tempo que já apresentei. Ele não teve que viajar pra Miami pra me encontrar.

— Bom, ele não tá te dando muita opção a não ser fazer desse jeito.

— Na certa, isso vai cair muito bem em um julgamento. "Não foi minha culpa, meritíssimo. Ele não me deu opção. Tive que persegui-lo!"

Anne revira os olhos.

— Calma. O pior que pode acontecer é ele conseguir uma medida protetiva contra você. E duvido que faça isso. Por que se dar ao trabalho de te encontrar e te escrever se ele iria entrar em pânico e pedir uma medida protetiva?

Sei que ela tem razão, mas estou enrolando. Respiro fundo e olho para a casa por mais um momento. Tento imaginar Luca criança correndo por aquela porta afora até a caixa de correio para ver se havia algo para ele. Fico imaginando se ele ficava tão animado quanto eu para verificar a correspondência. Houve momentos em que pensava se ele me odiava de verdade. Algumas das cartas dele eram tão más e pessoais, que eu me perguntava por que ele se dava ao trabalho de me escrever. Algumas vezes ele até ameaçou não escrever de novo, mas nunca cumpriu essas ameaças.

Fico pensando se ele era só um garoto revoltado. Com certeza parecia ser isso algumas vezes, mas talvez ele simplesmente gostasse de me provocar. Eu o imagino ficando mais velho e ainda saindo por aquela porta para verificar a correspondência, procurando minhas cartas. É difícil imaginar, já que não sei como ele é. Eu o imagino cada vez de um jeito passando por aquela porta. Às vezes, ele tem o cabelo loiro, às vezes, castanho. Às vezes, é alto e, às vezes, baixo.

— Você tá com medo? — pergunta Anne, baixinho, me tirando dos meus devaneios.

— Um pouco.

— Ninguém vai jogar spray de pimenta em você. Vai lá e bate na porta. Você vai acabar assustando as pessoas parada aí na frente da casa delas.

Suspiro e me forço a dar os passos até a varanda. Toco a campainha e prendo a respiração.

Uma mulher aparece do outro lado da porta de tela. Ela a abre e olha para nós com expectativa.

— Posso ajudar?

— Oi — cumprimento, me esforçando para encontrar a voz. — A senhora por acaso sabe alguma coisa sobre a família que morava nesta casa antes?

Ela dá de ombros.

— A família Jones? Você está fazendo o censo ou algo do tipo?

— Não, eu só... Por quanto tempo a família Jones morou aqui? Tinha alguém chamado Luca? Luca Pichler?

— Não faço ideia. Não conheço eles. Só recebo a correspondência deles de vez em quando.

— E os vizinhos? A senhora sabe há quanto tempo moram aqui?

Ela suspira. Dá para ver que está impaciente.

— Não sei. Faz só um ano que moro aqui. Não falo muito com os vizinhos.

— Tá certo. Obrigada. Desculpe o incômodo.

A mulher desaparece dentro da casa, deixando a porta fechar sozinha. Anne e eu encolhemos os ombros e saímos da varanda para voltar para a calçada.

— Já tinha imaginado que ela não ia saber nada sobre ele — digo. — Desde o ensino médio que ele não me escreve deste endereço.

— Tem que ter algum vizinho que more aqui há tempo suficiente pra se lembrar dele ou da família — sugere Anne. — Quer começar por onde?

— Vamos começar pelos vizinhos mais próximos primeiro.

Enquanto andamos, meu celular vibra com uma nova mensagem. Por um segundo, esqueço a troca de nome que a Anne fez e fico confusa sobre a razão de estar recebendo uma mensagem de alguém chamado Olhos de Husky.

> **OLHOS DE HUSKY:** Como é aí em San Diego? Melhor que Miami?
> **NAOMI:** É lindo aqui. Pode ser que eu nunca mais volte.
> **OLHOS DE HUSKY:** Você não pode tomar uma decisão importante como essa antes de sair comigo.
> **NAOMI:** Você deve ter a autoestima lá no teto pra achar que um encontro vai me fazer repensar uma decisão tão importante.
> **OLHOS DE HUSKY:** Não vai ser um encontro só.

Releio a mensagem, tentando descobrir como uma frase tão simples pode fazer com que todo o meu corpo fique quente. Começo a me sentir um pouco tonta e percebo que estava prendendo a respiração. Não sei como responder a uma declaração como essa. Solto o ar e começo a digitar.

> **NAOMI:** Ah, alguém aí está bem confiante. E se você acabar me odiando?
> **OLHOS DE HUSKY:** Não vai acontecer.
> **NAOMI:** O que vai fazer hoje?
> **OLHOS DE HUSKY:** Só passar um tempo com minha família, mas com a vontade de estar andando pela praia com uma moça do tempo muito bonita que conheci...

Me assusto quando Anne agarra meu braço, me puxando para o outro lado da calçada.

— Terra para Naomi — chama ela. — Você não viu mesmo aquele poste?

— O quê? Ah! — Olho para trás e percebo que ela acabou de me salvar de dar de cara com um poste de madeira.

— Por que tá com esse sorrisinho bobo? — pergunta ela, gesticulando para o celular. Então, seus olhos se estreitam e ela abre um sorriso sugestivo. — É o Olhos de Husky, né? Ele tá mandando fotos sexy?

Dou risada.

— Não. Quer dizer, sim, é ele, mas, não, ele não tá mandando fotos. — Meu celular vibra de novo. Eu o coloco no bolso sem olhar caso ele decida me contradizer. — Vamos. Vamos até aquela casa ali.

A última casa da esquina tem arbustos altos que tornam impossível passar pelo caminho que leva até a porta da frente. Temos que desviar da cerca viva para chegar à varanda. Não tivemos muita sorte com as casas alugadas por temporada na rua, mas pelo menos esta não parece ter sido meticulosamente cuidada como as casas de aluguel, então tenho esperança de que a pessoa more aqui há algum tempo.

Não há campainha, então bato na porta de madeira e espero. Um cachorrinho alegre late de algum lugar dentro da casa. Um pouco depois, a porta se abre, revelando uma mulher mais velha, frágil, com óculos que fazem seus olhos parecerem enormes. O cachorro ainda está latindo de algum cômodo nos fundos da casa.

— Bom dia, senhora — digo. — Espero que não esteja incomodando.

— Imagina — responde.

Ela sorri, mostrando dentaduras que parecem ser grandes demais para seu rosto pequeno.

— Meu nome é Naomi, e esta é a minha amiga Anne. Estamos tentando encontrar uma pessoa que morava aqui na rua. Seria possível a senhora me dizer há quanto tempo mora aqui?

— Meu nome é Carol Bell — ela se apresenta, apertando nossas mãos. — Posso até dizer há quanto tempo moro aqui, mas não quero entregar minha idade. — Ela me dá um sorriso bem-humorado e uma piscadela. — Moro aqui a minha vida inteira. Meu pai construiu esta casa, sabia?

Anne me dá uma cotovelada e, quando olho para ela, ela está dando pulinhos de alegria. Eu me volto para Carol.

— Que incrível! — exclamo. — É uma casa linda. Aposto que a senhora adora morar tão perto do mar.

Carol confirma com a cabeça.

— Não mudaria nada.

Eu me viro e aponto para a casa do Luca.

— Sabe aquela casa azul bem na metade da rua?

Ela se inclina para fora a fim de ver para onde estou apontando.

— A senhora por acaso se lembra da família que morava ali vários anos atrás? O sobrenome era Pichler. Eles devem ter morado aqui por pelo menos oito anos, talvez mais. Eles tinham um filho chamado Luca.

Ela retorce a boca, pensativa.

— Ah, sim — diz ela depois de um tempo. — Eu me lembro dos Pichler. Uma família muito simpática, mas passaram por maus bocados. Fiquei preocupada com aquele menino. Você conhece ele? Como ele está?

Fico me perguntando o que ela quis dizer a respeito de a família ter passado por maus bocados. Esta parece ser uma vizinhança tranquila, e Luca nunca reclamou sobre maus bocados em suas cartas.

— Eu me correspondia por carta com o Luca, e a gente perdeu contato ao longo dos anos. Tinha esperança de que a senhora pudesse me falar dele ou da família dele. Adoraria poder escrever pra ele de novo.

— Ah, que gentil da sua parte — afirma Carol. Ela comprime os lábios, e seus olhos se voltam para a casa azul do outro lado da rua. Quando continua, seu tom de voz é outro: — Lydia e aquele marido dela viviam brigando. Acho que ele nunca bateu nela, mas a gritaria das brigas acordava a vizinhança inteira. A polícia foi chamada algumas vezes, mas nenhum dos dois foi preso. Então, um dia, o sr. Pichler foi embora e nunca mais voltou. Deve ter sido a melhor coisa, mas acho que foi muito difícil para o menino. Alguns anos depois, Lydia ficou doente. Não consigo nem imaginar o que é ser criança e perder os pais antes mesmo de terminar a escola.

Carol diz tudo isso de um jeito despreocupado, como se fosse de conhecimento geral, já que eu me correspondia com Luca. Olho para ela, estupefata, tentando processar o que acabei de ouvir. Não sabia que o pai do Luca tinha ido embora nem que a mãe dele tinha ficado doente. Ele nunca mencionou nada disso nas cartas. Mas, pensando bem, talvez ele tenha feito isso de forma indireta. Penso nas poucas cartas que tinham um tom um pouco mais duro, nas que foram tão cruéis que não pareciam mais ser uma brincadeira. Acho que não entendi a dimensão do que ele estava passando na época. Decido que, quando chegar em casa, vou reler todas as cartas. Tem que haver alguma coisa que deixei passar.

— Deve ter sido difícil — diz Anne. — Então, a mãe dele…

— Faleceu — informa Carol.
— E o Luca? — indaga Anne.

Fico agradecida por ela estar mantendo a conversa porque estou envolvida demais nos próprios pensamentos sobre o Luca para pensar no que perguntar. Não consigo nem imaginar pelo que ele passou. Penso nele de um modo bem diferente agora. Vivia me perguntando se ele era um garoto revoltado. Vivia me perguntando por que ele era tão perverso. Nunca imaginei que ele tinha enfrentado tanta dor e perda tão novo. Fico triste por não ter tido conhecimento disso. Gostaria de ter sido capaz de ler nas entrelinhas e dizer algo que o tivesse consolado. Mas talvez isso tivesse arruinado o que nós tínhamos.

Tomara que ele tenha tido alguém em quem confiar e com quem pudesse conversar.

— Quando eu soube que a Lydia havia falecido, Luca já tinha ido embora. Nunca mais tive notícias dele, mas também não esperava ter. Pra ele, eu era só a velha que morava do outro lado da rua. — Carol se vira para mim. — Foi nessa época que você teve notícias dele também?

Balanço a cabeça, engolindo o nó na garganta.

— Ele continuou a me escrever por alguns anos depois disso. Ele estava muito bem da última vez que tive notícias dele. Ia se casar. — Forço um sorriso.

Os olhos de Carol se iluminam.

— Que ótima notícia. Nunca parei de me preocupar com aquele menino. Fico tão feliz em saber que ele está bem.

— Eu tinha esperança de que a senhora soubesse onde ele está morando, mas imagino que não saiba. A senhora, por acaso, não conhece mais ninguém da família dele, ou alguém que possa saber como entrar em contato com ele?

Ela nega com a cabeça.

— Infelizmente, não. Ele era filho único, assim como Lydia e o sr. Pichler. Pelo que sei, o menino não tinha primos, nem tios. Ninguém nunca vinha visitá-los. — Ela franze os lábios, parando para pensar. — Mas ele tinha um amigo aqui na esquina. Eles viviam saindo de bicicleta pela rua, mas nunca soube muito bem em qual casa o amigo dele morava. Na certa já deve fazer bastante tempo que ele se mudou. Hoje em dia, os jovens não ficam na mesma casa pra sempre.

Olho para a rua por cima do ombro, imaginando Luca andando de bicicleta com o amigo. Me pergunto se era um dos meninos da foto na praia que ele tinha no perfil do Facebook. A imagem é interrompida pelas palavras de Carol, ainda soando na minha cabeça. Luca cresceu em um lar infeliz e depois ainda perdeu a mãe. Enquanto isso, eu cresci menosprezando a felicidade.

— Não, não ficam mesmo — concordo. — Se eu tivesse ficado na casa em que morei quando criança, estaria morando num trailer caindo aos pedaços em Oklahoma.

Minha família não era rica, mas a ideia de perder os meus pais nunca passou pela minha cabeça. Nunca questionei se meu pai voltaria para casa. Não é justo que essa tenha sido a realidade de Luca.

— Você precisa encontrar um homem que vai construir uma casa pra você como meu pai construiu pra minha mãe — declara Carol.

— Essa, sim, é uma meta de relacionamento! — exclama Anne com um sorriso. É óbvio que ela não faz ideia de como estou tendo que me esforçar para manter a compostura. Vim até aqui em busca de respostas, mas não esperava que as que encontraria me deixariam tão comovida.

Pigarreio.

— Deve ser muito difícil de encontrar isso hoje em dia — digo. Não que eu precise de um homem que construa uma casa para mim. Trabalhei duro nos últimos anos e guardei dinheiro para comprar a minha própria casa sem ajuda de ninguém, exceto a do banco.

— Queria poder ajudar vocês — expressa Carol.

— A senhora já ajudou — replico, apesar de sentir que voltei à estaca zero. Pelo menos posso eliminar a casa da infância do Luca como um dos possíveis lugares onde encontrá-lo.

CAPÍTULO NOVE

Mais um dia

LUCA

Eu estava no último ano do ensino médio quando minha mãe foi diagnosticada com câncer de pâncreas. Parecia que isso tinha surgido do nada. Eu estava conversando com um recrutador da Marinha no dia em que minha mãe teve a notícia. Ela esperou que eu chegasse em casa para me contar o que o médico havia dito. Foi um choque para nós dois. Ela era mais jovem do que a maioria das pessoas que desenvolviam a doença.

— Não assinei nada ainda — falei. — Não preciso ir pra Marinha. Vou ficar em casa e cuidar de você.

Ela balançou a cabeça.

— Não deixe a sua vida de lado por minha causa.

Isso não fazia o menor sentido para mim porque eu não via como deixar a minha vida de lado por ela. Ela era minha mãe e era tudo o que eu tinha. Ela foi forte e cuidou de mim quando meu pai foi embora. Eu me recusava a abandoná-la no momento em que ela precisava de mim.

— Não vou embora até você melhorar.

Ela esticou o braço e pousou a mão em cima da minha na mesa de jantar. Quando falou, sua voz estava suave, mas firme.

— Eu não vou melhorar.

— Não diga isso. As pessoas se curam de câncer o tempo todo hoje em dia. Você vai fazer quimioterapia, não vai?

— Discuti as minhas opções com o médico — informou ela. — Vou atrás de uma segunda opinião, mas as notícias não são boas, Luca. As pessoas não se curam de câncer de pâncreas. Mesmo com a quimioterapia, o prognóstico não é bom.

Minha garganta ficou apertada, tornando difícil falar.

— Quanto tempo você tem? Um ano? Dois?

Ela fechou os olhos. Vi algumas lágrimas escorrerem por suas bochechas.

— Provavelmente meses. A quimio pode fazer com que eu me sinta melhor e talvez me ajude a viver um pouco mais, mas o médico não... o médico não... — Ela foi interrompida por um soluço. Apertei ainda mais as suas mãos. Quando ela voltou a falar, quase não dava para ouvir sua voz. — O médico diz que terei sorte se passar de abril.

A segunda opinião que minha mãe buscou confirmou o diagnóstico do primeiro médico. Passei por uma fase de negação durante as primeiras semanas depois que tivemos a notícia. Ela não parecia estar doente a ponto de estar morrendo. Eu tinha medo de que se ela começasse a quimioterapia, isso mudasse. Acho que eu tinha medo de que os médicos dela estivessem errados e ela estivesse saudável, e a quimioterapia só a deixaria mais fraca. Mas não demorou muito para o câncer começar a mostrar sua pior face.

Depois de faltar à escola por vários dias para cuidar dela, minha mãe insistiu que eu voltasse a frequentar as aulas. Discuti com ela sobre isso. Eu não tinha mais muito tempo com ela, e não queria desperdiçá-lo passando a melhor parte do dia longe dela. A quimioterapia fazia com que ela se sentisse melhor, e ela estava determinada a superar o prognóstico do médico em pelo menos mais um mês. Ela me disse que seu único objetivo era viver o suficiente para ver a minha formatura do ensino médio. Disse que se eu não fosse para a escola todos os dias, estaria tirando isso dela. Parei de discutir depois disso.

Era difícil escrever cartas maldosas para Naomi enquanto via minha mãe ficar mais fraca a cada dia. Quando meu pai foi embora, usei as cartas para Naomi como um tipo de válvula de escape cruel. As cartas eram um desabafo para a raiva com a qual ele me deixou. Mas quando minha mãe ficou doente, quando ficou claro que ela estava morrendo pouco a pouco, já não sentia a mesma raiva. Ela não estava escolhendo me deixar. Estava sendo tirada de mim contra a vontade.

Quando minha mãe ficou doente, as cartas para Naomi se tornaram uma distração necessária.

Querida Naomi,

Você não vai entrar em nenhuma das universidades para as quais se inscreveu porque não é tão inteligente quanto pensa. Seus pais e professores mentiram para você durante todos esses anos. Você não deve nem se formar. A direção da escola vai deixar você subir no palco e, quando anunciarem seu nome, em vez de parabenizar você como farão com os outros alunos, irão dizer que ficou reprovada e precisa recomeçar o ensino médio. Todos os anos de novo. Vai ser vergonhoso, mas nem tão surpreendente assim para mim.

Com amor,
Luca.

Quando não estava na escola ou fazendo papel de cozinheiro ou motorista para minha mãe, às vezes eu me pegava entrando na página da Naomi no Facebook. Olhava todas as fotos que já tinha visto mil vezes antes, assim como as novas que ainda não tinha visto. Ela postava alguma coisa nova todo dia. Eu me perguntava se ela sabia que seus pensamentos íntimos estavam à vista do mundo todo. Eu me perguntava se ela tinha ideia de que eu podia ler todas as coisas que ela não incluía nas cartas. Algumas vezes o que ela escrevia era engraçado, algumas vezes era uma atualização do que tinha planejado fazer naquele dia, algumas vezes ela desabafava sobre algo que alguém tinha feito para magoá-la. Com as espiadas em sua página do Facebook e as cartas que ela me mandava desde a quinta série, tinha a sensação de que a conhecia. Duvidava que os amigos dela soubessem como o humor dela era sarcástico.

Batia certo ciúme toda vez que ela postava uma foto dela com algum cara. Acho que ele era o namorado dela porque algumas das atualizações eram sobre ele. Eu me perguntava se ela iria parar de escrever para mim se soubesse quanto tempo eu passava olhando as fotos dela e lendo as coisas que escrevia em sua página do Facebook. De vez em quando eu ia dormir imaginando que era eu quem a abraçava naquela foto que ela postou.

Um dia, de manhã cedo, antes de a minha mãe acordar, digitei o nome do meu pai na barra de pesquisa do Facebook, mas não encontrei o perfil dele. Tentei ligar para o número antigo dele, mas a ligação foi direto para a caixa postal de outra pessoa. Sabia que isso ia acontecer. Não era a primeira vez que eu tentava ligar para o número antigo dele.

Não tinha saudades dele. Ele fez a própria escolha. Joguei o celular da cama e o observei quicar e bater na parede antes de parar no chão. Não era justo meu pai ter me deixado para lidar com tudo isso sozinho. Odiava o fato de ele estar por aí vivendo a vida numa boa sem sequer se preocupar com o que eu e minha mãe estávamos lidando.

Peguei o celular e vi que tinha uma rachadura nova na tela. Chutei a cama e xinguei. Estava com raiva do celular, do meu pai e, naquele momento, estava com raiva até da minha mãe.

Estava com raiva de mim mesmo por ter tido esse último pensamento. Estava com raiva do câncer, não dela. E estava com raiva por querer que meu pai estivesse ali e nos ajudasse a passar por isso. Não precisávamos dele. Eu só queria que ele ligasse.

A saúde da minha mãe piorou ainda mais perto do final de abril. Ela supostamente não aguentaria até maio, mas se agarrava à vida o mais forte que conseguia. Estava obstinada a viver o suficiente para ver minha formatura. Quando virou a folha do calendário para maio, sentimos como se tivéssemos alcançado um marco. Ela tinha ultrapassado sua expectativa de vida, mesmo que só por um dia.

Então outro dia se passou, e mais um e, antes que nos déssemos conta, estávamos chegando ao fim de maio. Ela não estava melhorando. Havia uma enfermeira em casa na maioria dos dias. O trabalho dela era garantir que minha mãe ficasse confortável. Cada dia era apenas mais um dia de sobrevivência, mais um dia cogitando se seria o último.

Na manhã da minha formatura, ela me abraçou com lágrimas nos olhos. Estava tão fraca que quase nem senti seus braços me envolvendo. Foi a primeira vez que ela conseguiu sair da cama em dias.

— Conseguimos — expressou ela. — Vou ver meu bebê se formar.

Minhas próprias lágrimas pinicaram meus olhos quando ela disse isso. Ao longo do último mês, com frequência me peguei pensando se a única coisa que a mantinha viva era o objetivo de conseguir chegar a esse dia. Agora que estávamos aqui, não queria deixá-la partir, mas também não queria que ela continuasse sofrendo só porque eu não estava pronto para dizer adeus.

— Conseguimos — repeti.

Dirigi para a escola naquele dia, pensando sobre tudo o que tinha acontecido nos últimos meses. Às vezes parecia que só alguns dias tinham se passado.

O prolongamento da vida dela por mais um mês não era tão animador para os médicos. Seria outra história se ela estivesse pulando da cama toda manhã e dançando pela sala ao ir preparar o café. Ela não era nem de longe um milagre da medicina. Embora eu valorizasse cada dia extra com ela, parecia que todas as outras pessoas estavam surpresas que ela ainda não tivesse morrido durante o sono. Conversei com o Ben, nós dois vestidos com beca e capelo, depois do ensaio. A namorada dele estava tirando fotos com um grupo de meninas — eu já tinha ficado com duas delas no segundo ano —, então tive um momento a sós com ele por alguns minutos.

— Como está a sua mãe? — perguntou ele. Era assim que a maioria das pessoas começava a conversar comigo nessa época. Às vezes eu queria que alguém perguntasse sobre qualquer outra coisa. Teria ficado agradecido pela distração. Mas aquele era um dia bom para falar sobre ela.

— Ela tá muito feliz hoje. Não está melhor, mas já superou em um mês as expectativas dos médicos. Tá feliz por ter conseguido me ver terminar o ensino médio.

— Que ótimo. Sei o quanto isso significa pra vocês dois. Você ainda vai servir na Marinha ou vai esperar mais um tempo?

— Começo o treinamento mês que vem.

— Não vai adiar? E a sua mãe?

— A expectativa era que ela não conseguisse viver tanto tempo.

— Mas ela conseguiu. E se ela viver mais um mês?

Não achava que ela ia conseguir viver mais um mês, nem uma semana, na verdade, mas sabia que eu pareceria um desalmado coração se dissesse isso. Eu precisava servir na Marinha para que pudesse, depois de quatro anos, ter direito ao benefício financeiro para ir para a universidade depois. Se não tivesse esse plano, não teria nada.

— Se alguma coisa acontecer, estarei aqui perto em San Diego.

A namorada do Ben se virou e começou a chamá-lo. Ele acenou para ela e se voltou para mim.

— Tenho que ir. — Ele estava prestes a sair, mas hesitou. — Vamos fazer uma festa de formatura lá na minha casa hoje à noite. Seria legal se você fosse.

— Tá bom, vou tentar.

Por mais que sentisse falta de ter uma vida social fora da escola, duvidava muito que ia conseguir ir a essa festa. Os dias da minha mãe estavam contados, e eu não me via passando a noite em nenhum outro lugar que não fosse ao lado dela depois que a formatura terminasse.

A cerimônia de formatura era realizada no estádio de futebol. A turma de graduação era enorme e o estádio estava lotado. Conforme nossos nomes foram sendo anunciados, nós subíamos um a um no palco, apertávamos a mão do diretor e tirávamos uma foto com o diploma. Houve uma salva de palmas e alguns vivas quando o meu nome foi chamado. Olhei para a multidão, mas não tive tempo de ver direito antes de ter que voltar para o meu lugar.

Quando a cerimônia terminou e os outros alunos estavam jogando os capelos para cima, tirando fotos e se reunindo com os familiares, olhei para a multidão de novo. Duvidava que minha mãe tivesse tido forças para andar, então procurei uma cadeira de rodas. O campo de repente ficou tão congestionado que se tornou impossível encontrá-la. Andei pela parte onde estavam os assentos dos convidados duas vezes até começar a me preocupar.

E então eu a vi. Não minha mãe, mas a enfermeira que estava em nossa casa naquela manhã. Olhei ao redor dela, pois sabia que minha mãe não poderia estar muito longe dali. Demorou mais do que deveria para eu reconhecer a expressão no rosto da enfermeira.

— Sinto muito, Luca.

— Cadê ela? Teve que ir pro hospital?

A enfermeira apertou os lábios.

— Vamos para o estacionamento — disse ela.

Cruzei o olhar com Ben enquanto a seguia, me distanciando do campo lotado. Ele manteve o contato visual comigo até eu me virar.

— Aconteceu. Não foi? — Minha voz saiu sem emoção, como se fosse de outra pessoa.

Os olhos da enfermeira estavam cheios de lágrimas quando ela se virou para mim. Não imaginei que ir à formatura do ensino médio de um aluno para informá-lo sobre a morte da mãe dele era uma atividade habitual do trabalho dela.

— Meus sentimentos — ofereceu ela. — Sei o quanto ela queria estar aqui. Ela só falava disso hoje. Se servir de consolo, as últimas palavras dela foram o quanto ela te amava e como estava ansiosa para ver você se formar depois de tirar uma soneca.

— Ela morreu dormindo?

A enfermeira fez que sim.

— Ela não sofreu. Juro.

— Eu deveria ter estado lá.

— Sei como é difícil saber dessa maneira, mas você estava exatamente onde deveria estar. Era onde ela queria que estivesse. Se ela pudesse estar aqui, estaria, mas acho que ela estava feliz quando se foi, sabendo que você estava aqui.

O torpor que surgiu com o choque inicial da notícia estava se esvaindo. Senti a garganta apertando e os olhos ardendo com lágrimas. A enfermeira, percebendo que eu estava prestes a desmoronar, deu um passo na minha direção e me envolveu com os braços num abraço apertado. Eu não sabia como precisava daquele abraço até que o recebi. Chorei no ombro dela, no cabelo, até o estacionamento começar a se encher de outros alunos e suas famílias. Só me ocorreu mais tarde que eu não sabia nem o nome da enfermeira.

CAPÍTULO DEZ

A carta ruim

NAOMI

— Acho que a gente não pode beber isso na praia.

Anne olha para o drinque na mão dela.

— Se a gente não pode beber, por que vendem bebida tão perto da praia?

Olho ao redor. Estamos rodeadas por casais relaxando ao sol, famílias brincando no mar e crianças construindo castelinhos de areia.

— Ninguém mais tá bebendo.

Anne dá de ombros e toma outro gole da bebida.

— Com certeza se não pudesse beber, alguém teria mandado a gente parar depois dos dois primeiros.

— Bem pensado. — Termino minha garrafa e pego outra.

— Então — diz Anne —, vai me contar sobre a foto que o Olhos de Husky te mandou?

Balanço a cabeça, sorrindo.

— Ele não me mandou foto.

— Que droga. Você devia mandar uma pra ele.

— Uma foto sexy? Acho que não.

— Ah, qual é. Dá pra tirar uma de bom gosto. Não quer se certificar de que ele pense em você?

— Ele não para de me mandar mensagem o dia todo. Certeza de que ele já tá pensando em mim.

Antes que eu consiga impedi-la, ela estica o braço e pega o celular da minha toalha.

— Ei! O que você tá fazendo? — Tento alcançar o celular, mas ela o segura longe de mim.

— Só fazendo o que você tá com medo de fazer. — Ela ajeita o ângulo e tira uma foto. — Perfeita.

Ela me mostra a tela. É uma foto esquisita de mim de biquíni tentando alcançar o celular, com uma expressão assustada. Deve ser a pior foto que já vi de mim na vida.

— Será que devo mandar essa? — pergunta ela, balançando o celular fora do meu alcance.

— De jeito nenhum!

— Tem certeza? Isso, definitivamente, vai fazer ele perder o controle.

— A única coisa que ele vai perder é a vontade de sair comigo. — Eu me levanto. — Tira uma melhor.

Ela sorri e seus olhos se iluminam. Ela também se levanta, dizendo para eu ficar em frente ao mar. Anne tira algumas fotos e me devolve o celular. Escolho uma foto e mando para ele com uma mensagem.

> **NAOMI:** Acho que você vai ter que vir pra San Diego pra sair comigo.
> **OLHOS DE HUSKY:** Posso ser convencido disso.
> **OLHOS DE HUSKY:** Você tá linda.

Sua mensagem gera uma onda de calor pelo meu corpo que não tem nada a ver com os raios do sol na minha pele. Tento reprimir o sorriso que sinto surgir aos poucos nos lábios, porque sei que Anne está me observando. Me sento de novo na toalha e me deito de costas, aproveitando o sol agradável da Califórnia. Está bem mais fresco aqui do que em Miami. Eu poderia ficar deitada aqui o resto do dia, se Anne deixasse. O pensamento me faz lembrar de uma das primeiras cartas do Luca para mim. Imagino que sou uma baleia com uma multidão de pessoas ao meu redor tentando me empurrar de volta para o mar.

— Tá rindo de quê? — pergunta Anne, interrompendo minha lembrança.

— A foto funcionou, não funcionou? Eu disse que ele ia gostar.

— É. Não sei o que eu faria sem você.

Ela sorri e se deita de costas na toalha.

— Pois é, né? Sou uma amiga excelente.

Fecho os olhos, curtindo o sol e o ar fresco e salgado por um momento. O clima daqui é quase o suficiente para fazer com que eu me mude para cá.

— A gente devia fazer isso mais vezes — falo para ela. — Por que tivemos que viajar quase cinco mil quilômetros pra beber juntas na praia?

— Vamos fazer isso todo domingo — propõe ela. — Não. Esquece. Vamos fazer todo dia.

— Não sei se sou capaz de te aguentar tanto assim.

Ela se senta e olha para mim.

— Acho que você não é capaz de aguentar tanto sol.

— Eu até conseguiria, se Miami tivesse esse clima.

— Não, sério. Você tá começando a ficar vermelha como uma lagosta.

— Hein? — Estico a perna para cima para poder ver. Solto um gemido quando percebo que ela tem razão. — Ah, que saco. Eu passei protetor solar.

— Já faz um tempo — ela me lembra. — E você entrou na água depois.

— Por favor, me diz que são só as pernas.

— Seu rosto está um pouco rosado também, mas não tanto.

Pego a sacola e tiro de lá o protetor solar. Começo a passar nas pernas queimadas, mesmo sabendo que o estrago já está feito.

— E a gente achando que meteorologistas não se queimam — debocha Anne.

Jogo a embalagem de protetor solar nela, mas ela se esquiva.

— E a gente achando que assistentes seriam melhores em assistir — digo, zombando do tom de voz dela.

— Foi mal. Não sabia que passar protetor em você constava nas minhas atividades profissionais.

— Agora consta.

— A gente deveria ir logo pro apartamento do Luca e depois jantar se quisermos chegar a tempo ao aeroporto.

— Tem razão. Acho que já me queimei o suficiente.

Pegamos um táxi para o endereço de onde veio a última carta do Luca antes de ele desaparecer por dois anos. As duas últimas cartas que enviei para este prédio foram rejeitadas por quem quer que esteja morando lá agora. Já sei que Luca não mora lá, mas, de qualquer maneira, tenho que tentar. Assim como na casa de praia azul, quando batemos na porta do apartamento, ficamos sabendo que os atuais moradores não sabem quem ele é. Quando chegamos ao aeroporto, cada uma de nós gastou algumas centenas de dólares e viajou alguns milhares de quilômetros para descobrir que a areia é mais escura e o ar é um pouco mais frio em San Diego.

Passamos pela segurança sem percalços, mas Anne nota como estou pálida agora.

— Qual o problema? — pergunta ela. — Você tá com medo de novo? Foi tudo bem no voo pra cá. Por que tá tão assustada?

Não é uma coisa fácil de explicar, ainda mais quando estamos tão perto dos agentes do aeroporto. Eu a ignoro, mas parece que ela não vai deixar pra lá. Quando chegamos ao portão de embarque, abro a mochila e pego as cartas do Luca. Paramos no final do terceiro ano do ensino médio, então só faltam as três cartas do último ano. Passo os dedos pelas cartas, sabendo que o que estou procurando está no final da pilha.

— Ei! — repreende Anne, pegando as cartas que estou pulando. — Não li essas ainda.

— Você pode ler depois — digo.

Encontro a carta que estou procurando e a seguro junto ao peito para que ela não leia até que eu explique primeiro o que escrevi.

— Quais são essas daí? — ela quer saber.

— Estas últimas cartas aqui são do verão depois do ensino médio, antes de eu ir pra universidade. Não tive notícias do Luca durante um mês após a formatura, e quando ele escreveu pra mim depois, estava no treinamento da Marinha. Sempre escrevemos cartas insensíveis um pro outro, mas não pensei direito quando escrevi pra ele. Foi ruim. Péssimo.

Respiro fundo e olho para a carta que estou escondendo de Anne. Olho de volta para ela. Ela está me observando, com a testa franzida, esperando que eu continue.

— Eu disse que estava surpresa por deixarem alguém como ele defender o nosso país e que esperava que a arma de alguém atirasse sem querer no meio do exercício de treinamento e que a cabeça dele explodisse. E aí eu disse que eles provavelmente dariam uma medalha de honra pra quem sem querer tivesse feito isso.

— Cruel — retruca Anne. — Mas ele com certeza escreveu coisas piores pra você.

Ela gesticula para as cartas que lemos no caminho para San Diego. Há diversas cartas em que ele descreve em detalhes como esperava que eu morresse. Minha carta claramente não tinha sido a primeira ameaça de morte que havíamos trocado.

Não digo mais nada. Em resposta, entrego para ela a carta que Luca escreveu.

79

Querida Naomi,

Aposto que você não sabe que cada carta que manda para mim é lida pelos instrutores de treinamento militar antes que eu esteja autorizado a lê-la. Eles precisam ter certeza de que nenhum de nós é um espião ou terrorista. Enfim, eles leram sua carta e me interrogaram por horas para saber por que você quer que minha cabeça exploda. Resumindo: o departamento de segurança nacional foi envolvido e agora você está na lista de terroristas sob vigilância. Você nunca vai conseguir um cargo público e nunca vai poder viajar de avião sem passar por uma revista detalhada. Então, parabéns por ferrar com a sua vida inteira com apenas uma carta. Aposto que por essa você não esperava, né?

Que bom que você já entrou na universidade, porque eles provavelmente não teriam deixado se vissem isso nos seus registros. O que está cursando? Aposto que é meteorologia, já que é a única coisa sobre a qual sabe falar.

Com amor,

Luca.

Anne termina de ler a carta e franze a testa para mim.

— É por isso que tem medo de voar?

Confirmo com a cabeça. Nunca contei a ninguém sobre esta carta. Pensava que quanto menos pessoas soubessem que estava sendo investigada pelo departamento de segurança nacional, melhor.

— Você achou que os agentes do aeroporto iam fazer você tirar a roupa e procurar armas na sua bunda?

Eu a encaro e observo as linhas da sua testa desaparecerem pouco a pouco e ela cair na gargalhada.

— Não tem graça.

— Tem, sim.

— Não tem, não. Você não sabe como é ter que ser cuidadosa com o que fala ao telefone, sabendo que o governo deve estar escutando. E viver se perguntando se e quando vai ser chamada para um interrogatório.

— Peraí. Você tá falando sério?

Faço cara feia para ela.

— Você não tá na lista de terroristas sob vigilância — diz ela.

Faço "shhh" para ela e olho ao redor na esperança de que não estejamos chamando muita atenção.

— Você não tem como saber.

— Naomi. — Ela respira fundo, como se estivesse reunindo toda a sua paciência. — O canal de notícias verificou seus antecedentes antes de te contratar. Algo assim teria aparecido na busca.

— Mas a carta... — digo, segurando-a. O canto da boca dela se levanta e, antes de continuar o que estou prestes a dizer, me dou conta do que está acontecendo. — Ele estava me zoando, não estava?

— Assim como em todas as outras cartas.

Olho para a carta de novo, relendo rápido com um fascínio colérico.

— Puta merda! — exclamo. Jogo a carta no chão. — Todos esses anos escrevendo um pro outro e tirando sarro um do outro. Todos esses anos e não me dei conta de que ele já tinha ganhado. Não importava quão implacável eu fosse, nunca iria ganhar. Não depois de ter caído nessa merda.

Dá para ver que Anne está se segurando para não gargalhar. Reviro os olhos. Ela se curva, pega a carta e a coloca de volta na pilha dentro da pasta.

— Poderia ter acontecido com qualquer um — aponta ela. Seu tom de voz não é muito reconfortante.

— Tive o pior ataque de pânico de todos os tempos quando comprei a passagem de avião. Nunca voei porque tinha um medo terrível de ser presa só por tentar entrar num avião. Dirigi milhares de quilômetros só pra evitar pisar num aeroporto. E quase desmaiei diversas vezes ao passar pela segurança ontem à noite e agora há pouco.

— Pois é, ele ganhou mesmo — concorda Anne.

— Valeu.

— Mas você vai ganhar a próxima rodada.

— Como?

— Você vai desafiar todas as probabilidades e encontrar o endereço dele.

— E se isso não passar da vitória dele de novo? — pergunto. — E se o plano dele for me lançar numa perseguição de gato e rato, me levando a viajar pelo país inteiro à procura dele, sabendo que não vou encontrá-lo?

— Ah, mas você vai ganhar dessa vez. Ele não sabe com quem está lidando.

— Já viemos pra San Diego e não estamos nem um pouco mais perto de achá-lo — insisto. — E se eu não conseguir encontrar ele?

— Aí você vai ganhar do mesmo jeito porque vai poder partir numa aventura. Comigo — acrescenta ela, dando uma piscadinha.

Reviro os olhos.

— Só porque não o encontramos aqui não significa que vou desistir. A gente vai encontrar ele, Danone.

CAPÍTULO ONZE

Vingança às baleias

Ainda está escuro lá fora quando o avião pousa em Miami. Devo ter cochilado por algumas horas, pois o voo de volta para casa pareceu bem mais curto. Anne ainda está adormecida, então dou uma cutucada em seu ombro. Ela se remexe e acorda, depois usa o pulso para limpar uma gota de baba do canto da boca.

— Chegamos — digo para ela.

Estamos no fundo do avião de novo, então precisamos esperar que todo mundo desembarque antes de nós.

— A gente devia viajar de novo no fim de semana que vem — Anne sugere enquanto andamos até o carro. — Onde mais o Luca morou?

— Vou sair com Jake no fim de semana que vem — relembro a ela.

— Quem?

— Jake.

Ela me lança um olhar esquisito, como se não entendesse de quem estou falando.

— Olhos de Husky — digo.

Ela abre um sorrisinho malicioso e me dou conta de que ela me fez dizer só para me zoar. Reviro os olhos.

— E se você saísse com ele durante a semana? — propõe ela. — Você não vai querer passar tanto tempo sem poder escrever de volta pro Luca.

— Ele passou dois anos sem escrever pra mim. Além disso, não quero desmarcar o encontro com Jake de novo. Tô animada pra sair com ele.

— Não tem nenhum lugar mais perto do que San Diego? — sugere ela. — Luca alguma vez foi alocado na Flórida enquanto estava na Marinha?

— Não, mas ficou alocado na Geórgia por um tempo.

— Vamos pra Geórgia, então. Fim de semana que vem. Você pode sair com Jake na sexta, aí viajamos no sábado de manhã. Voltamos no mesmo dia.

— Você estava falando sério sobre essa coisa toda de aventura, né?

— Eu claramente não tenho nada melhor pra fazer.

— Você está precisando de sexo.

Ela suspira.

— Acho que tem razão.

— Quem sabe eu não possa descobrir se ele tem um amigo bonito pra te apresentar.

Chegamos ao carro dela, e ela sorri para mim do outro lado.

— Viu só? Por isso que eu te mantenho por perto, Danone.

— Não me chame assim — aviso, mas ela já está dentro do carro com a porta fechada.

Ela me leva até em casa com o rádio em volume alto. Quando encosta na frente do meu prédio, estou com fome, mas também querendo dormir.

— Ai, minha nossa — diz ela. — Ele corre. E olha só praquele corpo.

Franzo a testa e sigo o olhar dela até a calçada na nossa frente a tempo de ver um homem seminu correndo na direção do meu prédio. Quando ele passa por um poste de iluminação, seus músculos brilham com o suor, na luz dourada. Levo um segundo para me dar conta de que estamos babando pelo Jake, embora pareça que Anne já soubesse desde o início.

— Sem camisa — murmura ela, como se tivesse perdido a habilidade de formar uma frase completa.

— Nossa... — Parece que fiquei sem palavras também.

— É melhor você alcançar ele — orienta ela, cutucando meu braço.

— Não posso deixar que ele me veja assim.

Tenho certeza de que ainda tenho areia no cabelo pela praia que pegamos ontem.

Eu o observo se alongar na frente do prédio e depois pegar uma camiseta que deve ter deixado na escada quando começou a corrida. Ele a veste.

— Tira de novo — sussurra Anne, enquanto ele entra no prédio. Espero até que ele esteja fora de vista antes de abrir a porta do carro.

— Até amanhã, Anne.

— Até depois, Danone.

Não respondo, na esperança de que, se ignorá-la diversas vezes, ela pare de usar esse apelido. Entro no prédio e aceno para Joel, que está plantado na mesa da recepção, como sempre. Ele acena com a cabeça; a pele ao redor dos olhos se enruga ainda mais quando ele sorri. Ao me virar, colido em algo inesperado e perco o equilíbrio. Antes de atingir o chão, minha queda é interrompida pela pessoa com quem acabei de trombar. Levo um momento para perceber que é Jake. Ele sorri para mim, achando graça, ao me puxar para cima.

— Obrigada — gaguejo.

Sinto as mãos quentes dele nos meus braços. Apesar do calor, o toque dele faz minha pele se arrepiar. Ele está tão perto que eu teria que inclinar a cabeça para ver seu rosto. Meus olhos estão na direção do seu pescoço. Receio que, se encarar os olhos de Jake, ele se dê conta de que estou prendendo a respiração, então me pego olhando para o seu peito. Aproveito o momento para apreciar o modo como a camiseta abraça o peitoral. Seu peito sobe e desce numa respiração profunda. O tempo para por um minuto. Consigo ouvir seu coração batendo, ou talvez seja o meu. Ouço a batida no ouvido, tão alto que neste instante é a única coisa que consigo ouvir.

Ele solta o meu braço devagar. Quando solta, sinto um frio na pele e o desejo de que ele ainda estivesse me segurando. Inclino a cabeça para cima, para encontrar os olhos dele. A maneira como ele me encara me faz perguntar se acabei de dizer isso em voz alta. Penso em sair correndo pelas escadas para pôr um fim ao meu constrangimento, mas algo me prende ali na entrada do prédio com ele.

— Obrigada por me segurar — digo, tentando rir da situação. Meu braço encosta no dele quando dou um passo para o lado, indo na direção das caixas de correio.

Ele me segue. Posso sentir que ele me observa enquanto abro a caixa.

— E aí, se divertiu?

Por um segundo, acho que ele está falando sobre o que acabou de acontecer. Levo um instante para lembrar que acabei de chegar de San Diego e que é sobre isso que ele está perguntando. Quando olho para Jake, ele está com aquele sorriso torto que o deixa tão bonito.

— Ah, sim. Desculpa. Ainda estou meio sonolenta.

Ele olha para o número na minha caixa de correspondência e depois de volta para mim.

— Hum — murmura ele. — Não sabia que você morava no apartamento logo abaixo do meu.

— É mesmo?

Ele gesticula para a caixa de correspondência dele. É no andar exatamente acima do meu. Fecho a caixa e me viro para ele com as mãos na cintura. Penso em todas as vezes que os barulhos de cima me deixaram acordada tarde da noite ou me distraíram.

— Tenho tantas perguntas — digo.

— Tipo o quê?

— Tipo, que diabos fica fazendo lá em cima? Você tem uma pista de boliche na sala ou algo assim?

Ele ri.

— Ah, claro. Isso vindo da garota que coloca a música tão alta que parece que está tocando dentro do meu apartamento.

— Só faço isso pra abafar todo o estrondo que você faz lá em cima.

— Não sou assim tão barulhento.

— Sério. O que fica fazendo lá em cima que faz tanto barulho?

Ele dá de ombros.

— Não consigo pensar em nada que possa te incomodar. Sempre achei que eu fosse um vizinho silencioso.

— Não é possível que se ache silencioso. Além da pista de boliche, parece que fica correndo lá em cima a noite inteira. — Gesticulo para a porta. — Correr lá fora não é suficiente?

— Sabia. Você me viu lá fora.

— Você me viu no carro?

— Acho que notei você dando uma conferida em mim.

A maneira como ele se encosta na caixa de correio e sorri me faz esquecer sobre o que estávamos discutindo. Quase o perdoo por ser tão barulhento, mas decido que não posso deixá-lo se safar assim tão fácil.

Cutuco o peito dele.

— Para de mudar de assunto. Quero saber o que anda aprontando lá em cima que faz tanto escândalo.

— Que tal a gente conversar sobre isso no café da manhã?

Sou pega de surpresa com o convite. Meu coração acelera, martelando o peito. E quero aceitar, mas também quero tirar a areia do cabelo e dormir por algumas horas.

— Não posso. Acabei de chegar em casa. Preciso alimentar, hã, minha planta.

Ele inclina a cabeça, um sorriso surgindo nos lábios.

— É o melhor que consegue inventar?

— Quase não dormi no avião — digo. — E mais, fiquei na praia o dia inteiro ontem. Devo estar fedida. — Dou uma cheirada na axila para provar o que estou dizendo e, para minha surpresa, descubro que não estou tão malcheirosa.

— Acabei de correr cinco quilômetros — diz ele. — Se algum de nós dois estiver fedido, todo mundo vai supor que sou eu.

Depois de ter acabado de colidir com ele, posso afirmar que ele também não está exalando nenhum odor. Fico em silêncio por um momento, tentando pensar em outra desculpa. E é neste instante que meu estômago resolve roncar.

Ele olha para a minha barriga e de novo para mim.

— Com fome?

— Tá bom — digo, incapaz de evitar o sorriso. — Mas preciso guardar minhas coisas primeiro.

Ele espera na recepção enquanto subo correndo as escadas para colocar a mochila e a correspondência em casa. Borrifo um pouco de perfume em mim, caso eu não esteja sentindo o próprio cheiro. Quando volto, ele está conversando com Joel. Ele se vira e sorri ao me ver descendo a escada. Seu olhar percorre meu corpo até embaixo e depois sobe quando me aproximo. Prendo a respiração, com o coração acelerado. Não sei por que é tão boa a sensação de ser olhada dessa maneira, sendo que alguns minutos atrás eu amaldiçoava a existência barulhenta dele. Minha mente não deve estar funcionando direito. Deve ser culpa do sol que peguei ontem.

Joel me olha com cautela. Será que ele não aprova que eu saia com alguém que mora no prédio?

— Você já foi no restaurante espanhol no final da rua? — pergunta Jake quando me aproximo.

— Já. É bom. Vamos lá.

Ele segura a porta para mim enquanto eu passo. Vamos andando na direção do restaurante e percebo que ele está me observando. Viro a cabeça para ver o que ele está olhando. Seu olhar percorre meus ombros e desce pelos braços até as minhas mãos.

— Por que está me olhando desse jeito? — pergunto.

Ele estende a mão e pega o meu braço, segurando-o na frente do rosto para dar uma olhada melhor. Quando suas mãos entram em contato com as minhas, me sinto como uma viciada se entorpecendo. Inspiro fundo na esperança de que ele não sinta meu pulso.

— Você está rosa — diz ele, examinando meu braço.

Levo um instante para conseguir falar. Pigarreio.

— Devo ter exagerado um pouco na dose de sol ontem.

— É fácil acontecer isso quando o ar é mais fresco. Não parece que a gente tá se queimando.

Ele solta meu braço, mas não a minha mão. Seus dedos se entrelaçam com os meus, me fazendo esquecer por um momento do que estamos falando. Só consigo focar na sensação da pele dele na minha, o que faz meu corpo vibrar como se eu tivesse sido atingida por uma corrente elétrica.

— Eu devia ter me protegido melhor — digo, voltando a direcionar o foco para o seu rosto. — Vou ter que caprichar na maquiagem pra disfarçar.

— Discordo. Acho que rosa cai bem em você.

Dou risada.

— Obrigada, mas não fica bem na câmera. Não quero assustar os telespectadores.

— Acho que teria que se esforçar muito se quisesse assustar as pessoas.

Chegamos ao restaurante. Ele solta minha mão para segurar a porta para mim. Me pego desejando que as portas fossem automáticas ou que eu tivesse uma desculpa para pegar a mão dele de novo assim que passássemos pela porta. A garçonete nos cumprimenta quando entramos. Percebo o olhar dela varrendo o corpo dele, com um sorriso atordoado no rosto. Não posso culpá-la. Procuro ver a reação dele, mas seus olhos estão em mim. Ele pousa as mãos nas minhas costas, enquanto a garçonete nos guia para uma mesa nos fundos do restaurante. Só consigo me concentrar nisso durante os poucos segundos que levamos para chegar à mesa.

Somos as duas únicas pessoas aqui assim tão cedo. Ele se senta de frente para mim. A mesa é pequena e a perna dele encosta na minha por baixo dela. Nenhum de nós se mexe. Ele acomoda o joelho junto ao meu, e sinto um formigamento que começa nesse ponto de contato e continua até a parte de cima da minha coxa.

Eu o observo enquanto ele olha o cardápio. Já estive aqui várias vezes e sei o que vou pedir, mas mesmo assim abro o cardápio e finjo olhar. A garçonete retorna para anotar o pedido. Ela pergunta primeiro o que ele quer e, quando ele faz uma pergunta sobre as opções, ela dá uma risadinha e se curva, colocando a mão no ombro dele e apontando o cardápio com a outra. Faço um esforço para não revirar os olhos.

— Então — diz ele depois que a garçonete sai. — Você descobriu qual cidade tem as melhores praias?

Dou um gole no café enquanto penso na resposta.

— É quase um empate — delibero. — A areia é mais bonita aqui em Miami. Assim como a água. Só que as praias estão com tanta alga aqui ultimamente, e lá em San Diego tinha bem menos. Lá é mais fresco também, e é mais fácil ficar mais tempo no sol, como pode notar pela minha pele queimada, mas a água é bem mais fria. As ondas são melhores lá, então, acho que se eu fosse surfista, escolheria San Diego.

— Bom saber. — Ele mistura o creme no café e dá um gole. — Ainda não fui à praia por aqui.

— Sério? Há quanto tempo mora aqui?

Ele dá de ombros.

— Uns seis meses.

— Como pode morar em Miami há seis meses e ainda não ter ido à praia?

Ele pega um potinho fechado de creme e coloca em cima de outro.

— Passo a maior parte do dia na água — diz ele, empilhando um terceiro potinho. — A última coisa que quero fazer quando chego em casa é voltar para a água.

Penso no uniforme que já o vi vestindo algumas vezes e fico pensando com o que ele trabalha. Tinha imaginado que ele era dentista ou enfermeiro, mas agora fiquei confusa.

— Por que passa o dia todo na água? Você é instrutor de ginástica aeróbica, ou é viciado em tomar banho?

Ele solta uma risada e tapa a boca com a mão para não cuspir o café.

— Trabalho com veterinária aquática.

— Veterinária aquática? Como assim?

Ele sorri e empilha um quarto potinho de creme em cima dos outros três e olha para mim.

— O que acha que é?
— Imagino você fazendo cirurgia em cachorros e gatos na água.

Para minha surpresa, ele não fica frustrado com as minhas piadas sem graça.

— Quase. Eu me formei em biologia marinha antes de ir pra faculdade de veterinária. Trabalho no aquário.
— Ah! Então, tipo, tartarugas marinhas e tal.
— Isso. Pinguins, morsas, golfinhos. Todos os tipos de peixe também.
— Agora me sinto uma idiota por tirar sarro da sua cara.
— Não fiquei ofendido. Então, me diz como é ter uma profissão que motiva a conversa fiada de milhões de americanos.
— Caramba. Tá certo. Essa conversa fiada me custou quatro anos na Universidade de Oklahoma.
— Ei, eu não disse que não era um trabalho importante. Então você estudou isso mesmo. Não é só ir pra frente da câmera e recitar a previsão do tempo de outra pessoa?

Nego com a cabeça. Pego um pacotinho de geleia e equilibro no topo da pilha de potinhos de creme dele.

— Chego ao canal de notícias às três da manhã todo dia para fazer os relatórios e gráficos a tempo de ir pro ar.
— É bem cedo. — Ele empilha outro pacotinho de geleia em cima do que eu coloquei.
— Não tenho muita vida social, considerando que vou pra cama enquanto o resto das pessoas está jantando.
— Pelo menos você aproveita mais o dia que a maioria das pessoas. Você sempre tá naquele café do outro lado da rua perto do meio-dia. É a hora que sai do trabalho?

Concordo com a cabeça.

— Sempre vejo você por lá também. Seus horários de trabalho no aquário são esquisitos?
— Tenho algumas horas livres no horário do almoço — explica ele. — Uso esse tempo para ir pra casa e brincar com os gatinhos.

Levanto as sobrancelhas. De repente, fico mais animada do que qualquer pessoa sensata deveria ficar.

— Você tem gatos?

— Cuido de dois gatinhos. — Ele pega o celular, toca na tela e o segura para eu poder ver a foto dos bichinhos. Me debruço sobre a mesa para ver melhor. Ele também se inclina para a frente para que possamos ver a foto juntos. O rosto dele fica tão perto do meu que, se eu virar o queixo no ângulo certo, consigo encostar em seus lábios. Meu olhar pousa em sua boca. Preciso voltar o foco para a foto dos gatos antes que ele perceba que não estou prestando atenção.

— Eles eram ferozes — continua ele. — Alguém encontrou eles na rua e deixou no abrigo. Eu me voluntariei pra cuidar deles e fazer com que se acostumem com a interação humana. Agora eles estão prontos para um novo lar. Devo levar eles em um evento de adoção na semana que vem.

Ele parece ficar um pouco triste quando fala sobre levar os gatos.

— Eu não ia conseguir — digo. — Ia me apegar e ficar com eles.

Ele dá de ombros.

— É chato, mas alguém tem que fazer isso. Além disso, posso pegar outro animal pra cuidar quando os gatinhos forem embora.

A garçonete vem com nossa comida e derruba a pilha de cremes e geleias quando serve os pratos na mesa. Ela encosta no ombro dele de novo e diz para ele avisá-la se precisar de *qualquer coisa*. Não pude deixar de perceber que ela não parece ter a mesma preocupação com as minhas necessidades. Ele reage franzindo a testa e dizendo "claro", e depois nós dois atacamos a comida.

— Você sempre soube que queria ser meteorologista? — pergunta ele depois de quase terminar de limpar o prato.

Dou uma mordida na torrada enquanto penso na resposta.

— Sempre fui fascinada pelo clima. E eu adorava assistir à previsão do tempo na TV quando era criança. Devia falar sobre o clima muito mais do que a maioria das crianças da minha idade na escola.

Luca sempre zombava de mim nas cartas por causa disso. Nunca havia considerado que isso poderia se transformar em uma carreira até ele sugerir de brincadeira que era isso que eu iria estudar quando fosse para a faculdade. Achei irônico que ele estivesse tentando tirar sarro de mim e, em vez disso, acabou me ajudando a tomar uma das melhores decisões da minha vida.

— Acho incrível o fato de que você sempre soube o que queria fazer — diz ele. — Eu só descobri quando tinha vinte e dois anos.

— É mesmo? E o que fez até descobrir o que queria?

Ele rasga um pacotinho de açúcar e coloca no café. Seus olhos azuis encontram os meus por um momento antes de ele voltar a atenção para o café.

— Acho que dá pra dizer que eu era tipo um policial.

— Tipo? Como assim? Você era segurança?

Ele sorri, revelando tudo de que preciso saber.

— Ai, meu Deus. Você era segurança de shopping, não era? — Dou risada porque não consigo imaginá-lo nessa função. — Você andava num diciclo gritando com as crianças na praça de alimentação?

— Isso meio que resume tudo. Não era exatamente a minha profissão dos sonhos.

— Por que escolheu biologia marinha?

— Em vez de fechar os olhos e escolher às cegas entre as opções de cursos? Sempre gostei de animais. E eu adorava ir ao SeaWorld quando criança. Nunca tinha me ocorrido que eu poderia trabalhar de verdade com golfinhos todos os dias.

Eu o observo por um momento, me perguntando qual é a pegadinha. Esse homem não pode ser assim tão perfeito. Abriga gatos, cuida de golfinhos doentes e tem o corpo de um deus grego? Ele só pode ser casado ou então tem uma ex-mulher louca. Ou talvez tenha perdido o pênis num acidente horrível quando criança. Talvez uma baleia no SeaWorld tenha pulado para fora da água e arrancou o pênis dele. Mas isso não faria sentido, visto sua opção pela carreira atual. A não ser que ele tenha seguido esse caminho como plano distorcido de vingança às baleias a longo prazo.

— Acho que nós dois escolhemos nossas paixões de criança — digo. — Por que veio pra Miami? Não deve ter sido pelas praias.

Ele sorri.

— Minha família estava aqui. Queria ficar mais perto deles.

Aff. E ele é próximo da família ainda por cima? Quero dizer para ele parar de ser tão perfeito. Está me fazendo ficar com vergonha, ainda mais porque me mudar para Miami me deixou mais longe dos meus pais e primos.

— Quais são os seus defeitos? — pergunto antes de conseguir me conter. — Ninguém é assim tão perfeito. Ou você está compensando por algum erro que cometeu ou só está tentando me impressionar.

O sorriso dele vacila.

— Você quer saber quais são meus defeitos?

Ergo a sobrancelha.

— Tá bom. — Ele abaixa a voz. — Vou te contar.

Eu me aproximo para poder ouvi-lo melhor. Noto a barba por fazer no rosto dele e mais uma vez sou atraída para seus lábios. Fico imaginando como seria beijá-lo, qual seria a sensação daquela barba no meu rosto. Quando olho para ele de novo, percebo que ele também está fitando a minha boca. Seus olhos encontram os meus e sinto uma onda de calor pelo corpo. Seus lábios se separam e de algum modo o resto do mundo fica um pouco mais silencioso, e só consigo escutar as batidas do meu coração enquanto espero para ouvir o que ele vai dizer. Me pergunto se ele consegue escutar também.

Ele continua, num sussurro:

— Ouvi dizer que sou um vizinho muito barulhento.

Não consigo segurar a risada, soltando o ar que não sabia que estava segurando.

— E é. E ainda quero saber como consegue fazer tanto barulho lá em cima.

— Eu não sei mesmo do que você tá falando. Talvez sejam os gatinhos. Eles gostam de correr pelo apartamento.

— Dois gatinhos não podem fazer tanto barulho.

— Você ficaria surpresa.

— Tá bom. Vou acrescentar "mentiroso" na sua lista de defeitos, porque é claro que você tá tentando esconder o fato de que tem uma pista de boliche lá.

Fico esperando que ele use isso como uma oportunidade para me convidar para seu apartamento, mas não é o que ele faz. Ele sorri.

— Tudo bem. Acredite no que quiser.

Quando terminamos de comer, o sol já está alto. Ele pega a conta antes que eu tenha a chance e paga no caixa. É a mesma garçonete que faz a cobrança. Eu o observo enquanto ele passa o cartão. O bíceps dele é grande demais para a manga curta da camiseta, que não é apertada, mas permite ver o formato dos músculos por baixo dela. Meus olhos se erguem de encontro aos dele e percebo que ele está me observando enquanto dou uma checada nele. Meu rosto esquenta. Fico me perguntando há quanto tempo ele já passou o cartão.

A garçonete entrega a via dele, olha para mim e dá uma piscadela. Levanto a sobrancelha, me perguntando por que ela fez isso. Noto que ele está franzindo a testa para o comprovante ao se afastar do balcão. Dou uma espiada e vejo que ela escreveu o número de telefone no papel. Não sei se é adequado rir. Seguro a risada, fingindo que não notei para ver o que ele vai fazer. Sem dizer nada, ele amassa o comprovante e o joga no lixo perto da porta.

— Podemos ir? — pergunta ele.
Me seguro para não olhar para a garçonete para ver sua reação. Acho que ela já passou vergonha demais só na parte da manhã. Saímos e atravessamos a rua na direção do nosso prédio. Assim que chegamos à calçada, ele diz:
— Espera. Naomi.
Por um momento, acho que ele vai fazer um comentário sobre o que acabou de acontecer. Em vez disso, agarra meus ombros, me guiando para o canto, longe da beirada da calçada, se colocando entre mim e a rua.
— Aí. Assim é melhor.
Franzo a testa.
— Não entendi.
Ele aponta para a rua com o dedão e começa a andar. Olho para a rua e de novo para ele, confusa, até perceber o que ele está fazendo. Dou alguns passos rápidos para alcançá-lo. Acho fofo que ele esteja seguindo uma regra tão antiga: a de que o homem protege a mulher do tráfego. Mesmo assim, não consigo evitar.
— Do que tá me protegendo? — pergunto. — De um carro passar numa poça e me molhar? — Olho para a rua seca e de novo para ele. O canto de sua boca se levanta.
— Nunca se sabe quando um carro vai dar uma guinada repentina e subir na calçada.
— Ah, entendi. E acha que é forte o suficiente pra impedir que um veículo em movimento passe por cima de nós dois.
Ele franze a testa, pensando no que eu disse.
— Você acha que eu não conseguiria?
Dou de ombros, olhando de soslaio para ele.
— Quem sabe. Você pareceu bem duro quando trombei com você hoje de manhã.
Ele vira a cabeça depressa na minha direção, me fazendo perceber o que acabei de falar. Sinto meu rosto arder. Tomara que a minha queimadura seja suficiente para disfarçar o quanto fico corada.
— Ai, meu Deus! Não foi isso que eu quis dizer. — Cubro o rosto com a mão. — Firme. Quis dizer que seu corpo pareceu sólido quando eu toquei e... não tá dando certo, né?
Espio por entre os dedos e vejo que ele está rindo de mim. Ele tira minha mão do rosto.

— Você deveria parar enquanto ainda está em vantagem — diz ele.

— Não me parece que estou em vantagem.

Ele sorri.

— Se alguém aqui deveria estar envergonhado, sou eu. Você acabou de me acusar de... — Ele olha para baixo para a cintura e de novo para mim.

— Vamos fingir que eu nunca disse isso.

— Sem chance. — Ele abre a porta do edifício e me deixa passar na frente dele.

Joel ainda está sentado à mesa da recepção. Ele abaixa o jornal quando entramos. Sua testa franze um pouco, mas ele não diz nada e retoma a leitura. Vou em direção à escada e Jake me segue.

Chegamos ao segundo andar. Hesito, com a mão na porta que dá acesso ao corredor. Ele ainda tem mais um andar para subir, mas para ao meu lado. Ele olha para a escada que continua para o terceiro andar, depois volta a atenção para mim. Ele se inclina na direção da porta para que eu não possa abri-la. Mantenho a mão na maçaneta. O patamar da escada, de algum modo, parece menor com ele parado bem na minha frente. Não tenho certeza de como ele conseguiu se aproximar sem que eu notasse. Talvez seja porque não consigo tirar os olhos de sua boca.

Ele parece indeciso, como se estivesse esperando por algo, e me dou conta de que acho que sei o que é. Ele está tão perto que só preciso ficar na ponta dos pés para alcançá-lo. Seguro sua nuca, puxando seu rosto só um pouquinho para perto do meu e nossos lábios se tocam. Sua boca é quente. Me sinto leve e, ao mesmo tempo, é como se minhas pernas não pudessem sustentar o meu peso. As mãos dele pousam nas minhas costas e vão descendo até a cintura. Ele se aproxima, e posso sentir o calor que emana, e ele me segura junto a si, nosso corpo unido, como se ele soubesse que estou com medo de cair. Seu coração bate contra meu peito. Me pergunto se ele também sente meus batimentos.

Nossos lábios se separam por um momento para que eu possa recuperar o fôlego, mas nem mesmo assim ele para de me beijar. Seus lábios descem pelas minhas bochechas até o maxilar. Sua barba arranha meu rosto, e me pego imaginando qual seria a sensação dela em outras partes do meu corpo. Viro a cabeça à procura de seus lábios, e logo eles estão nos meus de novo. Puxo seu lábio inferior entre os dentes. Ele me segura com mais força.

Não quero soltá-lo. Eu poderia viver bem aqui, envolvida por seus braços, e provavelmente morreria feliz. Esqueço que estamos no patamar da escada até ouvir uma porta se abrindo no andar de cima e passos descendo a escada. Ele tira os lábios dos meus e dá um passo para trás. Me encosto na parede, porque ainda não tenho certeza se consigo me manter de pé. Jake tem essa capacidade de fazer com que a gravidade não funcione direito.

Ele me observa, seu peito sobe e desce rapidamente. Nenhum de nós olha para o vizinho que desce para a recepção.

— Você deve estar querendo descansar um pouco depois da viagem de avião — diz ele com a voz rouca.

Me vejo um pouco decepcionada por ele não se convidar para ir ao meu apartamento ou tentar me levar para o dele. Mas ele tem razão. Preciso me recuperar da viagem a San Diego.

— Sim — concordo. — Você deve estar precisando fazer um bocado de barulho lá em cima.

Ele sorri.

— Vou tentar ficar em silêncio por você.

Ele se inclina e me dá mais um beijo na boca. Abro a porta e vou em direção ao meu apartamento. Consigo ouvi-lo subir as escadas para o terceiro andar.

Quando Anne me deixou em casa, imaginei que eu ia apagar antes mesmo de encostar a cabeça no travesseiro, mas agora minha mente está agitada demais para o sono vir. Fico pensando nos olhos dele, o sorriso envisado, a maneira como suas mãos acariciaram minha cintura. Repasso na mente nosso café da manhã, as coisas que ele disse, e sinto um sorriso furtivo surgindo nos lábios.

Fecho os olhos e tento acalmar a mente, mas quanto mais me esforço, mais penso nele. Foco nos sons do meu apartamento: o chiado da geladeira no cômodo ao lado, o zumbido do ar-condicionado. Não consigo parar de pensar na sensação dos lábios de Jake nos meus e em como queria que ele tivesse me convidado para subir com ele, ou que eu tivesse tido a coragem de convidá-lo para entrar.

Já faz um tempo que não fico com ninguém e não estou acostumada a ser a pessoa que convida. De algum modo, isso faz com que eu o queira ainda mais. Deslizo a mão por baixo do lençol até dentro do short e depois entre as pernas. Respiro fundo, os olhos ainda fechados, e imagino que ele está no quarto comigo e que é ele quem me toca.

Enfio os dedos mais fundo, sentindo como fiquei molhada só com aquele beijo na escada. Ainda consigo sentir onde as mãos dele tocaram minha cintura, mas agora elas se abaixam, descendo até os quadris e apertando minha bunda, a mão dele desliza por entre minhas pernas e... *ahh*.

Abro mais as pernas, imaginando que a cabeça dele está lá embaixo e ele vai me chupar. Solto um gemido. Arqueio as costas, aumentando a pressão. Visualizo essa imagem dele esparramado na beirada da cama, fazendo coisas com meu corpo que me deixariam corada se eu admitisse em voz alta.

Meu coração acelera conforme eu intensifico o ritmo. Respiro fundo e fecho os olhos com mais força, tentando prolongar a fantasia. Eu o visualizo sentado na beirada da cama, e eu estou no seu colo com as pernas em volta dele. Olho para baixo ao abrir o zíper de sua calça e, quando estou quase prestes a deslizá-lo para dentro de mim, olho de volta para seu rosto. Ele não é mais o Jake, é o Luca, ou pelo menos é como imagino que ele seja. Tento mudar a imagem dele na minha cabeça, mas é tarde demais. Meu clitóris começa a pulsar e solto o ar, atingindo o orgasmo em ondas poderosas e me acalmando devagar.

Fico ali, deitada, respirando com força enquanto tento aquietar meus batimentos. A sensação em todo o meu corpo é gostosa, mesmo que minha cabeça esteja em conflito.

Fazia um tempo que eu não deixava Luca se infiltrar nos meus pensamentos dessa maneira. Não sei muito bem o que fazer com relação a isso. Fico encarando o teto, me sentindo estranhamente culpada pelo homem que beijei há pouco na escada.

Não ouço barulhos no andar de cima. Está silencioso. Ele cumpriu a promessa.

CAPÍTULO DOZE
O dilema do embutido

Estou trabalhando nos gráficos quando um copo de café aparece ao meu lado. Olho para cima e vejo Anne, pego o copo e dou um gole. Ela pega uma cadeira e se senta.

— Cuidado — alerto. — O menino Patty não gosta de ver a gente conversando, lembra?

— Menino Patty? — Ela ergue a sobrancelha. — Eu vi quando ele levou o celular pro banheiro e tenho certeza de que estava entretido com um joguinho. A gente não precisa se preocupar por uns dez minutos, pelo menos.

— Tenho que trabalhar.

— Achei que a gente podia planejar a viagem para a Geórgia. Você falou com o Olhos de Husky sobre o encontro ser na sexta à noite pra gente poder ir no sábado?

A menção a Jake me faz sorrir quando penso no nosso café da manhã de ontem. E sinto meu rosto ficar escarlate quando lembro para onde meus pensamentos me levaram depois.

— O que foi? — Anne me cutuca, observando a mudança na minha expressão facial.

— Nada. Tô ocupada. A gente pode planejar a viagem mais tarde.

— Assim que mencionei o Olhos de Husky, você abriu um sorriso abobado. Você falou com ele, né?

Sorrio e me volto para o gráfico.

— Não sei, não. Pode ser que sim.

Anne resmunga.

— Ah, qual é! — Ela bate as mãos na mesa. — Desembucha!

Dou de ombros e tomo mais um gole do café.

— É chato. Você não vai querer saber.

Anne se inclina na minha direção, apertando os punhos sobre a mesa.

— Não faça isso comigo, Danone. Me conta o que aconteceu.

Solto um longo suspiro, tentando evitar sorrir enquanto reviro os olhos.

— Ele me viu quando você me deixou em casa ontem. Fomos tomar café da manhã.

Anne arregala os olhos e solta um grito.

— Sabia! — Então abaixa a voz para um sussurro: — Você transou com ele?

Meu rosto começa a esquentar com a mera sugestão. Vendo meu rosto corar, Anne fica ainda mais animada.

— Rolou, não rolou?

— Não! — exclamo, fazendo com que ela fale mais baixo, porque agora que ela elevou o tom de voz, fico preocupada que Patrick entre a qualquer momento.

— Me conta tudo.

Franzo a boca, decidindo quanto quero contar para ela.

— Pode ser que a gente tenha se beijado na escada depois do café.

Anne solta um gritinho de novo.

— Você transferiu a festa da escada pro quarto? — Ela mexe as sobrancelhas.

— Infelizmente, não. Eu estava quase chamando ele para entrar quando ele me disse para ir pra casa e dormir um pouco. — Faço um beicinho, fingindo estar triste. — Acho que ele não gosta de mim.

— Tem razão. Não gosta. Te levar pra tomar café e depois te beijar é um alerta vermelho enorme. Ele deveria ter se esforçado mais pra te levar pra cama.

Dou risada.

— A gente não deveria falar sobre isso no trabalho. Alguém pode acabar ouvindo.

— Já ouvi coisa pior dos apresentadores do jornal.

Estou louca para que essa conversa acabe porque tenho receio de que Anne fique insistindo para saber mais. Não duvido que ela seria capaz de adivinhar exatamente o que se passou pela minha cabeça quando enfiei a mão por dentro da roupa ontem. Ela provavelmente diria algo como se fosse uma piada, então minha expressão me entregaria. E aí essa história não teria fim.

— Acho que ouvi a descarga do banheiro masculino — digo. — É melhor você voltar ao trabalho.

— Você tá mentindo — diz ela. — Eu teria ouvido também.

— Preciso trabalhar, Anette.

— Falando em trabalho, adivinha o que vi ontem à noite.

— O quê? — pergunto, feliz que a conversa parece estar sendo redirecionada para longe da minha vida amorosa.

Ela puxa o celular do bolso e me mostra a tela. Reconheço o aplicativo de relacionamento que ela vive usando. Ela passa por algumas fotos de homens solteiros e para em um rosto familiar.

Eu arquejo.

— É o...?

— Patrick — ela completa para mim. Seus lábios se contorcem em uma expressão que só consigo descrever como uma careta. — Acha que isso significa que ele viu a minha foto também?

— Ele deve estar olhando pra sua foto neste momento. No banheiro.

— *Eca!* Não fala isso!

— Aposto que é por isso que ele demora tanto — provoco. Anne franze a testa e arregala os olhos. — Ele deve ficar sentado lá, passando as fotos e dando *match*, e todas as coitadas dessas mulheres não fazem a menor ideia de que ele estava cagando ao fazer isso.

— Meu Deus, Naomi. Achei que estava indo por um caminho bem diferente. De qualquer maneira, é nojento. Não quero pensar nisso.

Ouço a descarga. Nós duas nos viramos para olhar na direção do banheiro. Anne revira os olhos para mim e sai andando devagar. Me viro de volta para a mesa para continuar preparando a previsão do tempo, depois faço a primeira entrada ao vivo da manhã. Anne está ocupada com seu trabalho, então não a vejo de novo até ela passar distribuindo a correspondência. Depois que faço minha última apresentação, Anne está me esperando na minha mesa com um envelope fechado na mão. Posso dizer, por sua expressão, que é outra carta de Luca.

— Ele já mandou outra?

— Ele não tá esperando você responder porque sabe que não tem como. — Ela entrega o envelope para mim quando me aproximo. — Abra.

Rasgo o envelope, me preparando para qualquer que seja o conteúdo da carta dele hoje.

Querida Naomi,
    Quero jogar um joguinho. Você deve estar ficando doida por não poder responder minhas cartas, né? Imagino que esteja morrendo de vontade de fazer isso. Vou fazer um trato. Quero que você diga a palavra "bologna" na previsão do tempo das cinco da manhã. Se fizer isso, te dou uma dica de onde estou agora. Pode ser que eu até inclua meu endereço na próxima carta. Quem sabe.
    Com amor,
    Luca.

Anne lê a carta por cima do meu ombro.
— Que porra é "bologna"? — pergunta ela, pronunciando a palavra errado.
— É um tipo de embutido, e se fala "bolonha". Você nunca viu as propagandas do Oscar Mayer quando era criança?
Ela dá de ombros.
— Meus pais eram vegetarianos e não tive TV durante a maior parte da infância. Minha família se dedicava a explorar a natureza. — Ela revira os olhos.
Começo a cantar a música das propagandas, mas ela faz eu ficar quieta como se isso fosse mais constrangedor do que falar sobre sexo no trabalho.
— Você não vai fazer isso, vai? — pergunta ela, voltando a atenção para a carta.
Reflito por um momento. Se ele me passar o endereço, não vou ter que gastar centenas de dólares viajando para todos os lugares de onde suas antigas cartas vieram só para encontrar pistas de onde ele talvez esteja agora. Se eu pudesse escrever para ele, talvez conseguisse tirá-lo da cabeça.
— Por que não? Com certeza as coisas ficariam mais fáceis.
Ela franze a testa.
— Como vai encaixar "bologna" na previsão?
— Tenho certeza de que consigo dar um jeito.
— Que ridículo. Se fizer o que ele tá pedindo, vai permitir que ele ganhe.
— Ele já tá ganhando.
— Não se a gente for pra Geórgia no fim de semana e encontrar alguém que conhece ele.

— E se ninguém conhecer ele?

— Aí a gente continua procurando. Ignora. Ele só deve estar querendo que diga isso pra ter certeza de que você tá recebendo as cartas dele. Deixa ele ficar na dúvida.

— Acho que tem razão. — Suspirando, leio a carta de novo, depois a coloco na bolsa. — Vamos almoçar.

Almoçamos num restaurante grego e planejamos a logística da viagem para a Geórgia. Não vamos precisar de hotel porque voltaremos no mesmo dia. Não devemos gastar mais do que algumas horas para visitar o endereço antigo de Luca e falar com os vizinhos.

— Isso é tão divertido — diz Anne enquanto compramos as passagens pelo celular. — Luca vai esperar você dizer "bologna" em rede nacional a semana inteira. Enquanto isso, ele não faz ideia de que vamos pra Geórgia atrás dele.

— É meio esquisito você estar tão obcecada em ir atrás dele.

— Diz a mulher que está chateada por não ter ido pra cama com um cara que ela mal conhece.

— Falando desse jeito, você me faz parecer bem patética.

— E é.

Levo a mão ao peito.

— Caramba. Não acredito que sou sua amiga.

— Peraí. Somos amigas? Achei que a gente era só colegas de trabalho.

Jogo o guardanapo nela.

— Não tenho que ficar levando você comigo nessas viagens, sabia?

— Já era. As passagens já estão compradas. Passo para te pegar bem cedinho no domingo. E não se atreva a dizer "bologna" quando estiver no ar.

— Juro que não vou.

Vamos uma para cada lado depois de sair do restaurante. Estaciono o carro no edifício-garagem ao lado do meu prédio e vou para a entrada. Vejo a Criança Lagarta sentada na calçada usando giz de cera para pintar as páginas de um livro de colorir. Olho ao redor, procurando um adulto responsável. Mais uma vez, parece que a criança está sozinha.

Eu me ajoelho para verificar o trabalho de arte. A Criança Lagarta sorri para mim. Acaba que meu apelido é preciso, porque a criança está colorindo um livro repleto de imagens de lagartas.

— Que tipo de lagarta é essa aí? — pergunto.

— É a lagarta-monarca.

— Ela vai virar uma mariposa?

Ela ri, fazendo eu me sentir idiota.

— Não. É uma lagarta-*monarca*. Vai virar uma borboleta-monarca.

— Você sabe muito sobre lagartas.

— Vou ser entomologista quando crescer.

— Uau. Você é bem mais esperta do que eu era na sua idade.

Depois de dizer isso, me dou conta de que não sei direito qual a idade dela. Acho que eu não conseguiria dizer uma palavra grande como essa quando estava na faixa de idade que suponho que a criança está.

— Não precisa se sentir mal. Você sabe um monte de coisa sobre o clima e tá na TV. — Ela para de colorir por um momento e olha para mim. — Acha que algum dia eu vou aparecer na TV?

— Talvez se você se esforçar bastante estudando seus insetos, vai ter o seu próprio programa de TV e vai poder ensinar outras pessoas sobre eles.

Ela abre um sorriso ainda maior, exibindo alguns espaços banguelas.

— Você iria assistir?

— Claro que sim. — Eu a observo voltar a colorir. — Cadê a sua mãe? Ela sabe que você tá aqui fora sozinha?

— Não tô sozinha — responde ela. — Ele tá cuidando de mim.

O jeito que ela diz isso me faz sentir desconforto. Verifico por cima do ombro, imaginando se há alguém que não vi ou se a criança tem um amigo imaginário. Sempre tive medo de crianças que têm amigos imaginários. Como não vejo ninguém, sou forçada a perguntar:

— Quem tá cuidando de você?

Ela usa um giz de cera para apontar para uma das janelas na frente do prédio. Vejo o Joel sentado atrás da mesa da recepção. Ele acena para mim. Tudo bem. Me sinto melhor agora.

Eu me endireito.

— Então se você tá bem aqui, vou subir. Não fale com estranhos, tá bom?

Vou para dentro.

— Dando uma de babá, hein? — digo para Joel.

Ele dá de ombros e enfia a mão dentro de um grande pote de picles em cima da mesa.

— Não vejo por que não. Não é como se eu tivesse algo melhor pra fazer.

Não consigo evitar de pensar que isso deve ser verdade. O homem fica à mesa da recepção dia e noite, ao que parece. Me sinto um pouco mal por ele, mas imagino que ele ganha uma boa quantia de dinheiro com todas as horas extras que faz.

Quando entro em casa, ouço o barulho habitual vindo do apartamento de cima. Agora que sei quem é, ouço com mais atenção. Parece que há algo pesado rolando pelo chão, seguido de diversos sons de passos. Não deve ser possível que esses sons sejam de dois gatinhos. Ele só pode estar brincando comigo ou algo do gênero.

Vou até a minha caixa de som e ligo a música. Um minuto depois, meu celular vibra.

> **OLHOS DE HUSKY:** Você pode aumentar o volume? Estou com um pouco de dificuldade pra saber que música tá tocando.
> **NAOMI:** Com certeza. Assim tá melhor?
> **OLHOS DE HUSKY:** Muito melhor. Os gatinhos adoram Britney Spears.

Solto uma risada.

> **NAOMI:** Não é Britney Spears.
> **OLHOS DE HUSKY:** Sério?
> **NAOMI:** É Shakira.
> **OLHOS DE HUSKY:** Ah. Bom, os gatinhos adoram Shakira.

Mais golpes no teto, que consigo ouvir mesmo com a música. Escuto por um momento, percebendo que parecem estar no ritmo da batida da música.

> **NAOMI:** Você tá dançando aí em cima ou os gatinhos sabem mesmo requebrar?

As batidas cessam quase ao mesmo tempo em que envio a mensagem. Então meu celular vibra de novo.

> **OLHOS DE HUSKY:** Dá para ouvir daí?
> **NAOMI:** Dá.
> **OLHOS DE HUSKY:** Foram os gatinhos, sem sombra de dúvida.

Eu me pego sorrindo para o celular. Abaixo a música e me deito no sofá com o celular, sentindo como se tivesse dezesseis anos de novo.

> **NAOMI:** O que você tá fazendo aí? Pode dar uma passada aqui?
> **OLHOS DE HUSKY:** Tenho que voltar pro trabalho.
> **NAOMI:** Ah, tudo bem. Que tal outra hora?

Encaro o celular, observando um balão com três pontinhos surgir, indicando que ele está digitando uma mensagem. O balão desaparece por um instante, depois reaparece. Prendo a respiração. Está quieto lá em cima. Fico imaginando se ele já saiu.

Deixo a tela se apagar. Eu me levanto e vou para a cozinha pegar um copo de água e deixo o celular no sofá. Quando o ouço vibrar do outro lado da sala, vou correndo para ver o que diz.

> **OLHOS DE HUSKY:** Me encontra no aquário.

CAPÍTULO TREZE

Com o peixe atrás da orelha

Envio uma mensagem para Jake saber que cheguei, mas assim que atravesso as portas do aquário, me dou conta de que não precisava ter enviado. Ele já está me esperando, encostado na parede da grandiosa entrada. Visitantes de todas as idades estão espalhados entre nós, olhando panfletos e escolhendo quais animais ver primeiro.

O olhar dele pousa no celular assim que minha mensagem chega. O canto de sua boca se curva para cima, ele levanta os olhos do celular e, quando encontra os meus, seu sorriso aumenta.

Ele caminha na minha direção, parecendo não se importar com a multidão em volta. De alguma maneira, ele se esquiva de crianças e casais sem tirar os olhos de mim. Nos encontramos no meio do caminho. Meu coração está martelando dentro do peito. Ele se inclina como se fosse me beijar, mas, no último segundo, parece se lembrar de que está no trabalho e que estamos rodeados por crianças. Ele redireciona para a minha testa, mas seus lábios acabam pousando na minha sobrancelha.

— Caramba. Acho que nunca fui recebida com um beijo na sobrancelha antes — brinco.

Ele sorri e beija minha outra sobrancelha.

— Só pra ficar igual — diz ele.

Ele pega minha mão e me leva para depois da fila da entrada.

— Vamos entrar escondidos? — pergunto, enquanto ele digita um código para atravessarmos uma porta com o aviso de "somente pessoas autorizadas".

Ele sinaliza para eu falar baixo.

— Não fale pra ninguém. Conheço um cara.

Ele nos guia por um corredor.

— Não vou fazer com que acabe sendo demitido, vou? — pergunto.

— Provavelmente não. — Alcançamos outra porta. Ele a abre e me guia com a mão nas minhas costas. Passamos pela fila de entrada e pela verificação de segurança.

— O que quer ver primeiro? — indaga ele.

Olho em volta, assimilando os arredores. Há tanques construídos na maior parte das paredes, cheios de peixes coloridos, corais e plantas aquáticas. A iluminação no teto é suave e lança um brilho nos tanques e corredores, fornecendo luminosidade para as partes mais escuras do aquário.

— Aqui tem lontras?

— Claro. — Ele pega minha mão de novo. Andamos por um corredor curvo com paredes de vidro de ambos os lados. Desacelero para olhar para as diferentes espécies de peixe, algumas nadam em cardumes e pelo visto estão alheias à audiência. Outras nadam até perto do vidro para nos observar com curiosidade, enquanto outras fogem apressadas e se escondem assim que nos veem.

Chegamos à área do rio das lontras. É organizada de modo diferente dos tanques de peixes. Há áreas secas, onde as lontras podem subir para descansar depois de nadar. Duas lontras flutuam de costas na superfície da água. Uma terceira está submersa, entretendo as crianças que a observam do outro lado do vidro. Temos que descer um lance de escada e dar uma volta para ver a área submersa.

— Só três lontras? — pergunto.

A área parece ser grande para apenas três animais.

— As lontras fazem parte do nosso programa de reabilitação. A mais nova, ali nadando, chegou faz só dois meses. Foi encontrada no quintal de alguém e a mãe não pôde ser localizada, então foi considerada órfã. As pessoas que a encontraram a mantiveram como animal de estimação por algum tempo antes de a trazerem para cá, então ela provavelmente não será qualificada para soltura.

— Vocês costumam soltar os animais na natureza?

— Esse é o objetivo, mas nem sempre dá certo. Temos que ter a segurança do animal em mente. Se a lontra fica muito domesticada, como essas três aqui, elas não costumam ser soltas.

A ideia de que nenhuma dessas lontras vai voltar a nadar num rio de verdade me deixa triste.

— Então nenhuma dessas lontras vai voltar para a natureza?

— Essas três, não. Temos muitas outras numa área que não está aberta a visitantes. As lontras de lá não estão acostumadas com seres humanos, e a gente precisa manter assim para que elas possam ser soltas.

Eu o observo falar sobre os animais. Ele está focado na área, observando a lontra jovem nadar brincalhona, antes de seus olhos azuis encontrarem os meus. Vejo o reflexo da lontra dançando neles.

— O que você quer ver agora? — ele pergunta.

— O que recomenda?

Ele me leva para ver um polvo e depois vemos as arraias, que são populares entre as crianças. Outra pequena multidão está reunida em torno da área das águas-vivas. Observamos por um momento, ouvindo a guia explicar como a queimadura de água-viva deve ser tratada.

Contorno o tanque e observo as criaturas dentro dele. Fico hipnotizada com o movimento delas e com como um animal tão estranho em formato de bolha consegue não apenas sobreviver, mas também causar tanta dor. O tanque segue um corredor em curva que leva a uma área menos movimentada do aquário. Não percebo de imediato que Jake não está mais ao meu lado. Eu me viro e o vejo me observando alguns metros atrás. Suas mãos estão enfiadas nos bolsos e a cabeça, um pouco inclinada. Seus lábios estão separados como se ele fosse dizer alguma coisa. Olho para ele, esperando, mas então sua boca se fecha de novo. Sua testa franze por um segundo e ele tira as mãos dos bolsos e se aproxima até ficar bem perto de mim.

— O que foi? — pergunto.

Ele balança a cabeça e leva uma das mãos à nuca para coçá-la. Espero um pouco, achando que ele ainda vai dizer o que quer que esteja se passando por sua cabeça, quando meus olhos se voltam para a placa do próximo tanque.

— Salmão? — digo, lendo o nome da espécie. — Não sabia que tinha comida aqui.

Ele ri e seu lábio se curva em um meio-sorriso, depois me dá uma cutucada com o cotovelo.

— Muito engraçado.

— Ah, não. Não me diga que você é contra comer frutos do mar.

Ele se contrai e fico preocupada de ter passado dos limites.

— Não sou o maior fã de frutos do mar, mas juro que não é por causa do meu trabalho.

Passo a mão pela testa.

— Ufa! Por um momento, fiquei com medo de ter te ofendido. Acho que é meio como perguntar para um veterinário se ele come cachorros e gatos.

Ele ri e, assim, sem mais nem menos, quase esqueço que estava esperando que ele dissesse alguma coisa antes de eu interrompê-lo.

— Acho que não é a mesma coisa — diz ele. — Tenho certeza de que veterinários que cuidam de bois comem hambúrguer.

Balanço a cabeça.

— Acho que eu não conseguiria. Não ia conseguir passar o dia todo tratando e cuidando desses animais e simplesmente ir pra casa e comê-los.

Ele se encosta no tanque, cruza os braços e olha para mim.

— Ainda bem que você é meteorologista e não veterinária, então.

— Tem razão. Não tenho como ir pra casa e comer um furacão.

Ele sorri, desencosta do tanque e dá um passo na minha direção.

— Você é uma figura, sabia, Naomi?

Ele está tão perto que tenho que erguer o pescoço para vê-lo. Quando faço isso, ele inclina o queixo e um segundo depois seus lábios estão nos meus. Ele coloca as mãos no meu rosto e depois passa os dedos pelo meu cabelo. Meu coração acelera. Fico na ponta dos pés para alcançá-lo melhor.

Por um momento, esqueço que estamos em um local público, onde alguém poderia virar a esquina e nos ver. A sensação é de que estamos completamente sozinhos, só nós, o eventual barulho da água nos tanques e o zumbido borbulhante dos filtros. Há algo na maneira como os dedos dele passeiam pelo meu cabelo que me faz sentir como se estivesse derretendo. Sou mais uma vez levada para aquele momento na escada ontem, quando estávamos só nós dois. Se pudesse voltar no tempo, teria me esforçado mais para convidá-lo a entrar. Quem sabe assim meus pensamentos não teriam se desviado para Luca, quando eu deveria estar pensando só em Jake. Agarro a parte de trás da camisa dele, puxando-o para mais perto, o que é um erro, por que agora que seu corpo está junto ao meu, não sei se consigo soltá-lo.

Eu estava ávida pelo seu toque, por saborear seus lábios e a maneira como se encaixam perfeitamente nos meus, desde que ele me deixou ontem de manhã.

Ele me beija com mais intensidade, sentindo meu gosto com a língua. Sem me dar conta, estou com as costas na parede do tanque de salmão. Deslizo as mãos por baixo da camisa dele, sentindo a pele macia de suas costas antes de passá-las por suas costelas até seu abdômen.

Ele solta um grunhido surpreso. Tiro a mão, mas ele a pega e a coloca de novo nele.

— Fez cócegas — ele fala sem desgrudar a boca da minha.

— Você quis dizer que isso fez cócegas? — Deslizo a mão de novo por suas costelas e ele dá um pulo mais uma vez.

— É. Isso. — Desta vez, ele pega minha mão e a afasta.

— Você é bem corajoso de me dizer que sente cócegas — eu o alerto.

— Você sente?

— Nem um pouco.

Ele me observa por um segundo, olhos semicerrados, então estica as duas mãos e passa os dedos nas minhas costelas. Solto um gritinho e tento fugir, mas ele me envolve com os braços, me prendendo em um abraço. Paro de me debater assim que percebo que ele não está mais tentando fazer cócegas em mim. Relaxo em seu abraço.

— Tá bom, então estabelecemos que você é uma mentirosa — diz ele.

— Que tal uma trégua? — sugiro. — Eu não faço cócegas em você se não fizer em mim.

— Acho que posso concordar com isso. — Ele se afasta só para conseguir me dar outro beijo na boca.

O efeito que ele tem sobre mim me deixa zonza. Não posso deixá-lo ir só com um beijo, então prendo seus lábios no momento em que ele está recuando de novo. Quando me afasto, ele se lança para outro beijo, e então é minha vez de novo, e cada novo beijo é mais longo e mais gostoso que o anterior.

O toque dele gera um pulso por todo o meu corpo. Eu me pego calculando qual a distância daqui até meu carro, imaginando se consigo levá-lo até lá sem tirar a roupa dele.

— Meu Deus, Naomi — sussurra ele junto aos meus lábios. — Não consigo te largar.

Meu coração está batendo tão forte que sinto a vibração nos ouvidos.

— Ah, que bom — digo, recuperando o fôlego. — Fiquei com receio que depois daquele beijo na sobrancelha você estivesse me jogando pra escanteio, me considerando só uma amiga, ou algo do tipo.

109

Não digo em voz alta, mas também penso no jeito que ele me olhou perto do tanque de salmão, quando me fez achar que poderia haver algo errado. Devo ter interpretado mal a expressão em seu rosto.

— Nem em um milhão de anos — afirma ele. — Mas a gente deveria parar antes que eu seja demitido.

— Certo. E antes de eu ser presa.

Ele levanta uma sobrancelha, me fazendo perceber que talvez eu fosse a única que estava pensando em tirar a roupa no meio do aquário.

— Por que você seria...?

— Tem pinguins aqui? — interrompo. — Vamos ver os pinguins.

CAPÍTULO QUATORZE

Comportamento inapropriado no corredor

Quanto mais o fim de semana se aproxima, mais empolgada Anne fica com a viagem no sábado. Sinto que ela está mais animada do que eu, o que é estranho, e fico repetindo isso para ela. Não recebi outra carta do Luca. Também não disse "bologna" no ar como ele pediu. Na sexta-feira, começo a pensar se não deveria ter simplesmente dito a palavra. Depois de receber cartas dele com relativa frequência nas semanas anteriores, estou um pouco decepcionada por ele não ter enviado mais nenhuma. Talvez a lógica da Anne para que eu não fizesse o que ele falou tenha saído pela culatra. Agora, ele deve estar achando que não estou recebendo as cartas e não vai mais perder tempo as enviando.

— Você falou com o Olhos de Husky de novo? — pergunta Anne no café depois do trabalho.

Sorrio ao me lembrar do passeio espontâneo ao aquário no início da semana. Depois de beijar Jake na frente de uma plateia de salmões, passamos a meia hora seguinte olhando pinguins, focas e morsas. Acho que nunca me diverti tanto em um aquário.

— Estamos trocando mensagens — conto a ela. Olho por cima do ombro para a porta da frente, esperando vê-lo entrar. Quero encontrar com ele antes de Anne e eu viajarmos para a Geórgia, mas até agora nossos horários não coincidiram. Imagino que o café na hora do almoço seja a melhor hora para cruzar com ele.

— Você vai machucar o pescoço torcendo desse jeito — ironiza Anne. — A gente não vai querer que você use um colar cervical durante a previsão do tempo.

Além disso, eu posso ver a porta da frente. Acha mesmo que eu não te diria se ele entrasse?

Eu me viro, sorrindo.

— Você tá sempre cuidando de mim. O que eu faria sem você?

— Não faço ideia — responde ela, soltando uma lufada de ar pela boca. — Se não fosse por mim, você teria dito "bologna" no meio da previsão do tempo.

— Até que pensei nisso. Pensei em fazer hoje de manhã. — Pigarreio, mudando para minha voz da TV: — O calor é suficiente para fritar bologna na calçada hoje.

— Era isso que ia dizer?

Concordo com a cabeça.

— Não tive notícias dele a semana toda.

— Você vai ter — garante ela. — Acha mesmo que é o fim?

— É provável.

Ela revira os olhos.

— Você desiste com muita facilidade.

Depois do almoço, volto para casa. Cumprimento Joel e pego a correspondência no caminho. Está quieto no andar de cima quando entro no apartamento. Jogo a correspondência no balcão da cozinha sem olhar e vou para o armário onde guardo a caixa com as cartas de Luca. Passo as folhas, puxando as que quero que Anne leia durante o voo amanhã. Vou revirando a pilha até encontrar as cartas que ele enviou quando estava alocado na Geórgia. Tínhamos vinte e poucos anos. Era meu último ano na Universidade de Oklahoma e o último dele nas forças armadas. Ele cometeu o erro de me dizer que tinha se alistado para poder fazer faculdade de graça depois de servir por quatro anos. Eu não perdoei, o chamei de impostor e disse que ele não era herói nenhum, já que nunca tinha atravessado o oceano. Tenho certeza de que ele não gostou das minhas brincadeiras, mas, pensando bem, ele nunca gostava mesmo.

Quando me dou conta, já estou há horas sentada no chão, lendo cartas antigas. Elas estavam espalhadas ao meu redor, agrupadas em diferentes épocas. Havia cartas do último ano do fundamental, do ensino médio e da faculdade, depois as cartas que ele escreveu quando eu estava iniciando minha carreira e ele estava fora do serviço militar e indo para a faculdade. Notei que a letra dele evoluiu desde a primeira carta que enviou. A primeira foi difícil de decifrar, mas, depois disso, a letra dele foi pouco a pouco ficando mais clara e legível.

Querida Naomi,

De todas as pessoas que já conheci, as da Geórgia são as mais legais. Em qualquer outro lugar, quando estou entrando numa loja ao mesmo tempo que outra pessoa, o mais próximo de um cumprimento que recebo é um resmungo impaciente por serem forçados pelas expectativas da sociedade a segurar a porta aberta para mim. Mas na Geórgia é diferente. Aqui, é sempre um sorriso amigável e um cumprimento alegre e, às vezes, elas correm na frente só para segurar a porta. É como se todo mundo que se conhece na Geórgia fosse um amigo por definição.

Eu convidaria você para ver por si mesma, mas imagino que até mesmo as pessoas mais legais na Geórgia têm padrões, e elas não iriam sorrir para alguém como você. Na verdade, você acabaria deixando o estado inteiro de mau humor e ninguém mais voltaria a sorrir de novo.

Com amor,
Luca.

Querido Luca,

É bem difícil acreditar que alguém seria tão educado com você. Você deve ser muito bom em mascarar sua personalidade. Além disso, você não sabe o que é amigável até vir para Oklahoma. As pessoas aqui são mais legais do que quaisquer outras no mundo.

Com amor,
Naomi.

Querida Naomi,

Está me convidando para visitar Oklahoma, é? Porque meio que me pareceu um convite. De qualquer maneira, as pessoas em Oklahoma só são legais umas com as outras porque têm medo de serem ignoradas na próxima reunião de família. E não sei como você saberia que elas são mais legais do que qualquer outra pessoa no mundo se você nunca viajou para nenhum outro lugar. Já rodei o país inteiro e posso garantir que as pessoas na Geórgia são as mais legais.

Com amor,
Luca.

Querido Luca,

Que motivo eu teria para sair de Oklahoma se as pessoas são tão legais aqui? Você nunca esteve no meu estado, então acho que não pode me dar essa garantia. Acho que vamos ter que concordar em discordar.

Com amor,
Naomi.

Querida Naomi,

Eu me recuso a concordar em discordar. Na verdade, planejo discutir sobre isso até que você, pelo menos, viaje para outro estado. Quem sabe aí eu concorde que tenha um argumento válido. Mês que vem vou passar em Dallas por algumas semanas, então não vou poder escrever por um tempo. Você está na Universidade de Oklahoma, não é? Acho que Dallas fica só a três horas de distância.

Com amor,
Luca.

Fico encarando a carta, tentando relembrar o que respondi. Não sei o que estava passando pela minha cabeça quando recebi esta carta, porque só agora, anos depois, percebo que ele estava tentando abrir uma porta para que a gente se encontrasse enquanto estivesse no Texas. Não recebi outra carta até ele voltar para a Geórgia e, nesse ponto, a conversa já tinha tomado outro rumo.

Rodeada pelas cartas dele, imagino como as coisas teriam sido diferentes se eu tivesse sugerido que ele me visitasse, ou se eu tivesse entrado de cabeça e ido para Dallas no fim de semana. Eu me pergunto se teríamos nos dado bem pessoalmente. Talvez tivesse sido constrangedor e, embora nos correspondêssemos fazia anos, descobriríamos não ter nada a dizer um para o outro se não estivéssemos nos escondendo atrás de uma folha de papel e uma caneta.

Ou, quem sabe, pudesse ter sido como às vezes imaginei que seria. Talvez disséssemos coisas maldosas um para o outro como fazíamos nas cartas, mas eu saberia que era brincadeira. Houve momentos em que pensei que me encontrar com ele arruinaria o que tínhamos por causa das cartas. Durante os dois anos em que não tive notícias dele, a ideia de que isso pudesse mudar deixou de ter importância. Se, de qualquer modo, o que tínhamos fosse acabar, talvez conhecê-lo pudesse ter evitado o fim. Talvez pudesse até ter melhorado o que existia.

Um nó se forma na minha garganta enquanto penso no que poderia ter acontecido. Me sinto boba ao lamentar algo que nunca existiu, mas reler estas cartas me faz pensar no que *poderia* ter existido, e minha relutância em mudar foi a única coisa que atrapalhou isso.

Reúno todas as cartas da Geórgia que separei e as recoloco na caixa. Não parece certo mostrar essas cartas para Anne.

Meu celular vibra com uma notificação. Um pedido de comida que fiz acabou de ser entregue na recepção lá embaixo. Calço os sapatos e desço para pegá-lo. Quando desço o último degrau da escada, uma família lá fora me chama a atenção. Tenho que dar outra olhada. Não, não é uma família. É a Criança Lagarta e uma mulher, que, suponho, deve ser sua mãe. Ao lado dela está Jake. Paro e os observo por um momento. A Criança Lagarta está segurando algum tipo de inseto e mostrando para Jake. Tenho certeza de que é outra lagarta peluda, mas, devido à distância, não consigo ver o que é. Jake está segurando uma sacola plástica em uma das mãos. A criança entrega o inseto para ele, que o pega com a outra mão e ri. O som de vozes e risadas é abafado pelo vidro, mas ainda assim me faz sorrir. Ele diz alguma coisa que faz a criança rir também. Ele se vira e mostra o inseto para a mulher. Ela dá um passo para trás, soltando um gritinho. Ele diz alguma coisa para ela que não consigo ouvir de dentro do prédio, e ela ri.

Fico surpresa ao ver como os três parecem uma família, rindo juntos lá fora. Sei que eu não deveria sentir ciúme, mas sinto. Fico observando por mais um momento. Me pergunto se ele alguma vez já convidou essa mulher para jantar ou a levou para tomar um café da manhã espontâneo. Me pergunto se ela já foi ao aquário. Ela é bonita. Eu entenderia. Mas o foco dele não está nela. Ele está conversando com a garotinha e, de vez em quando, os dois trocam algumas palavras. Ela sorri para ele e tira o cabelo dos olhos. É óbvio que ela tem uma quedinha por ele. Talvez eles não estejam juntos, mas uma coisa é certa: esse cara pode ter a mulher que quiser.

Ele finalmente se afasta delas e vai para a porta da frente. Ao perceber que estou prestes a ser pega no flagra, entro em pânico. Aperto o botão para abrir o elevador, me enfio lá dentro depressa e aperto o botão de fechar as portas algumas vezes até ele cooperar comigo. A sorte é que Joel não está na sua mesa para testemunhar a situação vergonhosa em que me encontro. Espero, prendendo a respiração, e aí percebo meu erro. Ele não tem medo de elevador como eu. E eu não apertei o botão para o meu andar, então o elevador está ali, no térreo, esperando a próxima pessoa que vai abrir a porta. Assim que essa compreensão se abate sobre mim, as portas se abrem. Jake ergue as sobrancelhas quando me vê. Depois sorri.

— Olha só você usando o elevador.

Tudo bem, acho que ele não suspeita que eu estava espionando. Preciso sair daqui, mas ele está bloqueando o caminho. Puxo a gola da camisa. Tenho a sensação de que está me sufocando.

— Só tentando superar meus medos.

Ele dá um passo para entrar, fica ao meu lado e aperta o botão para o seu andar. Estou apavorada demais para apreciar quão perto ele está de mim, ou como o seu cheiro é bom. Olho para a sacola que ele está segurando. É uma sacola de comida, o que me faz lembrar da minha. Assim que as portas começam a se fechar, estico a mão para impedir.

— Na verdade, estou saindo. Minha comida acabou de chegar.

Saio do elevador e vou até a mesa da recepção, onde minha sacola de comida está me esperando. Quando me viro para voltar, vejo que ele está segurando as portas abertas para mim. Penso em voltar para dentro, mas simplesmente não consigo. Gesticulo para a escada.

— Vou por lá.

Ele revira os olhos para mim, um sorriso surge no canto de sua boca.

— Vamos apostar corrida.

Ele solta a porta do elevador, que se fecha, e eu fico sozinha na recepção. Respiro fundo, solto o ar e vou para a escada. Eu me recrimino no caminho até meu andar. Deveria simplesmente ter pegado o elevador e superado meu medo como disse que estava fazendo. Não seria tão ruim assim se eu ficasse presa lá dentro de novo com ele. Além do mais, nós dois temos comida, então não passaríamos fome enquanto esperássemos o resgate dos bombeiros.

O cheiro da comida invade meu nariz, fazendo meu estômago roncar. O elevador se abre assim que abro a porta da escada.

— Parece que deu empate — anuncia ele.

— Eu te dei uma vantagem. Subi bem devagar.

— Aham. Claro. — Ele gesticula para minha sacola. — Vai comer sozinha?

Sorrio.

— Quer se juntar a mim? — Não quero que ele veja a bagunça que deixei na minha sala, então me abaixo para me sentar no chão, tiro a embalagem plástica de comida da sacola de papel e a coloco na minha frente. — Piquenique?

Os cantos de sua boca se curvam ainda mais.

— Meu apartamento está uma zona — explico. — Estou fazendo a mala para outra viagem com a Anne. Não posso deixar que veja a sala no estado em que está.

— Não ligo — diz ele, se abaixando para se sentar na minha frente e abrindo sua embalagem de comida. Olho para a comida dele. É chinesa. O cheiro é tão bom que faz com que me arrependa de ter escolhido italiana.

— Fiquei surpresa por não ter te visto no café hoje — digo para ele.

— Você foi lá?

Faço que sim com a cabeça.

— Claro — diz ele. — No único dia em que pulo o almoço.

— Por que pulou o almoço?

— Tive que fazer uma cirurgia de emergência em uma morsa.

— Uma morsa? Sério? Tadinha. O que aconteceu?

— Ela machucou a nadadeira num acidente no zoológico. O zoológico não tinha uma equipe veterinária adequada ou dinheiro suficiente pra pagar pelo cuidado dela, então a enviaram para a gente. Mas ela vai ficar bem. Já está melhor, na verdade.

— Caramba. Você é um verdadeiro herói para a comunidade das morsas.

— Obrigado. Quem sabe você não possa vir ao aquário de novo pra ver ela?

Sorrio.

— Seria legal.

— Pra onde você vai com a Anne?

Sou pega desprevenida com a mudança abrupta de assunto. Minha boca está cheia de macarrão, por isso levo um momento para responder.

— Vamos pra Geórgia.

Ele franze a testa.

— É mesmo? Por que a Geórgia? Não vai me dizer que quer comparar as praias de lá também. — O tom dele não é tão brincalhão quanto eu espero. Não sei bem o que é, mas ele parece quase irritado. Deixo isso passar, me lembrando de que ele deve ter tido um dia estressante com a morsa.

— Não vamos chegar perto da praia. — Considero explicar a razão da viagem, mas não consigo encontrar as palavras certas. — É uma viagem de meninas. Anne sempre quis ir pra Albany.

— Albany não é assim tão especial. — O tom dele ainda está neutro e aborrecido.

— Você já esteve lá?

Ele dá de ombros.

— Ouvi dizer.

— Então eu e a Anne vamos ter que comprovar com nossos próprios olhos. O que vai fazer amanhã?

— Tenho que levar os gatinhos pro evento de adoção — informa ele. — Ia te convidar, mas parece que você vai se divertir mais do que eu.

— Ah. Desculpa. — Acho que agora faz sentido a maneira como ele está se comportando.

— Tudo bem. Só pensei que, se não tivesse nada pra fazer, talvez quisesse ir.

Giro o garfo no prato, pegando um pouco de macarrão.

— Você tá triste por eles irem embora?

Ele confirma com a cabeça.

— Um pouco. Estou feliz que eles vão ter um novo lar.

O elevador se abre e uma das minhas vizinhas sai. Ela olha umas duas vezes ao nos ver sentados no chão. Solta um suspiro exagerado, balança a cabeça e vai para seu apartamento sem dizer uma palavra. Olho de novo para Jake a tempo de capturar uma expressão engraçada em seu rosto. Quase cuspo a comida da boca.

— É como se ela nunca tivesse visto duas pessoas fazendo um piquenique no corredor — diz ele. Há um brilho em seu olhar que me diz que seu mau humor foi embora, ou pelo menos que ele está tentando deixar pra lá.

— Será que ela vai ligar pro Joel pra expulsar a gente daqui? Não lembro de ter visto nada sobre comer no corredor no meu contrato de locação.

Ele dá risada.

— Acho que não vamos ter problema. — Ele dá outra garfada na comida e pergunta: — Você tem que acordar muito cedo amanhã?

— Anne vem me buscar às quatro, o que pode parecer cedo, mas para mim significa que posso dormir um pouco mais.

— Costumo acordar às quatro pra correr. Quem sabe eu não te veja de saída?

Não sei por que esqueci que ele tinha acordado cedo e estava voltando para casa de uma corrida quando Anne e eu voltamos de San Diego no fim de semana passado. Acho que não sou a única no prédio que fica madrugando. Me pergunto se isso significa que vou poder vê-lo sem camisa de novo. Olho para o peito dele, tirando a camisa mentalmente e tentando me lembrar de como ele é por baixo dela. A imagem que me vem é do seu corpo tingido de dourado pela luz da rua, como uma estátua. A luz do corredor é inadequada.

Quando ergo os olhos e encontro os dele, me dou conta de que ele está me observando. Meu rosto fica corado. Me pergunto se ele faz ideia dos pensamentos sobre seu corpo perfeito que passam pela minha cabeça. Então lembro que ele está esperando uma resposta.

— Sim, claro.

— Ainda quero te levar pra jantar — diz ele. — Quando você volta?

A pergunta dele faz meu coração parar.

— É uma viagem bate-volta. Voltamos amanhã à noite.

— Perfeito. Eu te levo pra sair no domingo, então. Não faça planos.

— Combinado.

CAPÍTULO QUINZE

Penny Picles

De manhã, eu me levanto, ligo a cafeteira elétrica e volto para o quarto para me vestir. Como é uma viagem bate-volta, a única coisa que preciso levar é a minha bolsa. Sei que Anne vai ficar decepcionada por eu não estar levando nenhuma carta, mas depois de lê-las ontem à noite, não estou mais me sentindo à vontade com isso. Houve uma mudança de tom do ensino médio para o início da vida adulta que acho que eu não tinha compreendido de todo até reler as cartas. Talvez eu quisesse acreditar que sempre fomos só insensíveis um com o outro, mas agora sinto que havia algo mais, algo que deveria ficar só entre nós.

Estou quase terminando de me arrumar quando recebo uma mensagem de Anne. Ela está a caminho e me trazendo um copo de café. Nem estamos no trabalho, mesmo assim ela vai me fornecer mais cafeína do que preciso.

Às quatro, ouço uma batidinha leve na porta. Pego a bolsa, dou uma olhada no meu cabelo no espelho e abro a porta. Jake está me esperando. Ele está vestindo camiseta e short de corrida como os que estava usando no fim de semana passado quando fomos tomar café da manhã. Suas pálpebras parecem pesadas, como se ele tivesse acabado de sair da cama, o que seu cabelo desgrenhado confirma. Preciso de muita força de vontade para não estender a mão e passar os dedos pelos fios bagunçados.

— Achei que você já tinha saído — diz ele.

— Ainda não. Anne deve chegar logo. Eu já estava descendo.

Tranco a porta e vamos para a escada. Ele desce a escada mais rápido que eu, mas não me importo porque isso me dá um momento para apreciar a maneira como os músculos das suas costas preenchem a camiseta. E o short... estou começando a pensar que faz muito tempo que não transo. Assim que o pensamento passa pela minha cabeça, me dou conta de que soa como algo que Anne me diria. Ela deve estar me contagiando.

Chegamos à porta de entrada e ele a segura para mim. Ao passar, a mão dele roça nas minhas costas. O contato me pega de surpresa, mas não me incomoda. Ele fecha a porta e fica ao meu lado. Anne ainda não chegou, então temos um tempinho. É diferente estar na rua a esta hora da manhã sem ter pressa para chegar a algum lugar. O céu ainda está escuro e a cidade, quieta. O zumbido habitual do tráfego é substituído por algum carro que passa de vez em quando.

— Você costuma correr sem camiseta? — pergunto, quebrando o silêncio.

Minha pergunta o pega desprevenido. Ele franze a testa, depois abre um sorriso.

— Em geral, sim. Tá calor demais pra usar camiseta.

— Ah, é por isso.

Ele levanta uma sobrancelha.

— O que achou que fosse?

— Achei que fazia parte da sua dança de acasalamento. — Balanço os braços e o corpo numa imitação tosca de um pássaro macho seduzindo uma fêmea.

Ele ri e pega meus braços para que eu pare de passar vergonha.

— É, você me pegou — ele brinca. — Fico correndo por aí sem camiseta, esperando que alguma mulher vá me seguir.

— E funciona?

Ele me olha de lado com um sorriso se formando nos lábios.

— Bom, semana passada a mulher em quem eu estava de olho deu de cara comigo. — Seu olhar se direciona para a porta de entrada do nosso prédio antes de voltar para mim. — Bem ali na recepção.

Dou de ombros, fingindo não saber do que ele está falando.

— Espero que tenha conseguido o número dela.

Antes que ele possa responder, Anne estaciona o carro. Não consigo ver através dos vidros escuros, mas sei que ela está observando.

— É ela.

Eu me viro para me despedir dele. Ele está bem mais perto de mim do que estava um minuto atrás, fazendo com que eu tenha que erguer o pescoço para olhá-lo nos olhos. Assim que faço isso, ele pega meu rosto e seus lábios encontram os meus. É minha vez de ser pega desprevenida. Não é só um selinho. Sua boca se demora na minha, e parece que uma promessa está sendo feita. Qual promessa, não sei direito, mas estou disposta a aceitá-la. Esqueço que estamos na frente do prédio e que há uma plateia de uma pessoa nos observando do carro. Ele me beija com mais intensidade, abrindo meus lábios com a língua. Suas mãos descem do meu rosto para as costas, e ele me puxa para si. Com nosso corpo colado, nosso coração batendo no mesmo ritmo, sinto que estou me derretendo nele. Levo as mãos à sua cintura. Sem pensar, agarro sua camiseta. Preciso reunir todas as forças para não pular e passar os braços e as pernas ao redor dele.

Eu me forço a me afastar porque sei que se não fizer isso, vou acabar perdendo o voo. O peito dele sobe e desce depressa a cada respiração. Há algo diferente em seus olhos azuis. O olhar azul-gelo foi substituído por um azul incandescente.

— Preciso ir antes que a Anne comece a buzinar e faça uma cena.

— Te vejo amanhã — diz ele. Sua voz está suave, um murmúrio rouco que me faz desejar não ter que esperar até amanhã para vê-lo novamente. Quero dar mais um selinho na boca dele, mas receio que, se fizer isso, acabe não indo para o aeroporto. Sinto o olhar dele nas minhas costas ao entrar no carro da Anne. Ela está me encarando, com a boca aberta e os olhos arregalados como nunca antes.

— Você não poderia, tipo, ter me mandado uma mensagem pra me atualizar sobre a situação com o Olhos de Husky? Caramba, Danone!

Ela pisa no acelerador, fazendo com que a gente chegue ao final da rua um pouco rápido demais. Toco o cinto de segurança para me certificar de que está bem preso.

— Eu te contei sobre o aquário — recordo a ela. — É pra eu te atualizar toda vez que ele me beija?

— Você poderia ter me contado que começou a dormir com ele.

Dou risada.

— Mas não comecei.

Ela solta um grunhido.

— Sério? Por que tá fazendo o coitado esperar?

Reflito sobre isso por um momento.

— Não estou fazendo ele esperar. É que ele ainda não tentou tirar a minha roupa. Ele é meio que um cavalheiro. — Sorrio. — Gosto dessa ideia.

— O que aconteceu com a história de só se divertir um pouco com ele até se mudar?

Dou de ombros.

— Não tenho mais certeza se é só isso que quero agora.

Chegamos ao aeroporto. Passamos pela revista e me sinto idiota por ter ficado com tanto medo disso no fim de semana passado. Ainda não acredito que Luca me convenceu de que eu estava numa lista de terroristas procurados.

— Você trouxe algum material de leitura pra gente? — pergunta Anne assim que nos sentamos no avião.

— Foi mal. Esqueci.

— Jura?

— Eu ia trazer as cartas que ele mandou quando estava alocado na Geórgia, mas... acabei esquecendo.

— Aff. Que saco.

— Não é um voo longo. Você vai sobreviver.

— Acho que não vou, não.

Ela estende a mão na direção do bolsão no assento da frente e puxa uma revista. Folheia algumas páginas, suspira e a enfia de volta no lugar.

— Qual é o plano? — pergunta ela. — Mesma coisa que fizemos em San Diego?

— Vamos tocar a campainha de todas as casas da rua até termos uma resposta.

* * *

— Hã... Naomi? Acho que temos um problema.

Estamos dirigindo há uns quinze minutos depois que pegamos o carro alugado em Albany. O anúncio de Anne me faz voltar a atenção para a estrada à frente e depois para a tela do GPS. Não preciso perguntar para saber qual é o problema. Há um portão mais adiante onde homens com uniformes militares estão parando os carros e verificando os documentos antes de deixar as pessoas entrarem. Parece que este é o único caminho para chegar ao endereço das cartas de Luca que vieram da Geórgia.

— O que a gente vai fazer? — questiona ela.

— Sei lá. Vamos até o portão e perguntar.

— Você quer que eu dirija até lá? — A voz dela sai aguda, como se eu tivesse pedido para ela dirigir para um penhasco.

— É uma base da Marinha, Anne. Eles não vão te prender só por pedir informações.

Anne aperta o volante com mais força, abaixa o vidro e dirige até o portão. Um dos homens se aproxima da janela.

— Oi — fala Anne. — Precisamos de uma identificação militar para entrar na base?

— A senhora tem um passe de visitante? — pergunta o homem.

— Não. Como consigo um?

— A senhora tem que agendar um horário no centro de visitantes para conseguir um passe autorizado. Está aqui para visitar alguém da família?

— Não exatamente.

Eu me inclino sobre Anne para ver o homem pela janela.

— Estamos procurando um velho amigo. Eu não tinha me dado conta de que o endereço dele era na base. A gente só quer descobrir se algum dos vizinhos ainda têm contato com ele.

O homem dá uma olhada na fila de carros atrás de nós, depois me olha com impaciência.

— Quem as senhoras estão procurando?

— Luca Pichler. O senhor o conhece?

Ele coça a cabeça.

— Não conheço. — Ele olha para a fila atrás de nós de novo e chama um dos outros homens. — Ei, Gibson! Conhece algum Luca Pichler?

O homem chamado Gibson balança a cabeça, mas na certa ele chamou a atenção de um militar mais velho parado ali perto.

— Picles? — indaga o homem.

— Você conhece ele, Gunny?

— Conheço o Picles. — O homem chamado Gunny se aproxima do carro. — As senhoras são amigas do Picles?

Ele tem o sotaque sulista mais forte que já ouvi. Anne me olha de esguelha com a testa franzida. Confirmo com a cabeça.

— Há, somos. Luca Pichler? Posso fazer umas perguntas sobre ele para o senhor?

Ele aponta para uma vaga pequena e diz:

— Estaciona ali. Eu encontro as senhoras lá.

Anne dirige até a vaga e, logo depois, o militar chega ao carro. Nós duas saímos e ele estende a mão para nos cumprimentar.

— Maxwell — ele se apresenta.

— Me chamo Naomi. Esta é a Anne — digo. — Pode parecer um pouco estranho, mas estamos tentando encontrar o Luca. Eu era meio que amiga dele, mas perdemos contato há um tempo.

— Picles não tá mais aqui — informa Maxwell. — Ele saiu depois que completou os quatro anos. A última coisa que fiquei sabendo foi que ele se mudou pro Texas com a Hayes.

— Hayes?

— Penny Hayes — diz ele. — Se bem que acho que agora ela deve ser Penélope Pichler. Aquela menina sempre quis que o nome e o sobrenome começassem com P. Queria ser Penny Picles.

De repente, tomo consciência do meu batimento cardíaco. Parece forte. Fico com receio de que a qualquer momento esse cara decida que já falou demais e não nos dê mais informações, mas neste instante ele parece ser um livro aberto. Tento a sorte.

— Você manteve contato com ele?

— Ah, sim. Recebi o convite do casamento deles, mas não pude ir. Sou amigo dele no Facebook. Você tentou achar ele lá?

— Tentei, mas não consegui. Você se importaria em me mostrar?

Ele puxa o celular do bolso e dá alguns toques na tela. Franze a testa.

— Ah... — torna Maxwell. — Acho que não tenho mais ele aqui.

— Ele deve ter desativado a conta. — Porque não quer que eu o encontre ainda, mas não digo isso. — Quando ele se casou? Da última vez que falei com ele, ele me disse que tinha ficado noivo.

Ele solta uma lufada de ar pela boca.

— Nossa, acho que um ano atrás? Eu teria ido se não tivesse sido destacado na época.

— O senhor conhecia a Penny também, então? Ela morava aqui com ele?

Ele franze a testa.

— Que nada. Servimos com a Hayes. Eles viviam terminando e reatando. Eu nem sabia que eles tinham voltado até receber o convite de casamento.

— Então, eles moram no Texas agora. Alguma chance de o senhor saber onde?

Ele dá de ombros.

— Dallas, acho.

Olho para Anne. Ela está com os lábios apertados, mas sei que está tentando esconder o sorriso. É bem mais do que esperávamos descobrir com esta viagem.

— Obrigada — digo, me virando para Maxwell. — Ajudou bastante.

— Imagina — replica ele. — Você pode dar a volta ali pra sair.

Voltamos para o carro. Anne segue pela rua e para o carro no estacionamento de um shopping.

— O Luca alguma vez te escreveu do Texas? — pergunta ela.

— Não — digo, tentando lembrar o que li nas cartas ontem à noite. — Ele foi pra Dallas uma vez, mas nunca teve um endereço lá. Deve ter se mudado pra lá depois da minha última carta pra ele.

— Caramba — diz ela. — Você já sabia o nome da esposa dele? Procura ela naquela base de dados.

Pego o celular e entro no PeopleFinder, onde procurei pelo Luca antes. Digito "Penélope Pichler" e espero os resultados carregarem. Nada parece muito promissor. Talvez ela não tenha mudado o sobrenome. Ou talvez eles não tenham se casado. Não sei por que desejo a segunda opção. Digito "Penélope Hayes" e, desta vez, o site mostra um endereço em Dallas, Texas.

— Achei. — Meu coração está palpitando. Posso sentir a pulsação nos ouvidos. Não acredito que talvez eu tenha acabado de encontrar o Luca.

— Esse é o endereço dele — diz Anne, olhando por cima do meu ombro. — Tem que ser. Puta merda, Danone, conseguimos.

— E agora?

— Como assim? Agora você pode escrever e pegar ele de surpresa.

— Mas e se ele não morar mais lá? — Penso nas cartas que enviei dois anos atrás e que foram devolvidas. Não sei se consigo lidar se isso acontecer de novo.

— Você ouviu o cara militar. Ele mora com ela no Texas.

— Não dá para ter certeza. O nome dele não tá nessa lista.

— Eles são casados. Claro que ele mora com ela.

Acho difícil acreditar que eles ainda estejam casados, ainda mais porque o sobrenome dela é Hayes, quando, de acordo com o Maxwell, ela queria muito ter o sobrenome do Luca. Também não quero que o Luca seja casado. Não sei explicar por que me sinto assim.

— Acho que a gente deveria verificar primeiro — argumento.

— Verificar? Como?

Com as mãos trêmulas, ligo para o número de telefone listado como sendo de Penélope Hayes. Toca algumas vezes e cai na caixa postal, mas é óbvio que o número é antigo, porque a gravação é a voz de um homem que se chama Bruce. Desligo e encaro o celular por um segundo antes de olhar para Anne.

— Temos que ir pra Dallas.

— Você tá louca? E depois? Simplesmente aparecer na porta dele? Achei que você tinha medo de ser atacada com spray de pimenta.

— Eu... sei lá. Tenho uma intuição de que isso ainda não acabou.

— Só porque foi fácil não significa que tem que estar errado — diz Anne. — Considere isso uma vitória. Escreva pra ele.

Balanço a cabeça.

— Não posso. Preciso ter certeza antes. Não vou mandar outra carta só para ser devolvida.

CAPÍTULO DEZESSEIS

Venha se esconder

LUCA

Devia ser muito patético o fato de eu não conseguir tirar Naomi Light da cabeça. Durante o tempo na Marinha, só namorei poucas meninas. Não tive um relacionamento sério com nenhuma delas. Nunca deixei que se tornasse sério. Estava vidrado numa menina com a qual nunca tinha me encontrado. Eu nem a conhecia e, ainda assim, a colocava em um pedestal, e nenhuma das outras com quem me relacionei chegaram aos pés dela.

Quando conheci Penny, não achei que fosse virar um relacionamento diferente de qualquer um dos outros. Mas acho que não percebi o quanto ela gostava de mim. Ela sabia que eu estava emocionalmente indisponível, só não sabia por quê. O sexo era bom, mas acho que, no fim, não era o suficiente. Ela terminou comigo algumas vezes, sempre chorando e perguntando por que eu não podia simplesmente agir como se me importasse. Então, alguns meses depois, ela voltava se desculpando e me dizendo que tudo bem termos só uma relação física. O ciclo se repetiu diversas vezes, mesmo quando nós dois já não estávamos mais nas forças armadas.

Ela me seguiu até San Diego. Isso foi quando nossas idas e vindas estavam mais para vindas do que idas. Fomos para a mesma faculdade e, por fim, acabamos morando juntos. Conheci a família dela e eles me receberam como um deles. Fazia tanto tempo que eu estava sozinho que foi bom ter pessoas que se importavam comigo. Os pais dela me tratavam como filho. As irmãs me tratavam como irmão. Era como se eu fizesse parte de uma família novamente.

Ficou tudo muito bem por um tempo. Eu não era o melhor namorado para ela, mas ela continuava comigo. Ela não sabia a respeito das cartas para

Naomi. Eu era muito bom em guardar segredos, pelo menos por um tempo. Às vezes ela reclamava e me enchia o saco, mas na maior parte do tempo nos entendíamos bem.

E aí, um dia, do nada, ela começou a planejar nosso casamento. Eu nem a tinha pedido em casamento, mas, de repente, ela já estava usando um anel de noivado com um diamante enorme e mostrando para todos os amigos. Eu não fazia ideia de onde tinha saído aquele maldito anel até ver a fatura do meu cartão de crédito.

Pensei em confrontá-la. Considerei fazê-la devolver o anel e pedir que se mudasse. Essa atitude dela me assustou absurdamente. Mas também fiquei com receio de pôr um fim em tudo. Ficava me perguntando se isso era o melhor que eu poderia ter. Eu tinha uma mulher linda que queria ser minha esposa. O sexo ainda era bom e, na maior parte do tempo, nos dávamos bem. Às vezes eu me perguntava se o único defeito do nosso relacionamento era o fato de que eu tinha medo de me comprometer com ela. Talvez esse fosse o empurrãozinho de que eu precisava.

As coisas não estavam indo para lugar nenhum com a Naomi. Fiquei preso a essa fantasia por tempo demais. Ela tinha deixado claro diversas vezes que não queria se encontrar comigo. Ela gostava de escrever cartas impiedosas, mas não me queria, e eu estava perdendo tempo ao acreditar que um dia ela iria querer. Nunca tinha contado para ela muita coisa sobre os meus relacionamentos antes, mas decidi contar sobre Penny.

Querida Naomi,

Talvez eu esteja noivo. Minha namorada comprou um anel para ela com o meu cartão de crédito e agora está planejando nosso casamento. Não sei muito bem como isso aconteceu, já que nunca pedi ela em casamento. O que acha que eu deveria fazer? Posso me esconder aí com você, ou devo enfrentar a situação e me casar com ela?

Com amor,

Luca

Acho que estava esperando que Naomi soubesse a resposta. Ou ela me diria para largar Penny, ou diria que eu estava sendo ridículo e deveria simplesmente me casar com ela porque merecia uma vida miserável. Jamais esperei que ela não responderia. Esperei semanas, depois meses, sem ter notícias dela. Quanto mais eu esperava, mais próxima ficava a data que Penny tinha planejado para nosso casamento. Seis meses se passaram, e era tarde demais para questionar que não estávamos noivos de verdade. Ela já tinha reservado o lugar para o casamento, contratado um pastor e encontrado o vestido de noiva dos sonhos.

Ela também encontrou uma casa para morarmos juntos no Texas. Ela queria ficar perto da família e, já que eu não conhecia ninguém em San Diego a não ser o Ben, fazia sentido que a gente se mudasse para o Texas. O pai dela pagou a entrada da casa para nós e, quando me dei conta, já estávamos colocando caixas e móveis num caminhão de mudança.

Quando chegamos a Dallas, já fazia seis meses que eu tinha escrito aquela carta para Naomi. A essa altura, não esperava mais que ela respondesse, mas não queria perder o contato com ela. Enviei uma nova carta para contar que eu estava seguindo em frente com o casamento e para que ela tivesse meu novo endereço.

Sabia que ela nunca tinha me prometido nada, e ela nunca foi outra coisa além de rude, perturbadora ou engraçada nas cartas, mas eu estava magoado por não ter notícias dela ainda.

Estávamos morando na nova casa havia seis meses quando tudo veio à tona. Penny estava vasculhando todos os armários da casa. Quando perguntei o que ela estava fazendo, ela disse que estava procurando um lugar para esconder o vestido de noiva. Foi assim que encontrou minhas caixas de cartas. Eu estava sentado na sala quando ela veio feito um furacão com a caixa. Quando me dei conta, estava sentado com uma pilha de centenas de cartas no colo.

— Que merda é essa? — gritou ela.

— O que parece? São cartas.

— Da Naomi — disse ela, pronunciando o nome como se fosse veneno. — Por que você guarda isso aqui?

— Ela era minha amiga por correspondência na escola. Relaxa.

Pelo visto, "relaxa" não foi a coisa certa a se dizer, porque fez com que ela gritasse até eu sentir que meus tímpanos fossem explodir.

— Porra, Penny!

— Essas cartas são deste ano, Luca. Como você vai me dizer que são da época da escola? Por que nunca me contou sobre ela antes?

— Não tem nada pra contar. Você por acaso chegou a ler as cartas?

— Você tá me traindo com ela.

— Tá bom. Você com certeza não leu as cartas.

Ela pegou algumas cartas e leu apenas o final.

— Com amor, Naomi. Com *amor*, Naomi. Amor, amor, amor!

— E daí?

— E daí que você diz isso pra ela, mas eu tenho que praticamente implorar para que diga pra mim.

— Quero ressaltar que foi ela quem escreveu "com amor". Não eu.

— Ah, é? Então o que é isso? — Ela puxou outra carta do bolso e a jogou em mim. Eu a peguei e olhei, confuso. Levei um momento para processar que essa era a última carta que eu tinha mandado para Naomi, a que enviei um mês antes com o novo endereço. Penny deve ter interceptado a carta. — Com amor, Luca — ela leu em voz alta. — Como pode dizer isso pra ela, mas não pra mim?

Quis argumentar que era só o jeito que a gente sempre terminava as cartas, mas isso já não parecia mais tão importante.

— Há quanto tempo você tá com essa carta? — perguntei.

Ela olhou para a carta na mão e depois de volta para mim. Alguma coisa reluziu nos olhos dela. Eu nunca a tinha visto tão brava.

— Não é essa a questão aqui, Luca. — Ela pronunciou cada palavra com cuidado, balançando a carta como alguém que estivesse empunhando uma faca. — Acho que temos que agradecer ao correio por ter devolvido isso aqui hoje. Em primeiro lugar, você nem deveria estar escrevendo pra ela. A gente vai se casar em dois meses. Pelo amor de Deus!

— Nunca concordei em me casar com você.

— Você tá brincando comigo? — Ela levantou a mão, enfiando o anel bem na minha cara. — E isto aqui?

— Você comprou pra si mesma.

— Estamos planejando esse casamento há meses. O lugar já está até pago. Comprei o vestido. Você não pode voltar atrás agora.

— Se você se acalmar, a gente pode conversar...

— É por causa dela, né? É por isso que você do nada não quer casar comigo.

— Por causa dela? Faz meses que nem tenho notícias dela.

— Pare de mentir pra mim. Achei que eu tinha botado um fim nisso há meses, mas agora está na cara que você nunca parou de escrever pra ela. Onde guarda o resto das cartas?

— Não tô mentindo pra você. E o que quer dizer com "botado um fim nisso"?

— Você só fala merda. Eu vi o que ela te escreveu sobre o nosso casamento. É por isso que você tá tentando dar pra trás agora.

Tive uma sensação ruim no peito. Pensei sobre a carta que tinha enviado para Naomi, a que ela nunca respondeu.

— Do que você tá falando?

— Você contou pra ela que a gente ia se casar.

— Contei. E ela não respondeu.

Penny então sorriu, mas não era um sorriso de felicidade, nem um sorriso amigável. Era demoníaco. Aterrorizante. Ela puxou outra carta do bolso de trás. Eu me levantei, derrubando todas as outras cartas no chão, e peguei a carta dela. Era uma carta de Naomi que eu nunca tinha visto antes. A data era de sete meses antes, apenas alguns dias depois que contei para ela sobre o noivado.

Querido Luca,

Acho que deveria dar um pé na bunda dessa coitada antes que ela cometa o erro de se casar com você e se dê conta do merdinha que você é. Venha se esconder aqui comigo se precisar. Você sabe onde eu moro.

Com amor,

Naomi.

— Venha se esconder aqui comigo — recitou Penny entre dentes.

Ela continuou a me repreender por ter as cartas, mas eu não estava mais escutando. Estava fervilhando de raiva, soltando fumaça.

— Você escondeu isso de mim? — perguntei.

— Eu deveria ter queimado isso — rugiu ela. — Deveria ter queimado todas elas, na verdade. — Ela saiu da sala e foi para a cozinha. Fui atrás dela. Ela abriu algumas gavetas e ao encontrar um acendedor de velas, abriu um sorriso ainda maior e mostrou o acendedor. — Hora de dizer adeus para Naomi.

Arranquei o acendedor da mão dela antes que ela pudesse fazer alguma idiotice com ele. Joguei-o no chão e pisei em cima. Depois voltei enfurecido para a sala e comecei a recolher todas as cartas que eu tinha derrubado no sofá e no chão. Enfiei todas elas de volta na caixa, sem me importar que não estavam mais em ordem. Arrumaria isso depois. Só precisava sair dali. Precisava sair de perto dela.

— O casamento tá cancelado, Penny.

— Você não pode simplesmente cancelar o casamento — disse ela. — Você me deve metade de tudo.

— Nunca concordei em me casar com você. Você fez todos esses planos sem o meu consentimento.

Ela deu uma risada irônica.

— Ah, tá bom. Como se não soubesse que a gente ia se casar. Acho que era conveniente pra você morar nessa casa de graça, né? E nesse meio-tempo você me deixou acreditar que a gente tinha um futuro juntos. Você é doente, Luca.

Terminei de juntar todas as cartas e me levantei para encará-la. Seus olhos estavam vermelhos, as bochechas, marcadas de lágrimas. Por mais que estivesse com raiva dela, e nada dessa história de casamento tivesse sido ideia minha, sabia que não podia deixá-la sem me despedir direito e dar uma explicação. Não queria ser como meu pai. Respirei fundo para me acalmar e estendi a mão direita para ela. Ela pegou a minha mão, hesitante.

— Desculpa por não ter te falado antes que eu não queria me casar. Fui pego desprevenido quando você começou a planejar o casamento. Pra ser honesto, segui em frente com isso porque não sabia o que fazer. É isso que as pessoas fazem quando chegam a um certo momento do relacionamento, não é? Se casam, começam uma família. Achei que eu só estava com medo de me comprometer, que você estava me dando o empurrão de que eu precisava para fazer o que era esperado de mim. O que a sociedade esperava de mim. Desculpa por não ter me dado conta de que eu estava cometendo um erro. Não era só a minha vida que estava sendo afetada pela minha falta de ação. A sua também estava. Nunca foi minha intenção te magoar. Só acho que a pessoa com quem eu me casar deve ser alguém que eu ame. E peço perdão por você não ser essa pessoa.

Com a mão esquerda dela na minha, tirei o anel de seu dedo. Ela gritou, chocada. Enfiei o anel no bolso e peguei a caixa de cartas.

— Vou fazer as malas agora — avisei. — Vou levar o carro, minhas roupas e minhas cartas. Você pode ficar com todo o resto.

CAPÍTULO DEZESSETE

O destruidor de lares

NAOMI

— Não acredito que me convenceu a vir pra Dallas.

Anne e eu estamos em frente à casa que provavelmente custaria alguns milhões em Miami. É uma propriedade linda e na certa um avanço em relação à casinha azul de praia em que Luca morou. A casa fica em um bairro onde todas as outras casas são igualmente magníficas, com gramados meticulosamente bem cortados.

Agora que estamos aqui, fico com receio de ir até a porta. Acho que tenho medo de que Luca a abra, então saberei que ele ainda está casado.

— Vamos — diz Anne. Ela me pega pelo braço e me puxa pelo gramado até a porta de entrada. Antes que eu tenha a chance de recuar, ela aperta a campainha.

Um momento depois, uma mulher abre a porta. Ela tem mais ou menos a nossa idade, olhos escuros e cabelo preto. Ela sorri.

— Olá, como posso ajudar?

Anne me cutuca nas costelas com o cotovelo.

— Você deve ser a Penélope — digo.

Ela continua sorrindo.

— Sou. Como posso ajudar? — repete ela.

— Estamos tentando encontrar Luca Pichler. Ele está por aí?

Assim que menciono o nome dele, Penélope fica séria.

— Você tá brincando? Tá procurando o Luca?

— Fiquei sabendo que ele mora aqui. Você não é a esposa dele?

Ela faz cena ao revirar os olhos, então o sorriso volta ao rosto, e ela dá uma risadinha.

— Por que vocês não entram? — sugere. — Vou fazer chá.

Troco um olhar com Anne. Ela faz um gesto discreto com a cabeça. Nós duas sabemos que, se queremos respostas, teremos que aceitar. Entramos num grande saguão. Uma escadaria com corrimão de mogno contorna um lado da sala com chão de mármore. Um lustre de cristal paira sobre nós. Não iria querer estar aqui caso houvesse um terremoto.

Seguimos Penélope pela próxima sala até a cozinha. Cada cômodo é mais elegante do que o outro. Ela nos serve um copo de chá gelado. Estou com um pouco de receio de beber o meu, mas Anne dá um gole no dela e parece tudo certo. Alguma coisa em Penélope me deixa desconfortável. Não sei bem o que é.

— Luca! — grita ela, me assustando. Depois, mais alto. — Luca! Você tem visitas. Luca!

Sinto minha pele ficar gelada, apesar de eu estar suando como se estivesse em uma sauna. Estava tão convencida de que Luca não estaria aqui que não tinha parado para pensar no que faria se ele estivesse. Não consigo imaginar o que ele vai pensar quando descer e me ver em sua cozinha com sua esposa.

Todas nós esperamos por um longo momento. A casa está quieta. Acho estranho que, mesmo em uma casa grande como esta, ele não tivesse ouvido Penélope. Espero ela gritar o nome dele de novo, mas ela não grita. Em vez disso, se vira para mim e Anne com aquele sorriso de doida de novo no rosto.

— Ah, é mesmo. Luca não mora mais aqui — diz Penélope. Ela revira os olhos de novo e ri.

Anne levanta uma sobrancelha. Ela afasta a xícara dos lábios, olhando para o chá como se só agora percebesse que essa mulher deve ser maluca o suficiente para envenenar duas completas desconhecidas.

— Aquele idiota traidor morou aqui só por um mês antes de eu dar um pé na bunda dele — continua Penélope. — Enfim, quem são vocês e o que querem com ele?

Olho para Anne. Me arrependo de ter entrado. Pela expressão em seu rosto, posso dizer que ela sente o mesmo. Eu me volto para Penélope. Estou tentando pensar em como explicar quem sou e por que estou procurando pelo ex-marido. Ou ex-noivo. Não sei bem em que pé eles terminaram. Antes que eu possa dizer meu nome, Anne coloca a mão no meu ombro, me impedindo.

— Somos caçadoras de recompensas — fala Anne. — O sr. Pichler cometeu um crime e fugiu de trás das grades. Estamos tentando seguir o rastro dele.

Fico impressionada com a rapidez com que ela inventou isso. Penélope sorri como se gostasse de saber que Luca vai ser preso. Então, ela dá de ombros.

— Vocês devem ter mais sorte em San Diego. A última coisa que eu soube foi que ele estava na casa de Ben Toole. Ou, melhor ainda, procurem por Naomi Light. Essa é a vaca com quem ele estava me traindo.

Eu congelo. Por um momento, acho que ela sabe quem eu sou e está me testando. Mas ela não está fazendo contato visual comigo, e percebo que está chateada de verdade com o que pensa que Luca fez. Consigo me controlar para manter a compostura.

— Caramba — digo. — Ele parece ser um completo babaca.

— E é — concorda ela. — Então, o que ele fez pra vocês estarem atrás dele? Sempre soube que ele ia se meter em alguma encrenca.

Estou prestes a inventar um crime quando Anne intervém:

— Não temos liberdade para discutir sobre isso. Nosso trabalho é pegá-lo, e falar sobre os crimes dele pode comprometer a investigação.

— Certo. Claro — acata Penélope. — Tenho certeza de que ele vai ter o que merece.

Ela me examina e, em seguida, seu olhar se desvia para Anne. Parece que ela está meio que nos avaliando. Levanta uma sobrancelha.

— Vocês não têm cara de caçadoras de recompensa.

— Existem caçadores de recompensas de todos os tipos — replica Anne. — Ela é muito boa em descobrir o paradeiro de alguém, e eu sou a força bruta.

Eu me viro para olhar para Anne. Somos do mesmo tamanho. Duvido muito que alguém olharia para qualquer uma de nós e pensaria que conseguimos derrubar um homem adulto. Quando olho de novo para Penélope, sei que ela está pensando a mesma coisa. Seus olhos se estreitam, e vão de mim para Anne e voltam para mim.

— Sou faixa preta desde os dezessete anos — acrescenta Anne. — Sou mais forte do que pareço.

— A gente precisa ir — digo. Estou doida para sair deste lugar antes que Penélope perceba quem eu sou e me tranque no porão. — Obrigada pelo chá.

Penélope olha para a minha xícara cheia. Sorri, mas o sorriso não é verdadeiro.

— Imagina.

Ao alcançarmos a porta da frente, ela nos entrega um cartão de visita.

— Me liguem quando encontrarem ele — pede ela. — Ele deve mil dólares para o meu pai pelo casamento que tivemos que cancelar.

— Pode deixar — aquiesço ao pegar o cartão.

Não sei por que é um alívio enorme saber que eles não foram em frente com o casamento. Fico feliz que Luca não teve que passar por um longo e árduo divórcio com essa mulher. Mesmo assim, me pergunto o que ele viu nela, para começo de conversa, e como chegou tão perto de se casar com ela. Estive na presença dela por apenas alguns minutos e já fiquei horrorizada.

Anne segura meu braço enquanto atravessamos depressa o gramado para voltar ao carro. Não dizemos uma palavra até estarmos seguras dentro do carro.

— Tá. Que doideira — comenta Anne.

— Nem me fale. Imagina se eu tivesse achado que ele ainda estava aqui e tivesse tentado mandar uma carta? Ela iria acabar indo atrás de mim e me mataria enquanto eu estivesse dormindo.

— Ela acha que o Luca a traiu com você. Vocês escreveram cartas eróticas um pro outro ou algo do tipo? É por isso que não trouxe mais cartas para eu ler?

— Não. Nunca. A gente era cruel um com o outro o tempo todo.

Penso na carta que ele escreveu quando morava na Geórgia antes de ir para Dallas. Eu me pergunto se ele já estava com a Penélope naquela época, ou se só ficaram juntos em Dallas. Se eu falar para Anne sobre isso agora, ela nunca vai acreditar que deixei as cartas em casa sem querer. Será que Penélope sabia que ele queria se encontrar comigo? Talvez ela tenha visto alguma das cartas e simplesmente supôs que era eu quando ele chegou em casa com o cheiro de outra mulher. Ou talvez ele tenha contado a ela sobre mim. Acho difícil imaginar.

— Temos que encontrar esse Ben Toole — anuncio.

— Ela disse que ele voltou pra San Diego.

Pego o celular e procuro o nome do amigo de Luca no PeopleFinder. O nome e a cidade dele surgem na tela, mas todas as outras informações foram editadas. Fico me perguntando se ele e Luca estariam juntos nessa.

— Não tem endereço nem telefone — digo. — Ele deve ter solicitado pra remover.

Anne se apoia no meu ombro para olhar.

— Acho que vamos ter que voltar pra San Diego no fim de semana que vem.

Não sei nem por onde começaríamos com tão pouca informação sobre Ben Toole. Sei menos sobre ele do que sobre Luca, e San Diego já não resultou em nada da outra vez. Deve haver um jeito melhor para encontrar uma pessoa.

Olho para o relógio no painel do carro. Está ficando tarde. Por mais que queira encontrar o Luca, o dia foi exaustivo, e só quero voltar para casa. Se vamos voltar para Miami pela manhã, precisamos ir para o aeroporto agora.

— É, no fim de semana que vem — murmuro, suspirando.

CAPÍTULO DEZOITO

A regra do primeiro encontro

Jake bate na porta no meio da tarde de domingo. Estava esperando que ele viesse mais tarde, mas aqui está ele, apoiado no batente.

— Você chegou cedo — digo.

— Cheguei? — Ele verifica o pulso, embora não esteja usando relógio. Franze a testa, fazendo cena ao fingir estar surpreso com o horário. — Queria te pegar antes que você jantasse caso tivesse esquecido que ia sair comigo. Cheguei a tempo?

— São três da tarde. Não comi ainda.

— Acha que a gente pode sair em uma hora?

— Não é muito cedo pra jantar?

— Você disse que vai pra cama na hora que a maior parte das pessoas estão jantando, então imaginei que isso significava que você jantava mais cedo do que o normal.

Sinto um sorriso se formando nos lábios. Quem diria que esse cara era tão atencioso? Não tive muitos encontros desde que comecei a trabalhar cedo no canal, mas os poucos caras com quem saí não pareciam achar que havia problema em me levar para sair às oito da noite.

— Onde vamos jantar? — pergunto.

— Fiz reserva naquele japonês lá na praia.

Levanto a sobrancelha.

— Sério? Nunca fui lá. Ouvi dizer que é muito legal. — E caro.

— Espero que sim. Quero que o nosso primeiro encontro seja especial.

— Primeiro encontro? — Dou risada. — Está mais pra terceiro. Talvez quarto.

O canto da boca dele se curva.

— Ainda não tivemos um encontro.

Franzo a testa, me esforçando para não sorrir.

— E o que foi domingo passado, então?

— Foi só café da manhã. Não foi um encontro.

— Foi um encontro de café da manhã.

— Foi café da manhã.

— Teria sido só café da manhã se você não tivesse insistido em pagar pra mim.

— Não me diga que você acha que o corredor foi um encontro também. Espera, se esse foi o segundo encontro, então quando foi o terceiro? — É óbvio que ele está se divertindo com isso.

— Foi um encontro-piquenique. — Dou uma cutucada no peito dele. — E foi o nosso terceiro encontro. O segundo foi no aquário.

Ele pega a minha mão e a tira de seu peito, mas não solta.

— Tá. Como *aquilo* foi um encontro? Você me visitou no trabalho e eu nem comprei nada pra você.

— Se tornou um encontro quando a gente se beijou sob a iluminação romântica do tanque de salmão. E por que um encontro tem que envolver dinheiro?

— Naomi. A gente ainda não teve um encontro.

— Bem, já nos beijamos um bocado de vezes pra duas pessoas que ainda não tiveram um encontro.

O olhar dele desce para os meus lábios e em seguida vai subindo devagar até os meus olhos.

— Isso não costuma acontecer. Só beijo uma mulher depois do primeiro encontro. Quem sabe até só depois do segundo.

Acho um pouco difícil de acreditar nisso. Meu olhar vagueia para a boca dele. Ele fez a barba recentemente. Achei que estava bonito com a barba por fazer semana passada, mas ele tem um tipo de rosto que fica bonito seja desleixado ou barbeado.

— Então — digo.

— Então — repete ele. Ainda está segurando minha mão. Seus dedos se entrelaçam com os meus.

Pigarreio, mexendo os dedos nos dele.

— Você já beijou alguém logo antes do primeiro encontro?

— Estaria mentindo se dissesse que sim.

— Ah. Acho que vamos ter que esperar até...

Ele passa pela porta, me interrompendo, e quando me dou conta do que está acontecendo, seus lábios estão nos meus, e minhas costas estão contra a parede. A língua dele desliza pela minha e deixo escapar um som. Algo entre um arquejo e um gemido. Sinto as mãos dele nos meus quadris, me segurando mais perto de seu corpo. Minhas mãos estão em seu cabelo, puxando seu rosto para mais perto, mantendo seus lábios presos nos meus.

Nosso último beijo foi só um aperitivo que me deixou querendo mais, mas eu não sabia no que estava me metendo. De todos os beijos que já dei, este é de longe o melhor. A boca dele se encaixa na minha como se fizéssemos isso há anos. Ele já sabe do que gosto. É sensual, mas não é alimentado por tesão. É outra coisa. E eu quero me agarrar a isso.

Ele desliza as mãos até a minha bunda e me levanta, e eu passo as pernas em volta de sua cintura. É quase demais para mim, tê-lo assim tão perto, nossos quadris pressionados um contra o outro. Ele impulsiona o corpo para a frente, e posso senti-lo, senti-lo por inteiro. Esfrego o meu quadril no dele, implorando por um pouco mais. Parece que não há nada que nos impeça de seguir para o próximo passo.

— Podemos pular o jantar? — sussurro, agarrando sua camiseta com as mãos.

— A gente pode só ficar aqui.

Ele sorri, me deixando um pouco maluca.

— Por mais que eu adore a ideia, fiz reserva pra gente.

— Ah, é. Que horas é a reserva?

— Quatro.

Só quando ele diz a hora que lembro que já tinha me dito. O beijo dele parece ter me causado perda de memória.

— Posso te dar um tempo pra se arrumar.

— Não preciso de muito tempo. — Levanto o queixo. Os lábios dele encontram os meus no meio do caminho. Sinto um calor no ponto onde nossos corpos se conectam, um volume que me diz que ele quer isso tanto quanto eu. Eu me esfrego nele, mas nossas roupas estão atrapalhando. Nunca fiquei tão irritada com roupas antes. Quero arrancá-las, remover todas essas barreiras entre nós.

— Você tem uma regra contra transar antes do primeiro encontro? — pergunto.

Ele solta o ar devagar, como se estivesse tentando mostrar algum controle. Por um momento, acho que ele vai se afastar de mim de novo, mas não.

— Quando se trata de você, não tenho regra nenhuma.

— Bom saber. — Puxo o lábio dele com os dentes. Ele solta um grunhido e me dá um selinho provocador. Retribuo o beijo, e ele o aprofunda de novo, abrindo minha boca para me degustar. Esqueço que estou contra a parede. Me sinto leve, como se estivesse flutuando, e só tenho consciência da sensação, do sabor dos lábios dele nos meus. É o tipo de beijo que pode fazer uma mulher esquecer o próprio nome, mesmo que por um segundo.

— Você quer? — pergunto, retomando a conversa.

— É bem difícil dizer não pra você.

— Você quer dizer não pra mim?

— Não. Esse é o problema.

— Estou indo rápido demais? — Levo as mãos entre nós e brinco com o zíper dele na braguilha esticada.

Ele inspira com força, pressionando o quadril contra o meu de novo e, por um momento, acho que vai rolar. Antes que eu possa abrir o zíper, uma voz no corredor nos assusta.

— Tem crianças aqui neste prédio, sabiam?

Ele me solta, e minhas pernas deslizam pela lateral do corpo dele até eu ficar outra vez em pé. Nós nos viramos para a porta — que esquecemos aberta — e vemos a mesma mulher que nos repreendeu quando estávamos sentados no corredor outro dia.

Meu rosto esquenta. Tenho certeza de que minha pele está vermelho-vivo. Vou até a porta e a fecho, mas já sei que o clima já era.

— Acho que é melhor a gente esperar — diz ele.

Meu olhar vai para a calça jeans dele, onde seu corpo parece contradizer suas palavras.

— Certo.

— Não é que eu não queira. Eu quero. Pode acreditar.

— Não precisa explicar — asseguro.

Ficamos no corredor do meu apartamento nos encarando. O peito dele sobe e desce a cada respiração. Um sorriso surge em seus lábios.

— Acho que você vai querer arrumar o cabelo antes de sair — diz ele.

Solto uma risada, a tensão se dissipou. Passo a mão e sinto o cabelo, então olho para ele. Seu cabelo está despenteado onde eu o segurei.

— Você também — digo.

O canto de sua boca se curva. Ele se inclina e me beija.

— Vá se arrumar — diz ele. — Já volto.

* * *

Faz anos que não vou a um restaurante japonês. Desde que saí de Oklahoma. As mãos dele pousam nas minhas costas ao nos aproximarmos do local. O toque dele é quente. Ele deixa a mão ali mesmo depois de entrarmos. A recepcionista olha para nós.

— Temos uma reserva no nome de...

— Naomi Light! — exclama a garçonete, interrompendo Jake ao me reconhecer. — A moça do tempo! Vejo você no noticiário toda manhã. — Seu rosto inteiro se ilumina, como se eu fosse uma celebridade ou algo do tipo.

Dou uma risada sem jeito.

— Quando vi seu nome na lista de reservas, achei que era brincadeira — continua ela e pega dois cardápios. — Podem vir por aqui.

Assim que nos sentamos, eu me inclino e sussurro:

— Você usou o meu nome para reserva?

Ele dá de ombros.

— Dei os dois nomes. Acho que o seu foi o único que ela reconheceu.

O chef chega em nossa mesa e começa a preparar a comida. Ele dá um show, brincando com fogo e fazendo malabarismo com os ovos. Jake pede carne, e eu, frango e camarão. Quando nossa comida é servida e o chef sai, me viro para olhar para Jake.

— Esqueci de te perguntar como foi a adoção. Os gatinhos conseguiram um novo lar?

Ele nega com a cabeça.

— Ninguém quis eles. Parece que vou ter que ficar com eles por mais uma semana.

— Sério? Estou surpresa. Quem não iria querer adotar dois gatinhos que sabem jogar boliche.

Ele dá de ombros.

— Tem outro evento de adoção nessa semana. Ninguém quis adotá-los, porque eu queria que eles ficassem juntos, e nem todo mundo quer adotar dois gatos ao mesmo tempo. Mas eles têm uma ligação, não quero separá-los.

Passamos alguns minutos comendo e apreciando a comida. Estou prestes a colocar um camarão na boca quando percebo que ele está me observando.

— Desculpa — digo, colocando o camarão de novo no prato. — Será que devo cobrir o rosto com um guardanapo enquanto como?

Ele dá risada.

— Já te falei que não fico ofendido com o consumo de frutos do mar. Agora, por outro lado, se você estivesse comendo um golfinho...

Franzo a testa.

— As pessoas fazem isso?

— Em alguns lugares do mundo — diz ele, dando de ombros.

— Quer experimentar? — Pego o camarão de novo com o garfo e ofereço a ele. Ele se encolhe, balançando a cabeça. Reviro os olhos. — Achei que você não se ofendia com o consumo de frutos do mar.

— Com frutos do mar em geral, não. Mas camarão? Eles são meio que os grilos do mar. Não, obrigado.

Viro o garfo para olhar o camarão e o coloco de novo no prato.

— Agora não consigo mais comer. Muito obrigada.

Ele dá risada.

— Desculpa.

— Desculpa não resolve — digo, cruzando os braços. — Você estragou o meu jantar.

Ele estende a mão e pega meu garfo, levando o camarão até a minha boca.

— Vamos. Coma. Tenho certeza de que grilos não fazem mal.

Afasto o garfo.

— Você não tá ajudando. — Tento parecer brava, mas é difícil impedir a risada quando ele pressiona o camarão na minha boca.

— Em alguns lugares do mundo, grilos são uma iguaria — comenta ele.

— Nossa, que reconfortante. — Pego o garfo da mão dele e como o camarão, tentando não fazer a comparação com um inseto enquanto o mastigo.

— Não acredito que você acabou de comer isso.

Jogo o guardanapo nele.

— Nunca mais saio pra jantar com você.

Ele dá risada.
— Veremos.
Reviro os olhos, ainda tentando impedir um sorriso.
— Me conta sobre a sua família — peço. — Quantos irmãos você tem?
— Três — responde ele. — Irmãs gêmeas e um irmão.
— Nossa! Gêmeas? Sempre quis uma irmã gêmea. Elas já usaram a mesma roupa e enganaram você ou seus pais quando eram crianças?
Ele dá um sorriso.
— De vez em quando. Elas são idênticas, mas se você as conhece de verdade, é fácil ver as diferenças.
— Tenho tanta inveja de você ter crescido em uma família grande. Você é bem próximo da sua família?
Ele leva um tempo para mastigar a comida antes de responder:
— Acho que dá pra dizer que sim. Vejo o meu pai todo dia. Encontro o meu irmão e as minhas irmãs umas duas vezes por mês. Fazemos um jantar em família uma vez por mês. É um caos, com todas as crianças, os primos e parentes. A maioria deles tem a entrada anual do aquário, aí eles vivem indo lá.
— Que bacana! Eu cresci com meus primos, então sei bem como pode ser caótico. Você tem sobrinhos? Ou filhos? — Levanto os olhos do prato para fazer a pergunta. Espero estar sendo sutil na minha bisbilhotagem.
Ele ergue as sobrancelhas como se estivesse surpreso por eu me atrever a fazer essa pergunta.
— Eu? Não.
— Você nunca foi casado?
Ele balança a cabeça. Um sorriso começa a brotar no canto da sua boca.
— E você?
— Não. E também não tenho filhos.
— Mas leva jeito com crianças.
— Por que tá dizendo isso?
— Já vi você lá fora com a Caitlin algumas vezes.
Franzo a testa.
— Quem?
— Caitlin — repete ele. — Ela é divertida. Ama insetos.
— Ah! A Criança Lagarta? Esse é o nome dela?
Ele levanta uma sobrancelha.

— Você apelidou ela de Criança Lagarta?

— Ela tá sempre pegando lagartas e pintando um livro de colorir de lagartas — digo, dando de ombros. — Acho que eu deveria ter perguntado qual era o nome dela.

Voltamos para o prédio depois do jantar. Minha mão esbarra na dele quando saímos do edifício-garagem. Ele pega a minha mão e fica segurando pelo restante do caminho. Assim que chegamos à entrada, ele puxa minha mão e me traz para perto dele, roubando um beijo rápido e fazendo meu coração bater um pouco mais depressa. Fico sorrindo para ele enquanto entramos juntos. Meus olhos vão para Joel à mesa da recepção. Não tive como deixar de perceber seu olhar crítico ao ver nosso rosto e nossas mãos. Eu me pergunto se Jake percebeu que nosso segurança parece ter um problema com o fato de estarmos juntos.

— Será que o Joel tira folga em algum momento? — pergunto quando alcançamos a escada.

— Ele não tem muita coisa fora do trabalho.

— Mesmo assim. Parece ser tempo demais de trabalho para um cara da idade dele. Tempo demais de trabalho para qualquer um, na verdade.

— Ele deve gostar de fazer hora extra.

Quando chegamos ao meu andar, ele me acompanha até a porta do apartamento.

— Em geral, esta seria a parte do encontro em que daríamos nosso primeiro beijo — diz ele.

— Meio que já fizemos isso.

O canto da boca dele se curva. Seus olhos vagueiam dos meus para os meus lábios. Sinto um calor ao lembrar o jeito com que ele entrou no meu apartamento e me empurrou contra a parede. O jeito como ele tomou minha boca na dele, o jeito como o corpo dele estava pressionado contra o meu, o jeito como meu coração acelerou quando olhei para a calça dele e vi como ele estava com tesão. Ainda consigo sentir a dor de querer mais. Fazia muito tempo que ninguém me deixava com tanto tesão assim. Eu provavelmente iria rápido demais outra vez se ele me beijasse daquela forma agora.

Seus dedos acariciam meu braço, deixando minha pele toda arrepiada. Estou prestes a perguntar se ele quer entrar, mas antes de conseguir fazer isso, ele inclina a cabeça e me beija. Não é com a mesma intensidade de antes, mas seus lábios, quentes nos meus, me deixam com vontade de mais do mesmo jeito.

— Boa noite, Naomi — diz ele ao se afastar.

Meus ombros caem, as três palavras parecem ser a coisa mais decepcionante que já ouvi na vida.

— Boa noite. — Minha voz sai num sussurro que até eu tenho dificuldade para ouvir.

Entro em casa. Só percebo o quanto estou excitada quando me encosto na porta, recuperando o fôlego. Não me lembro da última vez em que alguém deixou meu coração acelerado assim como Jake. Nem sei se alguém já chegou a fazer isso. Mesmo assim, não consigo evitar considerar como meus pensamentos têm sido desviados para o Luca ultimamente — ainda mais agora que sei que ele nunca se casou. Não sei por que estou permitindo que um cara que nunca conheci tenha tanta influência sobre mim. Parece que está fora do meu controle. Pensando por esse lado, talvez tenha sido melhor o Jake não ter entrado. Por mais que eu o queira, sei que preciso encontrar uma maneira de tirar o Luca da cabeça antes de avançar com Jake.

CAPÍTULO DEZENOVE

Vestida para arrasar

Acordo no meio da noite com sede. Me levanto e vou até a cozinha na ponta dos pés, mesmo morando sozinha. Acho que não quero incomodar o vizinho de baixo. Acendo a luz da cozinha e me sirvo de um copo d'água. Ao dar um gole, meu olhar se volta para a pilha de correspondência que deixei no balcão na sexta-feira. Fiquei distraída com as cartas do Luca, depois com o piquenique no corredor com Jake e não tive tempo para olhar.

Começo a verificar a pilha, jogo fora o que deve ir para o lixo e faço outra pilha com as contas. Quando chego ao último envelope, paro. Com a luz que vem da sala, vejo que não tem o endereço do remetente. Meu nome e endereço estão escritos à mão. Reconheço a letra. Faz quase vinte anos que venho observando a evolução dessa letra. É surpreendente ver uma carta do Luca com o endereço da minha casa e não com o endereço do canal de notícias. Isso significa que ele sabe onde moro. E me faz pensar no que mais ele sabe sobre mim.

Rasgo o envelope e puxo a carta. É mais longa do que as que ele costuma mandar.

Querida Naomi,

Esperei até agora para escrever porque imaginei que tivesse recebido minha carta com atraso e por isso não disse a palavra mágica na previsão do tempo. Mas você não disse a palavra a semana toda, e tenho que dizer que estou bem decepcionado. Isso é porque não pode sair do roteiro ou perdeu o interesse em me responder? Acho que já faz dois anos desde a última vez que teve notícias minhas, então talvez as cartas simplesmente não tenham mais graça para você como tinham antes. Talvez você até esteja irritada por eu estar escrevendo agora.

Lembra quando perguntei se a gente podia ser amigo no Facebook? Acho que nós dois estávamos no primeiro ano do ensino médio. Nunca contei que eu já tinha procurado você lá antes de perguntar. Estava planejando mandar uma solicitação de amizade, mas não sabia como iria reagir, por isso perguntei primeiro. Achava você a menina mais bonita do mundo. Queria conhecer você fora destas cartas, mas você foi malvada pra caramba quando disse que não queria ser minha amiga. De todas as cartas cruéis que me mandou, essa foi a primeira que me magoou de verdade.

A segunda vez em que me magoou foi quando convidei você para a formatura do treinamento das forças armadas e você não apareceu. Você deve ter achado que era brincadeira, mas não era. Eu queria que estivesse lá. Acho que você não sabia que eu era a única pessoa lá que não tinha família. Não contei porque não queria que tivesse pena de mim. Queria que fosse por querer estar lá. Mesmo depois de ter me rejeitado no ensino médio, eu esperava que fosse mudar de ideia e quisesse me conhecer pessoalmente.

Ficava imaginando se você já tinha me procurado no Facebook. Ainda fico imaginando se pensa em mim quando não está lendo minhas cartas ou pensando no que responder. Fico imaginando se causei um impacto tão grande na sua vida quanto você causou na minha.

Você deve achar que eu sou louco ou que sou meio esquisito por falar tudo isso. Merda. Agora que estou relendo esta carta, na certa é bizarro, né? Se bem que não pode ser tão bizarro quanto algumas das outras cartas que mandei. Nem escrevi nada insensível.

Acho que não posso terminar uma carta assim, então aí vai: tomara que, sem querer, coloque uma roupa da mesma cor que o cromaqui atrás de você na próxima previsão do tempo e pareça que você é só uma cabeça decapitada flutuando na tela. Algo assim deixaria o seu programa chato bem melhor.

Com amor,
Luca.

Tento processar tudo o que acabei de ler e me pego relendo a carta. Lembro quando ele me convidou para a graduação do treinamento das forças armadas. Ainda tenho aquela carta. Também me lembro de pensar que era uma brincadeira cruel, já que ele tinha me feito acreditar que eu não poderia entrar em um avião. Desejei, só por um instante, que Luca quisesse mesmo que eu fosse à sua formatura. Talvez tivesse ido se soubesse que ele estava falando sério.

E agora isto. Encaro a carta, me perguntando o que devo fazer com ela. Me esforcei bastante para procurá-lo, mas, depois de ler esta carta, sei que não vai ser a mesma coisa quando finalmente achar o endereço dele. Ser mais esperta do que ele é para ser um momento de triunfo para mim. Não é para ser... o que quer que esteja sendo.

Volto para o quarto e encaro o teto. Tenho mais algumas horas antes de precisar acordar, mas sei que não vou conseguir voltar a dormir.

* * *

— Alguém aí transou, hein? — diz Anne ao colocar um copo de café na minha frente.

Giro na cadeira, em choque.

— O quê? Não transei, não.

Ela tira o sorriso do rosto, arregala os olhos e sorri de novo.

— Espera, sério? Eu estava falando do Patrick. Ele está com um bom humor excepcional hoje. Mas isto aqui é muito mais interessante. — Ela puxa uma cadeira. — Me conta tudo. Foi com o Olhos de Husky, né?

Reviro os olhos.

— Não aconteceu nada. Só saímos juntos.

Seus olhos estreitam.

— A expressão em seu rosto me disse tudo o que preciso saber.

O problema é que a Anne me conhece muito bem, mas ela não sabe que não é o Jake que está me fazendo ficar na defensiva hoje.

Dou de ombros.

— A gente deu uns amassos. Só isso.

— Qual é! Me conta a verdade — incentiva ela. — Foi tão bom quanto estou imaginando que foi?

Dou risada, derramando o café.

— Para de me imaginar dormindo com ele. É meio esquisito. — Pego um guardanapo para limpar o café que espirrou no meu casaco de lã.

Anne franze a testa, me observando.

— Qual é a do casaco comprido? Não me diga que vamos ter uma nevasca hoje.

— O ar-condicionado aqui é muito forte. Sempre fico congelada de manhã.

Ela me encara com ceticismo, depois deixa isso pra lá.

— Voltando ao Olhos de Husky. Quero detalhes, Danone. Estou vivendo indiretamente através de você no momento. Quantas vezes?

Meu rosto fica vermelho.

— Para com isso, Anne. Alguém pode ouvir.

— Uma? Duas? Vocês ficaram acordados a noite inteira? Transaram no chuveiro?

Ela esfrega as mãos, esperando que eu desembuche os detalhes sórdidos. Infelizmente, não há nenhum detalhe para compartilhar. Pelo menos não os que ela está esperando.

Pego uma caneta da mesa e jogo nela.

— Vou cancelar a nossa próxima viagem pra San Diego se você não parar com isso.

Ela ri, se esquivando da caneta.

— Tá bom. Não vou pedir detalhes. Mas...

Solto um suspiro, me preparando.

— Mas o quê?

— Você ainda acha que foi uma coisa sem compromisso ou vai partir para algo mais sério com ele?

Reflito por um momento. Eu queria só me divertir, mas agora não enxergo mais esse relacionamento como sem compromisso.

— Você tá pensando bastante nessa pergunta, hein? — provoca Anne.

— Sim. Quero que as coisas fiquem mais sérias com ele.

— Você acha uma boa ideia ir assim tão rápido, então? E se ele achar que você só quer sexo?

Cubro o rosto com a mão. Ainda não tomei café suficiente para isso.

— Pela milésima vez, Anne, eu não transei com ele.

É claro que Patrick escolhe este momento para entrar na sala. O rosto dele fica vermelho, mas ele, elegantemente, escolhe fingir que não ouviu nada do que estávamos falando. Anne e eu trocamos olhares antes de ela se levantar e sair. Ele me lembra de que está quase na hora de ir ao ar.

— Estarei pronta a tempo — digo. — Só preciso terminar uma coisinha.

Ele me deixa sozinha para eu me aprontar. Estou nervosa com a previsão do tempo de hoje. A conversa com a Anne foi uma boa distração, mas agora que estou sozinha, começo a suar. Não acredito que estou prestes a fazer o que planejei. Quando falta apenas um minuto para eu entrar no ar, me levanto e largo o casaco de lã na cadeira. Por baixo, estou usando um vestido verde de manga longa e gola alta. Estou prestes a quebrar a principal regra do código de vestimenta dos meteorologistas da TV.

Dou um passo para ficar na frente da tela e faço a previsão do tempo como se não houvesse nada de errado, mas posso ouvir o burburinho do outro lado das câmeras. Posso até imaginar como isso está saindo. Tomara que Luca esteja assistindo.

Quando termino e a câmera é desligada, Patrick entra enfurecido no palco e agarra o tecido do meu vestido.

— Que porra é essa, Naomi? O que tinha na cabeça para usar essa cor?

— Hein? — Olho para o vestido, fingindo não saber qual é o problema. — Nossa! Estou usando isto mesmo?

— Venha até o meu escritório. Precisamos conversar.

Enquanto o sigo para o escritório, passamos por Anne no corredor. Ela me dispara um olhar arregalado e questionador. Dou de ombros sem dizer nada. Patrick fecha a porta depois que eu entro.

— Qual foi a primeira regra com a qual você concordou quando foi contratada pro lugar do Emmanuel?

Mordo o lábio. A regra a que ele se refere é sempre motivo de risada, e é falada mais como se fosse uma piada do que qualquer outra coisa, porque ninguém acredita que alguém seria burro o suficiente para se vestir como um pedaço de brócolis na frente do cromaqui. E, no entanto, aqui estou eu, parecendo um vegetal verde gigante.

— Não usar verde — digo as palavras tão baixinho que Patrick não consegue me ouvir. Ele coloca a mão ao redor da orelha e se inclina para a frente, num gesto que me faz querer revirar os olhos. — Não usar verde — repito mais alto.

— E, mesmo assim, você está... — Ele gesticula para a minha roupa.

— Usando verde.

— Ah, não. Você não está só usando verde, Naomi. Seu corpo inteiro está coberto de verde. Faz ideia de como você ficou lá? Você parecia uma cabeça flutuante quicando ao redor de um mapa do tempo com um par de mãos se mexendo embaixo. Se há um inverso do cavaleiro sem cabeça, é o que você era. Onde estava com a cabeça?

— Desculpe — digo. — Tive um fim de semana difícil. Acordei atrasada e me vesti no escuro hoje de manhã. Não percebi o que estava vestindo. Por favor, não me mande embora.

Ele suspira fundo, como se tivesse que pensar seriamente se me mantém. Já era o bom humor dele.

— Sua situação é delicada, Naomi. Você tem sorte que as avaliações têm sido positivas desde que assumiu em tempo integral. Agora vá trocar de roupa antes de entrar no ar de novo. Procure alguma coisa nos achados e perdidos ou algo assim.

— Obrigada, sr. Facey.

Ele faz um barulho parecido com um rosnado. Saio do escritório dele o mais rápido que consigo. Anne está me esperando no corredor. Ela vai até a minha mesa comigo.

— Você vai me dizer onde estava com a cabeça? — pergunta ela.

— Só se você trocar de roupa comigo.

— Engraçado. Era o que eu ia sugerir depois.

Vamos ao banheiro feminino e trancamos a porta. Assim que ficamos sozinhas, caímos na gargalhada. Quando nos acalmamos, nos despimos e vestimos a roupa uma da outra. Tenho sorte que Anne é quase do mesmo tamanho que eu. Hoje mais cedo, confiei que ela estaria disposta a trocar de roupa comigo. Se eu tivesse trazido uma muda de roupa, essa travessura teria parecido premeditada.

— Ele te disse pra fazer isso, não disse? — pergunta Anne quando estamos terminando de nos vestir.

— Hein?

— Não se finja de boba. Você ia dizer "bologna" antes de eu te convencer do contrário. Quando recebeu outra carta dele?

Solto um suspiro ao perceber que não vale a pena mentir para ela.

— Recebi uma carta dele no fim de semana.

— E ele te disse pra usar verde? Não acredito que fez isso, Naomi. Uma coisa é usar uma saia ou uma calça verde, mas era o seu corpo inteiro. — Ela gesticula para a estrutura do vestido velho e cafona de madrinha de casamento que está vestindo agora. — As únicas partes que apareciam eram sua cabeça e suas mãos.

— Ele não me disse pra fazer isso.

— Você não acha mesmo que eu vou acreditar que não fez isso por ele. Ele prometeu passar o endereço dele?

— Ele não me prometeu nada. E não me disse pra fazer isso também. Não exatamente.

— Como assim?

Respiro fundo, tentando decidir quanto da carta posso contar para ela.

— Ele sabe onde eu moro, Anne.

— Foi o que imaginei, já que a carta não chegou aqui.

— A gente está viajando o país inteiro atrás dele, gastando rios de dinheiro com voos, e hotéis, e comida de aeroporto, enquanto isso ele sabe onde eu trabalho e onde moro, e eu não posso nem escrever pra ele. Sei que pra você é só uma aventura, mas faz alguma ideia de como é frustrante pra mim? Eu tinha que me comunicar com ele de alguma maneira.

— Se fazendo de idiota no ar? Se era pra fazer alguma coisa estúpida, você deveria ter dito que estava quente como bologna lá fora.

— Não era assim que eu ia... — Balanço a cabeça, me recompondo. — Ele disse que, se eu sem querer vestisse verde no ar, isso tornaria o meu programa chato bem melhor.

— Sério? Basta só isso pra você jogar sua carreira pelos ares? Você vai ter sorte se não se transformar em chacota entre todos os meteorologistas depois disso.

— Quer saber? Não me arrependo. Patrick não me mandou embora. Está tudo bem com a minha carreira. Sei que nem tanta gente assim estava assistindo mesmo.

Anne me segue para fora do banheiro.

— Por que não me falou sobre a carta antes? Você ficou planejando isso o fim de semana inteiro?

Faço "shhh" para ela porque não quero que ninguém ouça e descubra que foi planejado.

— Foi uma ideia de última hora.

— Não tô acreditando. Quando você leu a carta? Acabamos de passar o fim de semana inteiro juntas, e o objetivo da viagem era encontrar o Luca. Como pôde simplesmente esquecer de mencionar que recebeu outra carta dele?

— Só li ontem à noite. Chegou com a correspondência de sexta-feira, mas só notei ontem.

— O que dizia?

Hesito.

— Nada. Era só como todas as outras cartas.

— E as cartas que ia levar pra Geórgia? Tem alguma coisa a ver com você convenientemente ter se esquecido delas?

É irritante como ela é boa em me decifrar. Estou começando a achar que ela seria uma ótima detetive. Ou talvez boa em ler mãos. Eu me pergunto se existem detetives leitores de mãos.

— Podemos deixar isso de lado por enquanto? — pergunto. — Você deve ter trabalho pra fazer.

— Tudo bem. Você me conta depois no café?

— Não posso. Tenho... planos.

Não tenho planos, mas espero que se eu evitar o assunto por tempo suficiente, ela vai acabar esquecendo.

Consigo ficar longe de Anne pelo resto da manhã. Ela não me traz correspondência nenhuma. Não fico surpresa. Tenho a sensação de que Luca vai mandar as cartas para o meu endereço a partir de agora. Vou direto para casa depois do trabalho e verifico a correspondência. Como era de se esperar, há uma nova carta no fundo da minha caixa. Espero até chegar lá em cima para abri-la. Ele deve tê-la enviado durante o fim de semana para ela ter chegado hoje.

Assim que entro em casa, largo minhas coisas e rasgo o envelope.

Querida Naomi,

Ótimo trabalho na previsão do tempo hoje de manhã. Será que é esquisito que eu tenha ficado com tesão vendo sua cabeça flutuando pela tela sem um corpo? Não acredito que fez isso. Acho que isso significa que minha última carta não assustou você.

Recebi uma ligação de um velho amigo outro dia. Se por acaso for pra Geórgia de novo, diga para o Maxwell que mandei um abraço. Quem diria que você iria tão longe para me encontrar? Você deve gostar de mim também, ou algo do tipo.

Com amor,

Luca.

Não sei dizer se o meu corpo está quente ou frio. É claro que aquele militar que conhecemos na Geórgia ligaria para o Luca para contar que estivemos procurando por ele. Fico meio irritada com o fato de que o homem não me deu o número do Luca, sendo que ele o tinha o tempo todo. Mas acontece que tentar encontrá-lo dessa maneira era para ser uma surpresa quando eu achasse seu endereço e escrevesse para ele.

Como fiz com a última carta, releio esta, dissecando cada linha com cuidado. Só depois de um tempinho me ocorre que ele deve ter escrito a carta hoje. Eu me pergunto como é possível a carta ter vindo de San Diego para Miami em menos de um dia.

Então, a ficha cai: ele com certeza não está mais em San Diego.

CAPÍTULO VINTE
A moça do tempo sem corpo

A constatação de que Luca pode estar bem mais próximo do que eu pensava deixa minha pele toda arrepiada. Agora, mais do que nunca, gostaria de poder escrever para ele. Não sei bem o que eu diria se pudesse me corresponder com ele. Talvez perguntasse se ele gostaria de me encontrar para um café, só para poder ver como ele é na vida real. Há muitas perguntas que gostaria de fazer para ele, como, por exemplo, por que ele não se casou e como acabou vindo parar aqui em Miami — se é que ele está aqui mesmo —, e se as coisas que disse na carta que li ontem à noite são verdadeiras.

Acima de tudo, quero saber por que ele desapareceu da face da Terra por dois anos. Para onde foi e por que parou de ligar para nossas cartas?

Meu celular vibra, tirando meu foco da carta. Verifico a tela e vejo que estou recebendo uma ligação da Anne.

— Manda.

— Estou com seu vestido.

— Podemos trocar as roupas amanhã de manhã — digo. Mexo na carta, lendo por alto como se tivesse deixado passar alguma coisa da primeira vez.

— Tá bom. Você já deu uma olhada na internet?

Volto o foco para a conversa com a Anne.

— Como assim?

— O seu segmento de hoje de manhã viralizou. A moça do tempo sem corpo tá bombando.

Solto um grunhido.

— Você tá falando sério?
— Não é tão ruim assim. As pessoas estão amando. Eu não ficaria surpresa se você começasse a receber cartas de fãs. Fãs de verdade. Não só correio do ódio do seu cartinimigo.
— Que ótimo. Era só o que me faltava.
— Você só pode culpar a si mesma, então não me venha com reclamações. Vou te mandar o *link* do vídeo.

Encerro a ligação e, logo depois, Anne me envia o *link*. Clico e assisto, me encolhendo de vergonha num primeiro momento, mas depois caio na gargalhada me vendo na tela. Não sei como Patrick conseguiu ficar sério mais cedo enquanto me dava uma bronca. Eu estou mesmo parecendo uma cabeça flutuando pela tela com duas mãozinhas balançando como se fossem passarinhos albinos apontando para as imagens. Rolo a página para ler os comentários e fico surpresa com a quantidade.

Fico alguns minutos lendo até que ouço uma batida na porta. Imagino que deva ser Anne trazendo o meu vestido e checando só para ver se eu estava mentindo sobre já ter planos, largo o celular e a carta no balcão da cozinha e vou atender. Quando abro, fico surpresa ao encontrar Jake.

Ele está com um sorriso no rosto que se abre ainda mais quando me vê. Meu coração quase para. Não sabia como é bom ter um homem olhando para mim desse jeito.

— Então, eu meio que esperava ver só uma cabeça flutuando quando abrisse a porta.
— Ai, meu Deus. Você viu o vídeo?
— O vídeo? — repete ele. — Eu estava assistindo ao vivo.
— Você me viu ao vivo?
— Todas as manhãs. É o meu programa favorito na TV.

Reviro os olhos.
— Duvido.
— Se importa se eu entrar? — pergunta ele.
— Claro que não.

Abro mais a porta e dou um passo para trás para que ele possa passar. Vamos para a sala e paramos perto da ilha que separa o cômodo da cozinha. Dou uma olhada para a carta do Luca do outro lado do balcão.

— Pensei em você a manhã inteira — diz Jake, chamando minha atenção de volta para ele.

Sorrio, mas por dentro me sinto dividida. Ele não faz ideia de que o truque do cromaqui foi premeditado para atrair a atenção de outro homem.

— Pensei no clima a manhã inteira.

— Sexy — rebate ele.

— Quente seria mais preciso.

— *Touché*.

Ele olha para a bancada. Um pedacinho de papel chama sua atenção. Ele estende a mão e o pega.

— O que é isso? — pergunta.

Eu me aproximo para ver o que ele pegou.

— Ah, é só um cartão de visita.

— Penélope Hayes — ele lê. — Personal trainer. — Ele ergue uma sobrancelha e olha para mim.

Dou de ombros.

— Conheci ela no sábado.

Ele vira o cartão e lê o verso.

— Você foi até Dallas no Texas?

— Foi de última hora. Anne adora uma boa aventura.

Ele coloca o cartão de visita de novo na bancada onde o encontrou.

— Alguma outra viagem espontânea planejada ou posso fazer planos com você para o fim de semana?

Mordo o lábio.

— Anne quer ir de novo pra San Diego.

— Vocês não pegaram conchinhas o suficiente da primeira vez?

Sorrio.

— Algo assim.

— Já reservou as passagens?

— Ainda não.

— Então adia. Fica comigo.

— Essa viagem vai ser a última por um tempo. E a gente deve ficar só um dia fora.

O canto da sua boca se levanta.

— E se o voo da volta for cancelado?

— Dou um jeitinho de entrar na cabine de comando e pilotar o avião eu mesma.

— Caramba. Você sequestraria um avião por mim?

— Claro. Você não tem o evento de adoção no fim de semana?

Ele se inclina na bancada.

— Tenho, mas só no sábado de manhã. Estou livre a tarde toda.

— Talvez você possa usar todo esse tempo livre para ir à praia.

— Pensei de a gente ir à praia agora.

Levanto uma sobrancelha.

— Agora? Achei que você tinha que voltar pro trabalho.

— Resolvi tirar o resto da tarde de folga — informa ele.

— É mesmo? Mas quem vai salvar as morsas se você não estiver lá?

— As morsas vão ficar bem. Vou deixar o celular por perto. Então, o que acha? Quer ir à praia?

Dou um sorriso.

— Quero. Vou me trocar.

Estou indo em direção ao quarto e então paro, me lembrando da carta do outro lado da bancada. Volto, pego a carta e a enfio dobrada no bolso de trás da calça que Anne me emprestou. Preciso me lembrar de perguntar para Anne onde ela comprou esta calça. Nunca encontro nenhuma com bolsos.

Ele espera na sala enquanto eu me troco. Visto uma regata branca larguinha e um short por cima do biquíni e pego o protetor solar.

— Você precisa se trocar? — pergunto ao voltar para a sala.

Ele balança a cabeça.

— Já estou de bermuda de praia.

Olho para as pernas dele. Não tinha me ocorrido antes que ele não está vestido como alguém que tivesse que voltar para o trabalho. Fico olhando para as panturrilhas musculosas dele por um instante. Eu já o vi correr quase sem roupa, mas ainda assim aprecio como ele fica bem de bermuda.

Vamos no carro dele para a praia. Nem todo mundo vai à praia em uma segunda-feira, então não é difícil encontrar um lugar para estacionar.

Quando estamos na areia, pego o protetor solar da bolsa e ofereço a ele.

— Não, obrigado — diz ele ao tirar a camiseta. — Eu não me queimo.

A pele dele é de um dourado bronzeado bonito, mas já vi homens com pele mais escura se queimarem de sol. Olho para ele, cética.

— Tá tudo certo — ele me tranquiliza.

Ponho uma grande quantidade do produto na mão e passo no peito dele. Ele olha para o peito, depois para mim com os olhos semicerrados.

— Agora tá tudo certo.

Começo a espalhar a loção protetora no peito e nos ombros dele. Sinto o calor de sua pele na mão. Ele respira fundo, com os olhos fixos em mim. Sorrio para ele e volto a prestar atenção nas minhas mãos enquanto espalho o protetor em seus braços.

— Caramba — digo ao sentir seus músculos. — Você se exercita ou consegue esses músculos por operar animais?

— Faço muita hidroginástica — responde ele com um sorriso malicioso.

Eu o faço se virar de costas para mim. Quando termino, ele pega o protetor solar. Fico observando, imaginando o que ele vai fazer.

— De blusa ou sem? — pergunta ele.

— Oi?

Ele gesticula para minha blusa.

— É a sua vez. Não quero que fique parecendo um pimentão em rede nacional.

Sorrio e tiro a blusa. Eu a jogo na areia perto da dele. Quando volto a olhar para ele, suas bochechas estão rosadas. Ele pigarreia e desvia os olhos de mim.

— E então? — eu o instigo.

Jake inclina a cabeça para mim com um sorriso surgindo no canto da boca. Não consigo deixar de rir de como ele fica fofo quando está atordoado.

Ele coloca um pouco de protetor na mão e começa a espalhar dos meus ombros até os braços. Quando termina de espalhar nos braços, pega mais protetor e olha para minha cintura. Os olhos dele se erguem e encontram os meus.

— Tudo bem pra você? — pergunta ele.

Na certa o deixaria espantado se ele soubesse o quanto quero suas mãos em mim. Faço um gesto afirmativo com a cabeça, de algum modo conseguindo manter o controle.

— Vá em frente.

Ele encosta primeiro as mãos nas minhas costelas, depois espalha o protetor pela barriga e quadris. Uma onda de arrepios varre meu corpo. Minha barriga se contrai e eu prendo a respiração. Com ele assim tão perto de mim e me tocando desse jeito, começo a desejar que não tivéssemos saído do meu apartamento. Sei que não vou conseguir resistir à tentação de fazer algo inapropriado na praia se ele continuar assim, então pego o protetor e começo a passar no peito enquanto ele passa nas minhas costas.

— Não acredito que você finalmente veio pra praia depois de seis meses morando aqui.

Jake passa as mãos nas minhas costas e, por um momento, fecho os olhos, inspirando a brisa salgada do mar.

— Nem eu.

Quando ele termina de espalhar o protetor, eu me viro para ele.

— Você é daquelas pessoas que gostam de nadar além de onde as ondas quebram ou tem medo de tubarão?

Ele me encara e percebo como essa pergunta é estúpida.

— Nossa — digo. — Como sou idiota. Acabei de perguntar para um veterinário do aquário se ele tem medo de tubarão.

Ele dá risada.

— Nem foi tão ruim assim. Acho que todo mundo deveria ter um medo saudável de qualquer animal selvagem. Tipo, só porque você faz a previsão do tempo não significa que você vai correr pra fora no meio de uma tempestade, balançando uma folha de papel-alumínio.

— Ah, não. Você sabe que alumínio não atrai raios, né?

Ele franze a testa.

— Não?

É minha vez de dar risada.

— Não.

— Droga. Tudo o que me ensinaram sobre raios quando eu era criança é mentira.

Tiro as sandálias para poder sentir a areia entre os dedos. Logo me arrependo de ter feito isso. A areia está infernalmente quente e parece que meus pés estão fritando numa frigideira quente e arenosa. Solto um gritinho, pulando de um pé para o outro, mas isso não ajuda em nada.

Ele ergue as sobrancelhas.

— O que foi?

— A areia! Meus pés!

Sem precisar de mais nada, ele me pega nos braços e me carrega como uma donzela em apuros até um monte de alga do mar seca trazida pelas ondas até a praia. Por baixo das algas, a areia está macia, úmida e fresca. Ele me solta, e eu suspiro, aliviada. Meu alívio é curto quando me dou conta de que ele está rindo de mim. Tento dar um empurrão no braço dele, mas ele escapa.

— Não sei por que achei que dava pra andar descalça nessa areia. Eu já deveria saber disso.

— Você tinha razão sobre as algas — afirma ele, olhando para a pilha de algas atrás de nós. — Tem muitas aqui.

— Não era assim antes, pelo que ouvi dizer. Sempre achei as praias de areia branca daqui bonitas, mas com tanta alga, é difícil aproveitar tudo isso da maneira certa.

— Talvez você devesse mesmo se mudar pra San Diego.

— Ah, é mesmo? Essa é sua forma de tentar se livrar de mim?

— Droga. Você acabou de descobrir meu plano.

Dou uma cutucada em suas costelas com o cotovelo.

— Se eu estivesse tentando me livrar de você, não teria batido na sua porta e te convidado para vir à praia comigo.

— Humm. Agora você me pegou.

— Vem, vamos nadar — chama ele.

Eu o sigo para a água. Não sou boa nadadora, então entro só até altura dos joelhos, mas ele pega minha mão e me puxa para mais fundo até que quase não sinto a areia na ponta dos pés.

— Como sabe que não tem tubarão? — pergunto.

— Pode ter, mas estamos em segurança. Tubarões preferem pessoas ruivas. A cor lembra a eles de sangue.

— O quê? Eu sou ruiva!

Ele pega um cacho do meu cabelo e o analisa.

— Droga. É mesmo. Mas não se preocupa. Enquanto os tubarões se distraem com você, eu nado até a praia e busco ajuda.

— Ah, muito obrigada. — Eu o agarro, passando as pernas em torno de sua cintura e os braços em volta dos ombros. — Se eles me pegarem, vão pegar você também.

Neste instante, uma onda quebra em nossas cabeças, tirando o equilíbrio dele e nos enviando para baixo d'água por um breve momento. Quando voltamos à superfície, minha boca e nariz estão cheios de água salgada e meus olhos estão ardendo. Cuspo a água e arquejo, buscando ar. Sinto os braços dele me envolvendo, sua pele quente contrasta com a água gelada do mar. Um momento depois, consigo sentir a areia embaixo dos pés de novo. Ele nada, nos levando de volta à praia. Vou na direção da minha blusa e a uso para limpar os olhos.

Quando não estão mais ardendo, consigo olhar para ele de novo e vejo que ele está rindo de mim.

— É por isso que eu só entro até a altura do joelho — digo.

— O quê? Você não aguenta um pouquinho de água salgada nos olhos?

— Não. Ardeu. Como consegue ficar bem com isso?

Ele dá de ombros.

— Eu vivia nadando no mar. Me acostumei com a água salgada.

— É mesmo? Você não tinha dito que nunca tinha ido à praia?

— Eu praticamente cresci na praia — explica ele. — Só que não nesta praia.

— Ah! E eu achei que estava tirando sua virgindade de praia.

Ele dá risada.

— Nem perto disso.

Me sento na areia, pertinho da água, para as ondas alcançarem meus pés. Jake se senta perto de mim.

— Fico surpresa por ainda não ter fugido de mim — comento.

Ele sorri.

— Por que eu fugiria de você?

— Posso fazer uma lista de motivos. — Começo a contar nos dedos. — Minha fobia de elevador, aparecer ao vivo na TV sem corpo, minhas piadinhas sem graça sobre frutos do mar...

— Pra mim, são só esquisitices fofas. Se estava tentando me afugentar, fez um péssimo trabalho. Vai ter que me dar mais do que isso.

Gesticulo para o meu corpo.

— Sou toda sua.

— Não quero só o seu corpo. — Ele se aproxima de mim, fazendo meu pulso acelerar e meu corpo esquentar. Se inclina e toca minha boca de leve. — Te quero por inteiro.

— Minha cabeça também?

Ele sorri, exibindo os dentes brancos.

— Sim. Sua cabeça também. Mas, de preferência, com o corpo junto.

Por alguma razão, essa frase me faz pensar na carta de Luca, me tirando do momento por um instante. Levo um segundo para me recuperar e lembrar com quem estou e onde. É a primeira vez que penso em Luca desde que Jake bateu na minha porta. Ele tem esse poder de me manter no presente, onde eu deveria estar — exceto agora, quando Luca se infiltra em minha mente sem ser convidado.

— Não se preocupe. Estou tentando evitar ser decapitada — digo.

— Bom saber. — Ele me beija de novo, outro selinho suave e gentil nos lábios.

— Você anda dizendo a mesma coisa para outras mulheres?

Ele se afasta e olha para mim, me fazendo pensar, por um breve momento, se eu disse a coisa errada. Depois ele ri.

— Suponho que esteja falando sobre a parte em que eu disse que "te quero", porque o tópico de decapitação não costuma surgir nas conversas. Mas não. Não estou saindo com mais ninguém, se é isso que tá perguntando. E você?

Nego com a cabeça, mas outra vez me pego pensando nas duas cartas mais recentes de Luca. Fico surpresa ao perceber que me sinto um pouco culpada. Não deveria me sentir assim. Não prometi nada ao Luca. Não posso nem responder as cartas dele.

— Então, estamos de acordo? — diz ele, hesitante.

Fico pensando se esse é o jeito de ele me perguntar se quero estar em um relacionamento exclusivo com ele. Não posso dizer não, já que fui eu que trouxe o assunto à tona. E nem quero dizer não. Abro a boca para dizer sim, mas então paro, pois uma ideia me veio à cabeça.

— Sei como podemos tornar isso oficial.

Ele franze a testa.

— Como?

— Você tem que escrever nossos nomes na areia. Dentro de um coração.

Ele reflete por um momento, olha para a areia úmida onde estamos sentados e diz:

— Vou fazer melhor. Vira pra lá.

— O quê?

— Vira. Quero que seja surpresa.

Me levanto e me viro de costas para ele e para o mar.

— Que tipo de surpresa? — pergunto.

— Você vai ver.

— Ai, meu Deus. Você não vai me pedir em casamento, né? Tipo, eu gosto de você e tal, mas nem conheci seus pais ainda.

Dá para ouvir a risada na voz dele quando responde:

— Agora, falando em fazer alguém fugir, esse seria um jeito.

— Isso ou aparecer decapitada ao vivo na televisão — sugiro.

— Acho que não há nada que você possa fazer que vá me fazer fugir, Naomi.

— E se eu começar a fazer xixi? Bem aqui. De pé. Por cima do short.

— Eu ia supor que você foi queimada por uma água-viva e eu não percebi.

— E se eu te dissesse que sou um robô?

— Aí eu diria que quem quer que tenha construído você fez um excelente trabalho.

Ouço a mão dele arranhando a areia enquanto a revolve.

— E se eu te dissesse que odeio crianças?

— Então eu odeio crianças também.

— E se eu te dissesse que quero ter um filho agora mesmo?

— Eu diria: "vamos começar a tentar", mas se você é um robô, talvez a gente tenha que adotar.

Bufo, segurando a risada. Nunca conheci ninguém como Jake antes. Estou começando a me perguntar onde esse cara esteve durante toda a minha vida. Penso no último cara com quem saí, que parecia não achar nada do que eu dizia engraçado. Então, penso em Luca e todas as cartas ridículas que trocamos ao longo dos anos. tentando imaginar como ele é pessoalmente. Fico imaginando se a gente se daria bem assim. Afasto esses pensamentos. Não deveria estar pensando em Luca quando estou me divertindo tanto com Jake.

— Já posso virar?

— Quase. Só um segundo. — Ouço o chiado dos toques finais que ele está dando e depois afofa a areia com a mão. — Tá bom. Pode virar.

Eu me viro. Fico surpresa ao ver que ele não escreveu nossos nomes, mas desenhou o que parece ser um retrato horrível de nós dois na areia. Fez duas carinhas sorridentes: uma com cabelo feito com algas secas vermelhas e a outra suponho que seja ele. Desenhou um corpo de palito embaixo da cara dele. Há um grande coração em volta de nós, com vários coraçõezinhos preenchendo os espaços vazios.

— Você não terminou — digo, apontando para a cara que supostamente sou eu. — Você não me deu um corpo.

— Terminei, sim — rebate ele. — Tenho certeza de que qualquer pessoa que passar por aqui vai saber exatamente de quem é essa cara.

— Quem diria que você era um artista tão bom? Você deveria ter feito belas-artes.

— É, mas aí quem salvaria as morsas?

— Você ia poder fazer um desenho legal pra elas.

Uma onda vem, varrendo nossos pés e, quando retrocede, leva meu cabelo de alga e deixa apenas um resquício do desenho dele.

Eu me aproximo e toco o seu ombro, que está rosado de sol.

— Ah, não. Parece que esqueci um lugar. Achei que você tinha dito que não se queimava.

Ele olha para o ombro, parecendo surpreso.

— Nunca tinha acontecido.

— Acho que a gente devia ir pra casa — sugiro. — A não ser que queira ficar e construir um castelo de areia.

— Por mais divertido que isso possa ser, eu devia ir pra casa mesmo. Prometi aos gatinhos levá-los pra jogar boliche.

Coloco a sandália para andar pela areia quente até o estacionamento.

— Não dá pra decepcionar os gatinhos. Faz tempo que não ouço barulho lá de cima. Achei que tinha desistido do boliche.

— Tenho tentado fazer silêncio pra você.

— Que atencioso.

Ele pega a minha mão e a segura o resto do caminho até o carro. Voltamos ao prédio e Joel está à mesa da recepção.

— Boa tarde, Joel.

Ele resmunga um "oi" com a testa franzida. Meu sorriso esmaece um pouco. Não sei se é coisa da minha cabeça, mas parece que ele não tem ficado muito feliz ao me ver ultimamente. Eu me viro para Jake e vejo que ele está franzindo a testa para Joel. Pelo menos ele finalmente notou a atitude do homem em relação a nós. Me pergunto se ele vai dizer alguma coisa, mas não diz nada.

— Você precisa pegar correspondência? — pergunto.

Sua expressão suaviza e ele sorri para mim.

— Não. Já peguei mais cedo.

Quando chegamos ao meu andar, Jake para, e tenho a sensação de que está esperando alguma coisa.

— Eu me diverti hoje — digo.

Ele se inclina e me dá um beijo de leve. Quando se afasta, bem devagarinho, mantém o olhar fixo nos meus lábios.

— Eu também. — Ele olha para a porta do meu apartamento e para mim de novo. — Posso entrar?

Por mais que eu estivesse louca para ouvi-lo fazer essa pergunta, eu me pego me sentindo dividida. Quero que a minha mente esteja toda nele quando estivermos juntos e não consigo fazer isso com meus pensamentos se voltando para Luca e suas cartas.

— Acho que é melhor a gente ir com calma. — Morro por dentro ao ouvir essas palavras saírem da minha própria boca. — Tudo bem?

Ele sorri.

— Claro que sim.

Ele me dá mais um beijo e volta para o corredor em direção à escada. Entro sozinha em casa. Pego o cartão de visita de Penélope Hayes na bancada da cozinha, olho para ele por um momento e o jogo no lixo.

Alguma coisa rola pelo chão no andar de cima, fazendo barulho no meu teto. Visualizo Jake lá em cima brincando com os gatinhos e sorrio.

CAPÍTULO VINTE E UM

Correspondência de fãs

— Você é um gênio!

Essas são as primeiras palavras que Patrick Facey diz para mim ao me ver na terça-feira de manhã. Seu rosto está corado, os olhos, brilhantes como nunca antes. É um pouco assustador. Não sabia que o homem poderia ficar assim tão exultante.

— Você pode registrar isso por escrito? — pergunto. — Porque ontem você esteve bem perto de me mandar embora.

— Nosso canal nunca foi tão popular! — exclama ele. — Ganhamos mais de mil seguidores na página do Facebook ontem e esse número continua crescendo. Todo mundo adorou a sua cabeça flutuante.

— Tudo bem. Aceito um aumento, já que você insiste.

— Engraçadinha. Na verdade, queria falar com você sobre aumentar o tempo que fica no ar. Não precisaria ficar até mais tarde, mas os telespectadores veriam mais você e sua personalidade cativante.

Sei que essa ideia não é dele. Li os comentários na página do canal ontem à noite e as pessoas estavam implorando para me ver mais.

Eu me recosto na cadeira e cruzo as pernas, fingindo estar refletindo sobre o assunto.

— De quanto tempo a mais estamos falando?

Ele dá de ombros.

— Quem sabe um minuto ou dois por segmento. Você poderia fazer alguma piada com os âncoras. Já ouvi você e Anette conversando. Sei que pode ser engraçada quando quer, e acho que nossos telespectadores querem ver isso também.

— Um ou dois minutos extras demandam mais planejamento de mim. Eu também teria menos tempo para planejar. Parece ser mais trabalho. Qual a vantagem pra mim?

— Você teria mais visibilidade. Miami inteira estaria assistindo a você.

— Tem razão. Mais visibilidade pode ser uma coisa boa. Talvez eu até consiga outra oferta de emprego com salário mais alto e leve todos os seus novos telespectadores comigo para outro canal.

Ele comprime os lábios e sua cabeça calva fica ainda mais vermelha.

— Tenho certeza de que podemos fazer uma negociação que vai deixar nós dois felizes. O que tem em mente, tipo, um aumento de cinco por cento?

Olho para o teto, fingindo que é a primeira vez que penso sobre isso. Depois olho nos olhos dele e digo:

— Mais, tipo, vinte por cento.

— Vi-vinte por cento? Sério?

— Vinte por cento — repito, mantendo o tom de voz estável. Levanto a sobrancelha.

— Tudo bem. Vou ver o que consigo fazer.

Ele sai da sala, giro a cadeira na direção da mesa de novo. Segundos depois, Anne entra na sala com o meu vestido verde pendurado no braço e um copo de café para mim na outra mão.

— O que rolou com o menino Patty? Ele pareceu bem agitado.

— Ele quer que eu passe mais tempo no ar pra ajudar a manter nossos novos fãs nos assistindo. Eu disse pra ele que tudo bem, se eu tiver um aumento. Acho que ele não gostou do quanto pedi.

Ela coloca o copo de café perto de mim, depois põe o vestido ao lado.

— Eles não te deram um aumento muito grande quando você passou a ficar no ar em tempo integral. Tenho certeza de que com a saída do Emmanuel eles podem bancar o que quer que você tenha pedido.

— Supondo que o menino Patty já não tenha dado um aumento pra ele mesmo e os âncoras quando o Emmanuel saiu.

— Verdade. — Ela dá uma olhada para dentro da bolsa em que eu trouxe suas roupas. — Essas são minhas?

— Desculpa, não lavei.

— Sem problema. Também não lavei seu vestido. A etiqueta dizia só lavagem a seco. E eu também não estava esperando que você fosse gastar suas moedas pra lavar tão pouca roupa.

— Mal posso esperar para ter isso na casa que estou comprando. Uma lavadora e uma secadora. Bom, pelo menos o local pra instalação.

— Sim. Essencial. Compre uma lavadora e uma secadora e eu vou estar na sua casa uma vez por semana pra lavar roupa.

— Talvez eu convenientemente esqueça de te dar meu endereço.

— Sem problema. Eu te sigo até em casa.

— Perseguidora.

Anne pega a bolsa com as roupas e sai para eu trabalhar. Vou entrar no ar com roupas normais e fico pensando se algum dos nossos telespectadores vai ficar decepcionado com o fato de eu não ser mais uma cabeça flutuante. Talvez Patrick transforme o vestido verde no meu novo uniforme.

Termino a última previsão do dia e volto para a minha mesa. Fico surpresa ao ver Anne de pé ao lado de um buquê de flores com uma pilha de papéis na mão.

— São pra mim? — Faço cena ao bater as mãos. — Ah, Anette! Não precisava!

— Você recebeu uma tonelada de cartas de fãs também. E não do seu cartinimigo. Você recebeu cartas de fãs de verdade.

— Mas já? Faz só um dia.

— Essa é a mágica da internet. Ela permite a gente receber e-mail. Acho que você é a única pessoa que conheço que ainda usa o correio para outras coisas que não seja pagar as despesas médicas.

Ela me entrega a pilha de papéis.

— Você imprimiu os e-mails? — pergunto. — Por que simplesmente não encaminhou pra mim?

— Achei que seria mais legal ler assim.

Leio o primeiro e-mail que, no geral, é parecido com os comentários sobre a previsão do tempo da cabeça sem corpo. Devolvo para Anne e volto a atenção para as flores.

— Quem mandou? — Eu me aproximo e respiro fundo, apreciando a fragrância. Faz muito tempo desde a última vez em que recebi flores. Será que são do Jake?

Pego o pequeno envelope branco, abro e tiro o cartão. Reconheço a letra.

— Luca — digo em voz alta antes de começar a ler.

Querida Naomi,

Um milhão de mosquitos microscópicos vivem dentro destas flores, e quando você cheirá-las, todos os mosquitos serão sugados pelas suas narinas e vão comer sua cartilagem até você não ter mais um nariz.

Beijos,

Luca.

— Ele te mandou flores? Interessante.

— Ele também disse que vou ficar sem nariz.

Entrego o bilhete para ela. Ela lê e dá risada, depois vira o cartão e franze a testa.

— O que foi? — pergunto.

Ela devolve o cartão para mim.

— É de uma floricultura local.

— E daí?

— E daí que essa é a letra dele, não é?

Analiso com cuidado. A letra dele foi a primeira coisa que notei quando tirei o cartão do envelope.

— Quem sabe ele tenha ligado e a florista tenha a mesma letra?

Mesmo dizendo isso, sei que é improvável. Me lembro da carta que ele enviou ontem, e que recebi no mesmo dia. Não quero contar isso para Anne, porque ela vai querer saber o que a carta dizia. Isso pouco importa. Dá para ver pela expressão em seu rosto que não posso enganá-la.

— O que você sabe que eu não sei? — pergunta ela. — Ele enviou outra carta?

É irritante o fato de ser tão difícil esconder um segredo dela.

— Acho que ele não tá em San Diego.

— Você acha que ele tá em Miami?

— Sei lá. Ele mandou uma carta ontem. Não tem como a carta ter chegado de San Diego em um dia. Ele mencionou a minha cabeça flutuante. Ele não tinha como saber com antecedência que eu ia fazer isso.

— Não acredito que não disse nada antes. Quando é que ia me contar?

— Estou te contando agora.

Ela estreita os olhos, seus lábios formam um sorriso desconfiado.

— O que você tá escondendo?

— Nada! — Meu rosto esquenta. Tomo um gole d'água, esperando que dissolva o rubor.

— Ele te mandou flores. Já é uma coisa.

— Ele só mandou como parte da brincadeira. Você não leu o cartão?

Ela toca uma das pétalas.

— É um buquê lindo. Não deve ter sido barato. É uma brincadeira meio cara, não acha?

— É bem o tipo dele se enfiar de cabeça em uma pegadinha.

Mesmo que as palavras tenham saído da minha boca, não sei se acredito nelas. Visualizo Luca entrando em uma floricultura e escolhendo um buquê para mim. Fico imaginando se ele escolheu o primeiro que viu ou se levou mais tempo para escolher. Por mais que queira negar, acho que Anne tem razão. Fico preocupada que Luca talvez esteja querendo mais do que só escrever cartas.

— Você guardou o envelope da carta que ele mandou? — pergunta ela. — Talvez o carimbo dos correios mostre de onde foi enviada.

— Não guardo os envelopes. Joguei fora e tirei o lixo. Não vou ficar procurando na lixeira.

Anne suspira como se eu estivesse sendo uma inconveniência para ela.

— Guarde o próximo. Pode ser que a gente não precise ir pra San Diego no fim de semana se descobrir de onde as cartas estão sendo enviadas.

— Ótimo, porque todas essas viagens estão começando a afetar minha conta bancária. E o Jake me quer só pra ele no fim de semana.

— Não me diga. — Ela balança as sobrancelhas. — Vamos almoçar?

* * *

Joel está à mesa da recepção quando chego depois do almoço. Ele sorri quando do entro.

— Boa tarde, Naomi.

Fico surpresa com a saudação simpática. Tenho a impressão de que ele foi frio comigo nas últimas vezes em que o vi.

— Oi, Joel. Tudo bem?

— Tudo ótimo. — Ele aponta o queixo na direção das caixas de correio, onde o carteiro está colocando as cartas. — Chegou na hora certa. Muitas cartas hoje.

— Perfeito.

Abro a minha caixa e puxo uma pequena pilha de correspondência. Folheio e vejo contas, propagandas e mais contas. Fico um pouco mais animada quando chego ao final da pilha e vejo meu nome e endereço escritos com aquela letra familiar. Então lembro o que Anne disse. Eu me viro para o carteiro, que acabou de terminar a entrega, e mostro para ele o mais novo envelope de Luca.

— Você sabe me dizer de onde esta carta teria sido enviada?

Ele se inclina para olhar para o envelope, franze a testa e o pega da minha mão. Ele vira o envelope, dá de ombros e o devolve para mim.

— Não veio pelos correios — informa ele. — Não tem carimbo. Nem selo.

— O quê? — Viro o envelope e vejo que ele tem razão. — Mas estava na minha caixa de correspondência. Como é possível? Talvez por não ter endereço do remetente?

Ele balança a cabeça.

— Ela teria ficado no correio e você seria notificada da necessidade de pagar a postagem para recebê-la. Alguém deve ter colocado na sua caixa.

Fico olhando o envelope por um momento. Sei que o carteiro me observa por alguns segundos antes de se virar e sair do prédio. Só consigo pensar em uma explicação para isso: Luca esteve no meu prédio. Ou talvez tenha pedido para alguém entregar. De qualquer maneira, ele só pode estar em Miami.

— Algum problema, Naomi?

Olho para Joel e lembro que não estou sozinha. Então, tenho uma ideia.

— Você fica aqui quase o dia inteiro, não é?

— Basicamente.

— Você viu alguém que não mora aqui entrar no prédio? Talvez alguém rondando a área das caixas de correio?

— Não consigo lembrar de ninguém fora do normal — responde ele. Seu olhar se volta para a pilha de correspondência na minha mão. — Você pode descrever a pessoa que tem em mente?

Balanço a cabeça.

— Não faço ideia. — Percebo como devo soar ridícula. — Você pode ficar de olho se vir alguém que não mora aqui e que talvez esteja colocando coisas nas caixas de correspondência? Não quero arranjar problema com essa pessoa, só quero saber quem é.

Ele sorri.

— Esse é o meu trabalho.

— Certo. Obrigada.

Subo e, quando entro, coloco as flores na mesa da cozinha e rasgo o envelope.

Querida Naomi,

Já me desculpei por não ter te escrito por dois anos? Bem, me desculpe. Quando encontrei a última carta que mandou, você já tinha se mudado, e todas as cartas que enviei voltaram para mim. Acho que talvez tenha acontecido a mesma coisa quando escreveu para mim. É só uma suposição minha. Talvez você nem tenha tentado me escrever de novo. Mas espero que tenha.

Ainda tenho a última carta que me enviou. Minha ex interceptou o envelope e escondeu de mim por sete meses. Acho que ela não gostou de você ter dito para eu não me casar com ela e que eu poderia ir me esconder com você. Queria ter recebido aquela carta bem antes. Não teria ficado com ela por tanto tempo e teria aceitado sua oferta.

Falando naquela oferta, ainda está de pé? Porque eu gostaria de me esconder com você, se você aceitar. É só falar, e eu sou seu.

Com amor,

Luca.

Não sei por que meus joelhos estão tão bambos. Não entendo por que depois de todos esses anos as palavras dele me fazem sentir assim. Me lembro da última carta que enviei para ele dois anos atrás. Eu tinha me preparado para o que ele iria dizer quando, inevitavelmente, tirasse sarro de mim por tê-lo convidado para vir se esconder comigo. Quando escrevi, fui sincera. Talvez não esperasse que ele fosse aceitar meu convite, mas estava me sentindo sozinha, e quem sabe um pouco aventureira, quando escrevi.

Queria mudar de ares, então comecei a procurar emprego em outras cidades. Meu namorado na época não queria mudar de vida para ir morar comigo, então tomamos a decisão mútua de terminar. Fazia sentido. Não fazia muito tempo que estávamos juntos. Recebi a carta sobre o noivado de Luca alguns dias depois. A temporada de términos estava no ar, e parecia que ele não queria se casar. Talvez uma parte egoísta de mim tivesse medo de que ele acabasse parando de escrever quando estivesse com a vida arranjada. Esse medo pareceu ter sido confirmado quando não tive notícias dele pelos dois anos seguintes.

Por um tempo, fiquei imaginando se ele iria aparecer na minha porta depois que enviei a última carta. Mas então me mudei para Miami e soube que isso não ia acontecer, a menos que ele tivesse meu novo endereço. A próxima carta que mandei, no entanto, retornou, assim como a seguinte. Levou mais tempo do que tenho coragem de admitir para que eu aceitasse que Luca havia se casado e não tinha mais interesse em escrever para mim.

Queria poder escrever para ele agora. Queria não precisar usar a previsão do tempo como uma maneira ridícula de mandar mensagens para ele. Olho para o envelope rasgado, sem selo, e uma ideia surge.

Ando pensando demais nisso.

Pego um caderno e uma caneta no quarto, volto para a mesa da cozinha e começo a escrever.

Querido Luca,

Há quanto tempo está em Miami? Sei que esteve no meu prédio. Não sei se devo ficar assustada ou feliz agora que finalmente posso escrever para você. Talvez você quisesse que eu descobrisse só para eu não voltar para a Geórgia e encher o saco dos seus velhos amigos. Foi por isso que nem se deu ao trabalho de colocar um selo no envelope?

Tentei enviar meu novo endereço quando me mudei para cá, mas você já devia ter se mudado porque a carta voltou. Eu meio que esperava que um dia você fosse aparecer na minha porta. Na verdade, ainda espero isso.

Com amor,

Naomi.

Dobro a carta e a coloco em um envelope. Minhas mãos estão tremendo quando o fecho. Encaro o envelope por um momento, tentando decidir se quero mesmo que ele leia isso. Fico com medo de que ele apareça de verdade. Não sei por que tenho medo disso. Qual é a pior coisa que pode acontecer? Ele tem o meu endereço há anos e nunca apareceu para me matar. Mas não é esse o meu receio. Não sei muito bem qual é, de fato.

Escrevo o nome dele no envelope. E mais nada, sem endereço. Calço os sapatos e vou lá para baixo. Passo por Joel e prendo o envelope na prateleira de cima das caixas de correspondência, onde Luca poderá vê-lo se vier ao meu prédio.

Joel está com a testa franzida quando me viro.

— O que é isso?

— Uma isca — digo. — Me avisa se você vir quem pegar o envelope.

Ele responde com um ruído. Volto lá para cima.

CAPÍTULO VINTE E DOIS

Pense em mim

Sonho com Luca. Começa como um sonho inocente. Saio do prédio onde moro e ele está lá, na calçada, olhando para a rua. Não sei como sei que é ele, mas sei. Eu o chamo, e ele se vira, mas antes de conseguir ver seu rosto, estou em outro lugar. Estou no meu apartamento, e ele está aqui. Está escuro, então não consigo vê-lo. Ele fica se esquivando. Em um momento, está bem ao meu lado, e depois, estou tentando alcançá-lo, mas é como tentar agarrar fumaça. Minhas mãos resvalam por ele e então ele está do meu outro lado, rindo. Caio no chão e, quando vejo, as pernas dele estão enroscadas nas minhas. Tento tocá-lo, mas ele se mexe, e só consigo sentir um cobertor. Meu chão está repleto de cobertores.

As mãos dele deslizam pelo meu corpo e ele sussurra no meu ouvido, dizendo como ficou com tesão ao ver minha cabeça flutuando no noticiário. Tento alcançá-lo de novo e, apesar de ele estar tão perto de mim, só consigo sentir o tecido da coberta. Ele dá risada de mim e pergunta por que nunca tentei encontrá-lo antes. Começo a me sentir frustrada. Só quero tocá-lo, saber que ele é real, mas quanto mais tento, mais enroscada fico nesses cobertores, até não conseguir senti-lo mais.

Acordo assustada ao ouvir uma batida na porta. Minha cortina blackout está fechada, então parece que é tarde da noite, mas quando olho para o relógio ao lado da cama, vejo que só são sete horas. Estou deitada há uma hora. Solto um gemido. Meu primeiro instinto é gritar para quem quer que esteja na porta interrompendo o meu sonho. Estava tão perto de encontrar Luca. Tenho a sensação de que meu corpo todo está ardente. Não sei o que teria feito se tivesse conseguido alcançá-lo no sonho. Me sinto tensa, como se tivesse prestes a desvendar algo importante. Sinto uma dor quente entre as pernas, e percebo que sei o que é. Eu o queria aqui na cama comigo. Estava prestes a ter um sonho erótico. Com o Luca.

Quem quer que tenha atrapalhado meu sono, fez isso bem a tempo, embora eu não saiba se isso tenha sido melhor. Cubro o rosto, mas quando fecho os olhos, só vejo imagens do sonho. Meu corpo inteiro está quente e uma camada fina de suor cobre a minha pele. Por mais que não queira pensar sobre o que acabou de acontecer dentro da minha cabeça, sei por que aconteceu. É resultado do tempo todo que tenho passado com Jake — os toques, a paquera, que não passam disso — combinado às cartas do Luca insinuando que quer mais. Meu corpo está confuso de novo e está tentando enganar minha mente, me fazendo ter pensamentos que eu não deveria ter.

Conforme minha mente começa a acordar, fico imaginando quem pode estar na minha porta. Começo a pensar na lista de possibilidades. Talvez haja um incêndio no prédio e o alarme não tocou. Talvez haja uma emergência que só uma meteorologista pode ajudar a resolver. Tenho certeza de que se for uma emergência, a pessoa vai bater de novo. Talvez seja alguém que não more no prédio, que não saiba que já estou deitada a essa hora.

Eu me sento e o cobertor cai. Penso na carta que deixei para Luca em cima das caixas de correspondência. Será que é ele? Será que ele já voltou só para verificar se deixei uma carta para ele?

Acendo todas as luzes do apartamento no caminho até a porta. Penso em parar no banheiro para ter certeza de que estou apresentável, mas resolvo não ir e me contento em dar uma ajeitada no cabelo na frente do espelho do corredor. Respiro fundo antes de abrir a porta.

Não sei por que fico tão surpresa ao encontrar Jake do outro lado. Eu deveria saber que era ele. Logo me sinto culpada pelo que estava sonhando uns instantes atrás.

— Desculpa por vir tão tarde — pede ele. — Tive um dia péssimo e só... eu precisava te ver.

Abro mais a porta para ele entrar. Ele para no fim do corredor, olhando para a sala. Saber que ele teve um péssimo dia me faz sentir ainda mais culpada com relação ao sonho, como se de alguma maneira eu tivesse contribuído para o dia dele ter sido uma merda, mesmo que não tenha como ele saber o que estava acontecendo dentro da minha cabeça. Me pergunto se Joel mencionou que deixei um bilhete para outro homem na recepção.

— Por que seu dia foi péssimo? — pergunto. Encosto na parede do corredor de frente para ele.

Ele ergue a mão e esfrega a nuca.

— Assuntos de família — diz ele com um suspiro.

Jake já havia mencionado que tinha uma família grande. Sempre tive inveja de pessoas que têm irmãos, mas suponho que isso traga alguns desafios.

— Puxa, sinto muito. Quer conversar sobre isso?

Ele balança a cabeça. Quando fala de novo, sua voz sai como um sussurro tão baixinho que quase não consigo ouvi-lo.

— Só quero viver como se não houvesse nada de errado por mais um tempo.

Posso não saber o que há de errado, mas acho que sei como posso ajudá-lo a se sentir melhor. Justo quando estou pensando nisso, os olhos dele vagueiam pelo meu corpo, e eu me lembro da última vez em que estivemos neste corredor. A faísca que se acendeu no sonho com Luca se reacende. Talvez seja disso que eu esteja precisando para colocar um ponto-final naquele sonho e nos pensamentos inoportunos com Luca.

Eu me aproximo dele e ponho as mãos em sua cintura. Ele respira fundo, como se mesmo um toque leve como esse tivesse um efeito devastador nele. Fico na ponta dos pés para alcançá-lo melhor. Ele abaixa a cabeça e nossos lábios se encontram no meio do caminho. É um beijo suave, meigo, mas não permanece assim por muito tempo. Ele me envolve com os braços, suas mãos se movem das minhas costelas para a cintura, então para o quadril, e depois mais para baixo. Não sei bem quando ele me posicionou na parede, mas, quando me dou conta, estou encostada nela e o corpo dele pressiona o meu. Desta vez, ele não se reprime. Posso sentir o volume dele contra mim se encaixando perfeitamente entre as minhas coxas. Quando ele movimenta o quadril contra o meu, posso senti-lo.

Estendo a mão para senti-lo por cima da calça de moletom.

— O que aconteceu com ir com calma? — pergunta ele.

— Mudei de ideia. Tudo bem?

Ele faz que sim com a cabeça, respondendo um "sim" quase inaudível.

— Eu tomo pílula — digo. — Você está saudável?

Ele confirma.

— Fiz exames.

— Eu também. — Puxo a calça dele para baixo e... — Ah, uau. Isso é...

Quero dizer que é grande, mas, pelo sorriso presunçoso dele, percebo que ele já sabe disso. Eu o pego e começo a acariciá-lo. Sua pele é macia e quente, e ele está tão duro que o mero pensamento do que ele pode fazer comigo faz um arrepio percorrer meu corpo até o meio das pernas.

— Isso é gostoso — murmura ele. Enfia o rosto no meu cabelo. Sinto sua respiração quente no pescoço.

As mãos dele descem do meu quadril até que seus dedos estão por dentro do elástico do meu short, mas ele para aí. Pego a mão dele e a levo um pouco mais para baixo e depois ele desce por conta própria, alcançando aquele ponto sensível entre minhas pernas. Os dedos dele entram e meu corpo responde com um tremor. Ele faz isso de novo, e desta vez eu arquejo.

— Tira isso — demanda ele, puxando minha camiseta com a outra mão.

Eu o solto para tirar a camiseta, mas minha ação é interrompida quando ele entra mais fundo, me fazendo gritar e agarrar seus ombros involuntariamente. Tento mais uma vez, mas sou obrigada a desistir quando ele faz de novo.

— Não vou conseguir tirar se você continuar... — Mordo o ombro dele para evitar gritar muito alto.

Ele me solta e tira minha camiseta, e em seguida a dele e joga as duas no chão. Ele me levanta e me segura contra a parede e nossos quadris ficam presos um no outro. Passo as pernas envolta de sua cintura. Ele beija o contorno da minha mandíbula até o queixo, o pescoço, descendo até o peito. Ele se concentra em meus seios por um momento, dando igual atenção aos dois. Meus dedos estão em seu cabelo e, quando ele envolve meu mamilo com a boca, pressiono as pernas em volta dele com mais força. Ele continua, a língua se move sobre meu mamilo até eu quase não aguentar mais. Nunca cheguei tão perto de ter um orgasmo assim antes. Nem sabia que era possível.

Sem conseguir aguentar mais, eu me afasto de sua boca. Ele olha para mim de um jeito selvagem.

— Eu preciso de você — murmuro. — Agora. — Calculo a distância até o quarto. Muito longe. — Me leva pro sofá.

Ele me carrega até o sofá. Quando chegamos lá, ele me deita de costas e tira o short do meu pijama. E a calcinha junto. Quando ele me vê completamente nua, solta o ar, trêmulo.

— Tem certeza? — pergunta ele.

— Tenho. Vem cá. — Me sento e o puxo para o sofá comigo.

Ele se acomoda entre as minhas pernas até que sinto a ponta me tocando. Ele não entra em mim logo de cara. Fica ali por um momento, com os lábios no meu pescoço, na orelha, vai para a bochecha, até a minha boca. Com os dentes, ele puxa meu lábio inferior.

Passo as pernas em volta dele para puxá-lo para mais perto e para dentro de mim. Ele se segura, e acho que vou acabar enlouquecendo com a nossa proximidade.

— Por favor — sussurro em seu ouvido. Ele entra só o suficiente para me fazer implorar. — Mais.

Ele vai com calma, e com cada centímetro a mais, sou levada ao limite como nunca antes. Ninguém nunca me provocou desse jeito. Quando ele está todo acomodado dentro de mim, já estou quase lá. Agarro seus ombros com força, sentindo seus músculos enquanto ele se move.

Ele enterra o rosto em meu pescoço, a respiração quente na minha pele. Quando transa comigo, não parece que é a primeira vez. Ele se mexe como se soubesse exatamente do que gosto. Nem sei direito do que gosto até estarmos ali e ele estar mergulhado em mim, me levando ao ápice, até eu não conseguir mais segurar. Ele não para quando chego ao clímax. Com cada movimento do quadril dele contra o meu, ele me faz sentir coisas que nunca senti antes. Perco todo o controle, e ainda quero mais. Eu o abraço com mais força, e com as pernas o puxo para mais perto conforme meu corpo pulsa ao redor do dele. Grito, sem me importar se os vizinhos podem me ouvir. A única coisa que me importa neste momento é ele e o quanto isto é bom, e como eu poderia viver neste momento pelo resto da vida.

Assim que a sensação começa a se dissipar, ele cola a boca na minha e pressiona mais fundo, enviando uma última onda de prazer pelo meu corpo.

Ficamos ali deitados por um momento, o peso dele sobre mim, minhas pernas ainda envolvendo o corpo dele. Nós dois respiramos com dificuldade, relaxando aos poucos. Ele se afasta de mim e se posiciona de um jeito que fica entre mim e a beirada do sofá.

Quando me recupero um pouco, solto um suspiro, que acaba saindo mais como uma risada. Ele sorri, se divertindo com a minha reação.

— Foi muito bom — digo para ele, sem me importar se estou inflando seu ego. — Bom pra caralho.

Ficamos nos olhando por um tempo. Mesmo na luz fraca da sala, o azul de seus olhos é penetrante. Acho que jamais vou me cansar de encarar esses olhos.

Meu olhar vagueia dele para a mesa de centro onde deixei o buquê de flores. Justo quando estou pensando se ele notou o buquê, ele se vira para seguir meu olhar e o vê. Fico esperando que ele pergunte de quem são, mas ele não pergunta.

— Desculpa se te acordei — diz ele, voltando a atenção para mim.

— Não estou reclamando. Mas tenho que dizer que você não pareceu lamentar um minuto atrás.

Ele balança a cabeça.

— Você me pegou. Acho que não lamento tanto assim.

— Mas eu preciso mesmo voltar pra cama. Fica à vontade pra ficar por aqui se não se importar em me ver dormindo.

— Você tem uma cadeira pra eu me sentar ao pé da sua cama?

Solto uma risada.

— Até tenho, mas prefiro que fique me olhando do travesseiro ao lado. Vai ser um pouco menos bizarro assim.

— Que bom. Porque ainda não terminei com você.

Ele me segue até o quarto, mas me impede de apagar a luz.

— Quero ver você — diz ele. — Ver você por inteiro.

Estávamos tão perto um do outro antes que não tive a oportunidade de apreciar a visão direito. Já o vi sem camisa duas vezes antes: na praia e quando Anne e eu o vimos correndo de manhã, logo que voltamos de San Diego. Mesmo assim, vê-lo desse jeito no meu quarto me faz perder o fôlego. Deslizo os dedos pelo peito firme dele e desço até o abdômen esculpido. Seu olhar se escurece de desejo com o meu toque.

— Você é real mesmo? — pergunto, e ele sorri.

— Posso dizer o mesmo de você. — Ele envolve meu seio com a mão, depois desce até o quadril, traçando minhas curvas com a ponta dos dedos. — Olha só pra você.

Quando finalmente chegamos à cama, ele não se apressa, mas não me provoca da mesma maneira que fez da primeira vez. Desta vez, explora meu corpo com as mãos e com a boca, beijando cada pedacinho, até eu ficar me contorcendo e implorando por mais. Ele abre minhas pernas e logo está dentro de mim, me dando o que eu quero.

É mais lento e suave do que na primeira vez, mas não menos intenso. Quando termina, ele me abraça. Encosto a cabeça em seu peito e fecho os olhos. Sinto a batida ritmada do seu coração, uma batida regular que faz o resto do mundo parecer um pouco mais silencioso. Nunca dormi com facilidade nos braços de alguém, mas agora, não tenho esse problema.

Desta vez, sonho com olhos azuis, e aviões, e cartas não respondidas.

Acordo um tempo depois quando Jake se levanta para apagar a luz. Ainda não é meia-noite, então ainda tenho algumas horas antes de precisar me levantar. Por um momento, acho que ele está indo embora, mas depois sinto o colchão e os cobertores se mexerem quando ele volta para a cama. Ele envolve minha cintura com o braço e deita a cabeça no meu peito.

No escuro, inspiro seu cheiro. Passo a mão sobre a pele macia de suas costas e seu braço forte. Ele desliza a ponta dos dedos pela minha coxa, causando um formigamento delicioso entre as minhas pernas. Eu deveria dormir um pouco antes de ter que sair para trabalhar, mas a maneira como ele me toca me deixa agitada. Eu o quero. Até agora não sabia o quanto estava louca por ele.

Ele se aproxima um pouco mais e roça a coxa em mim. Abro as pernas para ele. Sua mão serpenteia por entre elas e ele me toca, movimentos suaves a princípio, depois massageia mais fundo, como se soubesse exatamente o que precisa fazer para me levar ao clímax. Estendo a mão para tocá-lo de novo, mas, no escuro, acabo pegando só um punhado do cobertor. Tento tirar o cobertor do caminho, mas está enrolado nele e só consigo nos emaranhar ainda mais. Parece que volto ao sonho que estava tendo antes de ele chegar, só que é muito mais real agora. Ele está me tocando, mas não consigo tocá-lo porque o cobertor está atrapalhando. Ele arfa algumas vezes, se divertindo e rindo por eu não conseguir me livrar da coberta. Ele continua me tocando, sem se incomodar em parar. Eu arquejo, o êxtase cada vez maior, e estou quase me entregando quando o nome do Luca escapa da minha boca. Sai como um gemido sussurrado, tão distorcido que quase nem eu consigo me entender. Mas eu ouço. É o único som no quarto silencioso, e sei que ele ouve também, porque seus dedos param de se mexer. *Merda*.

Por um momento, só fico ali, deitada no escuro. Ainda sinto o corpo dele contra o meu, e sua mão ainda está entre as minhas pernas, mas está parada. Ele começa a se mexer, estou prestes a me desculpar e tentar me explicar quando percebo que ele está se posicionando em cima de mim. Ele não deve ter me entendido. Deve ter achado que foi um gemido esquisito. Ele tira o cobertor de cima de mim e, quando me dou conta, ele está abrindo mais as minhas pernas e está dentro de mim. Ele se mexe devagar, não como alguém que está bravo por ter sido chamado pelo nome errado. Aos poucos, me leva de volta para onde eu estava enquanto me tocava. Quando tenho um orgasmo, mordo seu ombro com medo do que pode sair da minha boca.

Ele termina logo depois e fica sobre mim, seu corpo pressionado contra o meu na cama. No escuro, não consigo ver seu rosto, mas posso sentir sua respiração, e sei que ele está olhando para mim. Nosso peito sobe e desce em sincronia a cada respiração ofegante. Fico esperando que ele pergunte quem é Luca, ou pelo menos pergunte o que foi que eu disse, mas ele não faz nada disso. Então rola para o lado e cai no sono.

CAPÍTULO VINTE E TRÊS

É um problema

Querida Naomi,

Já faz um tempo que estou em Miami. Imagine minha surpresa quando soube que você morava aqui também. Que mundo pequeno. Que bom que finalmente descobriu como escrever para mim. Estava quase desistindo e colocando meu endereço na próxima carta. Acho que agora não preciso mais fazer isso.

Isso é um desafio ou um convite? Porque se for um convite, quero que você deixe claro. Quero que me diga que me quer.

Com amor,
Luca.

Querido Luca,

Me desculpe se fiz com que entendesse errado. Deveria ter mencionado que estou saindo com uma pessoa. Não era minha intenção flertar com você, e acho que você deveria parar de tentar flertar comigo.

Com amor,
Naomi.

Querida Naomi,

Aposto que ele não é tão sexy quanto eu. Posso mandar uma foto para você comparar?

Beijos,
Luca.

Querido Luca,
> Estou vendo que continua cheio de si como sempre foi. Você é assim pervertido pessoalmente também ou só quando está escondido atrás de um papel e uma caneta?
> Com amor,
> Naomi.

Querida Naomi,
> Só estava falando de uma foto inocente do meu rosto. Você achou que eu estava falando de uma foto do meu pau? Tenha dó! Não estamos mais no ensino médio. Brincadeiras à parte, seu namorado sabe das cartas? Porque aprendi da maneira mais difícil que elas podem destruir um relacionamento. Acho que qualquer um que ler as cartas vai saber que sou apaixonado por você.
> Com amor,
> Luca.

Querido Luca,
> Como pode dizer que é apaixonado por mim se nunca nem nos encontramos? Se acha que é isso que sente, deveria ter me dito há muito tempo. Tarde demais agora.
> Com amor,
> Naomi.

Querida Naomi,
> Não é tarde demais.
> Com amor,
> Luca.

* * *

As cartas agora chegam com uma frequência maior do que sou capaz de formular as respostas para ele. Na sexta-feira de manhã, ainda estou pensando na última carta que ele colocou na caixa de correio. Não sei o que responder. Parece que não importa o quanto sou insensível ou desdenhosa. Ele continua escrevendo, e eu não paro de pensar nele.

— Encontrei uma coisa interessante quando estava lavando a roupa.

Achei que já não me assustava mais com Anne, mas quando ouço sua voz, solto um grito e quase caio no chão. Giro a cadeira e a encaro.

— Chega. Vou comprar sapato com salto de metal pra você — digo. — Seus sapatos são silenciosos demais.

— Sou uma cobra sorrateira. Mas você é ainda mais sorrateira.

— Do que você tá falando?

— Olha só.

Ela joga uma folha de papel amassada em mim. A folha desliza pelo meu colo e pousa no chão. Eu a pego e a abro.

— Merda.

Esqueci de tirar a carta do bolso da Anne antes de devolver suas roupas. Me lembro de tê-la escondido quando Jake apareceu no meu apartamento no dia em que fomos para a praia.

— Isso tá no mesmo nível de todas as mensagens bizarras que recebo nos aplicativos de encontro. Ele ficou com tesão vendo sua previsão do tempo? Você achou que não valia a pena mencionar esse acontecimento? E quanto a todas as outras cartas que ele tem mandado pra você? O que mais ele tem dito?

Dobro a carta e a enfio embaixo do meu teclado.

— Não é da sua conta.

— Viajei pra três estados diferentes com você à procura desse cara. Você me deixou ler todas as cartas que ele te enviou no ensino médio. Desde quando isso não é da minha conta?

Solto um grunhido.

— Desde que se tornou um problema.

— Como assim? O que tá rolando?

Suspiro, tentando decidir quanto quero contar para ela.

— Tenho conseguido responder às cartas dele.

Ela arregala os olhos.

— Ele te deu o endereço? Onde ele mora?

— Não faço ideia. Descobri que as cartas que chegam lá em casa não têm o carimbo dos correios. Ele tá em algum lugar aqui em Miami.

— Tudo bem. Então como você tá escrevendo pra ele?

— Deixo as cartas no prédio. Ele pega e responde.

Os olhos dela estão tão arregalados que tenho receio que saltem das órbitas.

— Você tá brincando? Ele esteve no seu prédio? Caramba, Danone! Há quanto tempo você tá guardando a fofoca?

— Essa nem é a pior parte. — Fecho os olhos. Não acredito que vou contar para ela. Por um lado, é bom poder desabafar. Não tenho mais ninguém com quem me confidenciar.

— Pode falar — encoraja ela.

— Não consigo parar de pensar nele.

Ela retorce os lábios.

— Pensar nele como?

Eu me encolho, me preparando para a reação dela ao que estou prestes a dizer.

— Tive um sonho erótico. Ou melhor, não exatamente erótico, mas quase.

— Com o *Luca*? — A voz dela sai tão aguda e alta que tenho certeza de que todo mundo no prédio pode ouvi-la.

— E tem mais. Jake foi lá em casa depois e a gente, sabe como é...

— Transaram — completa ela.

— Eu disse o nome dele.

Ela franze a testa.

— O nome de quem?

— Eu disse o nome do Luca em meio a um gemido. Não sei o que deu em mim. Eu não estava nem pensando nele. Me sinto péssima.

— Ai. Isso deve ter machucado o ego dele.

— Acho que ele não entendeu o que eu disse. Graças a Deus. — Solto um suspiro.

Ela olha para mim, séria.

— Então, você acha que já não é mais só diversão? Com Jake?

Balanço a cabeça.

— Sei lá. É algo mais. Sinto alguma coisa por ele, mas por que não consigo parar de pensar no Luca?

— Porque você sente alguma coisa pelo Luca também — sugere Anne.

Solto uma risada desesperada.

— Não posso ter sentimentos por dois caras ao mesmo tempo.

— O que vai fazer, então? Se continuar saindo com Jake e escrevendo pro Luca, vai continuar dizendo o nome dele em momentos inoportunos.

Suspiro. Sei que ela tem razão. Já tinha pensado nisso. Mas depois de ficar sem notícias dele por dois anos, agora que finalmente posso escrever para ele de novo, ainda não consigo abrir mão dele.

— É só que não consigo deixar de pensar que estou perdendo algo. Eu me correspondo com Luca desde a quinta série. De algum modo, acabamos os dois vindo morar em Miami. Nunca acreditei em destino, mas, e se isso for coisa do destino? E se isso for o universo me dizendo que tenho que dar uma chance pra ele?

Fico na esperança de que ela me diga que isso é ridículo e que eu deveria deixar as coisas do jeito que estão. Nunca me encontrei com Luca e não sei como ele é de verdade. Além disso, já reconheci que estou me apaixonando por Jake. Ao contrário de Luca, que nunca passou de palavras no papel, Jake é real e está aqui, e eu o conheço.

— Acho que destino, e almas gêmeas, e tudo isso não passam de bobagens — argumenta ela. — Mas convenhamos, Naomi. Você se corresponde com Luca por mais tempo do que muita gente fica casada. Não me entenda mal. Não estou dizendo pra largar Jake, mas talvez dar uma chance pro Luca. Se encontrar com ele.

— Você comparou ele com os caras bizarros de aplicativos e agora tá dizendo que eu deveria me encontrar com ele?

Ela dá de ombros.

— Você nunca vai tirar isso da cabeça se não encontrar com ele. E quem sabe? Talvez você goste mais dele do que de Jake.

— Não sei, não. Parece errado. Já falei pra ele que não estava saindo com mais ninguém. A gente meio que entrou em acordo de que estamos num relacionamento exclusivo. E não vou terminar com ele. Vai que depois descubro que Luca é um esquisito fora das páginas das nossas correspondências? E tem mais, eu gosto muito dele. Não sinto uma conexão assim com alguém há... bom, nunca senti.

— Então diz pro Luca que quer conhecer ele platonicamente. Posso até ir junto se você quiser alguém de vela. Mas precisa escolher um dos dois, Danone. Não dá pra transar com um cara pensando no outro. Isso não tá certo.

Ouvimos alguém pigarreando atrás de nós. Giro a cadeira e vejo Patrick com o rosto mais vermelho do que nunca.

— Com certeza entrei na parte errada da conversa — declara ele. — Anette, volte ao trabalho.

— Sim, chefe — aquiesce ela com um sorriso zombeteiro. Se inclina na minha direção e sussurra: — *Escolha um dos dois*. — E depois segue Patrick para fora da sala.

CAPÍTULO VINTE E QUATRO
Venha para Miami

LUCA

Quando saí de Dallas, não sabia muito bem para onde ir. Acabei voltando para San Diego. Só tinha minhas roupas, meus itens essenciais e uma caixa cheia de cartas da Naomi. A maior parte dos meus móveis foi vendida antes da mudança e deixei o resto para trás porque não estava a fim de brigar com Penny por causa disso. Consegui meu antigo emprego de volta. Só fiquei um mês fora e eles ainda não tinham me substituído. Outra pessoa havia se mudado para o meu apartamento, então acabei indo morar no quarto extra de Ben e Yvette.

A situação não era a ideal. Ben e Yvette se casaram logo depois da faculdade e tiveram o primeiro filho nove meses depois. Quando fui morar com eles, tinham acabado de ter o terceiro. Havia muita gritaria e choradeira, brinquedos espalhados por toda a casa e parecia que todo mundo estava sempre correndo para ir para algum lugar. Era um caos.

Não estava triste por causa do término com a Penny, mas todos pensavam que era como eu deveria estar. Foi mais um alívio do que qualquer outra coisa. Eu deveria ter terminado com ela bem antes.

Escrevi para Naomi assim que me instalei na minha nova casa temporária. Me sentei à mesa da cozinha durante um dos raros momentos em que as três crianças e a mãe estavam tirando uma soneca ao mesmo tempo. Ben entrou na cozinha e me viu, mas deu outra olhada quando viu que eu estava sentado lá com papel e caneta.

— Não me diga que você tá escrevendo para aquela menina da quinta série.

Não precisei olhar para ele para saber que ele estava zoando. Dava para saber pelo tom de voz.

— Naomi Light — falei.

— Espera. É isso mesmo? Você ainda escreve pra ela?

— Nunca parei de escrever.

— Ela ainda escreve aquelas merdas horrorosas sobre cutícula e perder dedos?

Dei de ombros.

— Às vezes.

— Você é tão esquisito. Não acredito que ainda escreve pra ela. — Ele se sentou do outro lado da mesa. — O que a Penny achava disso?

— Não era muito fã. Escondeu de mim a última carta da Naomi. Foi meio que o motivo de tudo ter explodido.

— Você já conheceu a Naomi pessoalmente?

Balancei a cabeça.

— Talvez um dia.

— Acho uma maluquice você se corresponder com ela por todo esse tempo e vocês nunca terem se encontrado. Você ainda fuça a página dela do Facebook?

— Tentei. Mas ela mudou tudo pra privado. Não consigo mais nem ver as fotos.

— Ela devia saber que você ficava olhando as fotos e queria que parasse.

O recém-nascido começou a chorar no outro quarto nesse exato momento. Ben saiu para olhar o bebê e eu terminei de escrever a carta. Coloquei no correio e esperei. E esperei. Algumas semanas se passaram e a carta voltou. Devolvido ao remetente. Ela tinha se mudado.

Fiquei com a carta por mais ou menos um mês antes de tentar de novo. Enviei a seguinte para o endereço em que ela tinha morado quando era adolescente antes de ir para a faculdade. Tinha esperança de que talvez os pais dela ainda morassem lá e pudessem entregar a carta a ela. Essa voltou mais ou menos um mês depois.

Tentei procurá-la no Facebook de novo, mas a página dela ainda estava configurada como privada. Não havia pistas de onde ela morava ou trabalhava. Eu nem tinha a opção de mandar uma mensagem ou solicitar amizade. Não queria desistir de encontrá-la, mas estava começando a perder a esperança. Talvez fosse tarde demais. Demorei muito para escrever para ela e nossa longa história de escrever cartas mesquinhas tinha finalmente chegado ao fim.

Pensei que talvez fosse melhor assim. Eu tinha colocado essa menina num pedestal tão alto que ninguém com quem namorei conseguiu chegar aos pés dela. Se não tivesse comparado todo mundo à fantasia que criei a respeito de como Naomi poderia ser, estaria muito bem casado agora.

Então, um dia, recebi uma carta. Meu nome e o endereço de Ben estavam escritos com uma letra tão desleixada que eu saberia que não era da Naomi mesmo que o endereço do remetente não tivesse sido incluído. Encarei o envelope por um tempo antes de largá-lo fechado na mesa de cabeceira.

De início, não soube como meu pai tinha conseguido meu endereço. Fazia mais de dez anos que ele tinha deixado minha mãe e a mim. Não tive notícias dele desde então. Quando ele foi embora, me disse que estava se mudando para Montana, mas nunca me deu um endereço para escrever para ele e nem se deu ao trabalho de me escrever ou me ligar. Esse abandono não me afetava mais. Havia coisas mais importantes com as quais me preocupar.

Não queria ler a carta dele e me sentir forçado a perdoá-lo por todos os anos em que esteve ausente. Não queria ler e descobrir que agora era pobre e esperava que eu estivesse bem de vida para me pedir dinheiro emprestado. Não queria abrir aquele envelope e descobrir que era um convite cafona para um casamento a que eu não iria nem morto. Não queria descobrir que ele tinha câncer terminal e estava tentando se redimir antes de morrer. Fiquei com raiva por ele pensar que poderia voltar para a minha vida só por ter escrito uma carta para mim.

Deixei a carta fechada na gaveta da mesa de cabeceira por alguns meses. Pensei em queimá-la ou rasgá-la e jogar fora sem sequer ler, no entanto decidi guardá-la. Talvez um dia me sentisse pronto para lê-la.

Fazia dez meses que eu estava morando com Ben e Yvette quando soube que meu pai tinha descoberto meu endereço. Penny descobriu do mesmo jeito. Ela começou a ligar para a casa de Ben e deixar mensagens agressivas na secretária eletrônica. Finalmente devia ter descoberto que bloqueei seu número e por isso não estava retornando nenhuma de suas ligações ou mensagens. Desesperada para entrar em contato comigo, ela me procurou numa base de dados *on-line* que mostrava o endereço de Ben como minha residência e o número do telefone da casa dele.

Paguei para remover minhas informações de todas as bases de dados que consegui encontrar e desativei meu perfil no Facebook também. Não queria correr o risco de ela me encontrar lá mesmo depois de tê-la bloqueado. Ben conseguiu bloquear o telefone, mas logo depois ela começou a enviar cartas vulgares e cartões postais para o endereço dele. Yvette me disse para escrever "recusado" em todas as cartas que chegavam, até que, por fim, elas pararam de chegar. O que me restava era a esperança de que ela me procurasse de novo e, ao ver que meu nome não estava mais naquele endereço, iria supor que eu tinha me mudado.

Já estava sentindo que não era mais bem-vindo mesmo antes de Penny começar a nos importunar. Ben e Yvette nunca reclamaram da minha presença e nunca me pediram para sair. Eu pagava aluguel pelo quarto e cuidava das crianças umas duas vezes por mês para que eles pudessem sair à noite. Mesmo assim, sabia que eles provavelmente queriam que a casa deles voltasse ao normal. Decidi procurar um apartamento e comecei a empacotar minhas coisas para que tudo ficasse pronto quando chegasse a hora de ir embora.

Quando abri a gaveta da mesa de cabeceira, me lembrei da carta que tinha escondido lá meses antes. Não fiquei tão irritado como quando a recebi. Peguei a carta e fiquei olhando para ela por um tempo. Pela primeira vez desde que a recebi, fiquei curioso em saber o que era tão importante para que ele finalmente me escrevesse depois de tantos anos. Passei o dedo pela aba do envelope e o abri.

Querido Luca,

Sei que nada do que eu disser vai ser suficiente para que me perdoe por ter abandonado você quando era criança. Em diversos aspectos, eu mesmo ainda era só uma criança, mas sei que isso não é desculpa. Aconteceram coisas entre mim e sua mãe que você não podia entender naquela época. Não sei se ela alguma vez contou o que aconteceu, mas, caso tenha contado, não deve ter dito tudo. E não a culpo por isso.

Se pudesse mudar as coisas, teria lutado mais para levar você comigo quando fui embora. A única razão pela qual não fiz isso foi porque sabia que ela era uma boa mãe, mesmo não sendo uma boa esposa. Você provavelmente não quer ouvir isso sobre ela. Sei que é errado falar mal de pessoas que já se foram, então vou parar por aqui. Ela teve sorte de ter você por perto para cuidar dela quando ficou doente.

Não posso voltar no tempo para consertar as coisas. Não estive ao seu lado e me arrependo disso todos os dias. Espero que um dia a gente possa se acertar e fazer parte da vida um do outro novamente, mas vou entender se for tarde demais.

Enviei diversas cartas para você ao longo dos anos. Não sei se isso faz alguma diferença, mas, sendo egoísta, espero que sim. Foi difícil encontrar você com todas as suas mudanças. Minha esperança é de que esta carta chegue até você. Tenho muito mais coisas para contar, mas não vou me alongar em uma carta com o receio de que ela volte como todas as outras.

Se receber esta carta, espero que me dê outra chance de ser seu pai.

Com muito amor,

Joel Pichler

CAPÍTULO VINTE E CINCO
A apresentação do sr. Picles

NAOMI

Chego à recepção assim que as portas do elevador se abrem e a Criança Lagarta e a mãe saem. Acho que eu deveria começar a chamá-la de Caitlin agora que sei seu nome verdadeiro. Caitlin está segurando um pote de picles e a mãe está segurando um livro de colorir de lagarta junto ao peito. Seguro o passo para deixá-las passarem em direção à mesa da recepção onde Joel está sentado. O homem deve fazer uma porrada de horas extras, considerando o tempo que fica sentado àquela mesa.

— Picles para o sr. Picles! — anuncia Caitlin ao deslizar o pote sobre a mesa.

Olho para eles ao passar em direção às caixas de correio. Quando ouço o apelido pelo qual ela chama Joel, minha mente vagueia para a viagem à Geórgia. Relembro o apelido de Luca que Maxwell mencionou e o que ele disse sobre a ex-noiva de Luca querer ser chamada de Penny Picles.

A carta que deixei para o Luca não está mais ali, mas não há nenhuma carta para mim na caixa. Olho pelo vidro para ver se Anne já está lá fora, mas não está. Consigo ver Caitlin, a mãe e Joel pelo canto do olho. Tento não deixar tão óbvio que estou escutando.

— Você é a melhor — Joel diz para Caitlin ao aceitar o pote de picles.

— Não, você é o melhor — replica a mãe de Caitlin. Ela parece estar um pouco sem fôlego. A criança deve deixá-la esgotada. — Volto em uma hora. Muito obrigada por cuidar dela.

— O prazer é todo meu — declara Joel. Ele abre a tampa e pega um picles. Caitlin observa com os olhos arregalados e, quando ele dá uma mordida grande e crocante, ela ri.

A mãe entrega o livro de colorir para Caitlin e volta para o elevador. Caitlin corre até a porta da frente e Joel grita atrás dela:

— Fique perto do vidro, onde eu possa te ver!

Já que somos as únicas duas pessoas na recepção, me aproximo de Joel. Ele termina de comer o picles, fecha o pote e sorri para mim.

— Esse é o seu pagamento por cuidar dela? — Gesticulo na direção do pote.

O sorriso dele se alarga.

— Parece que sim.

Forço uma risada que espero que soe natural.

— Por que picles?

Ele dá de ombros.

— Vai saber! Acho que a sra. Bayer compra na loja de produtos que vão expirar logo. Ela deve ter comprado muitos potes.

— Ah! — digo, me dando conta de que talvez eu esteja imaginando coisas a respeito do apelido. — Achei que poderia ter alguma coisa a ver com como ela te chamou.

— Como assim?

— Ela te chamou de sr. Picles — relembro a ele.

— Chamou?

O jeito como ele faz a pergunta me deixa paralisada. Ele fala com um ar despreocupado, meio que esperando que eu deixe o assunto de lado. Talvez eu esteja caçando pelo em ovo.

Um sorriso se forma em meus lábios.

— Chamou.

— Ah, bem, hã... As crianças dizem cada coisa engraçada.

Olho por cima do ombro para as caixas de correio.

— Deixei outra carta em cima das caixas de correspondência ontem à noite. Você por acaso não viu quem a pegou, viu?

Ele de ombros.

— Lamento. Não vi nada ali hoje de manhã.

— E também não viu ninguém estranho entrando no prédio?

— Ninguém que tenha chegado perto das caixas de correio.

A porta da frente se abre antes que eu possa fazer mais perguntas e Caitlin coloca a cabeça para dentro.

— Danone! Sua amiga tá aqui.

Olho para fora e vejo o carro de Anne parado próximo à calçada. Saio do prédio e entro no carro. A música está tão alta que não consigo nem ouvir meus pensamentos. Desligo o rádio.

— Não recebi outra carta do Luca.
— Você escreveu o que a gente combinou?
— Escrevi.

Ontem, depois do trabalho, Anne e eu paramos no café para almoçar e conversamos sobre qual deveria ser a abordagem para encontrar Luca pessoalmente. Fui objetiva, direto ao ponto na carta. Disse para ele que queria encontrá-lo em um local público e que não queria que ele tivesse expectativa de algo mais de mim.

— A carta não estava lá agora de manhã — continuo. — Então ele esteve no prédio em algum horário entre o momento em que deixei a carta e agora.

— Mas nenhuma novidade dele.

— Não. — Mordo o lábio, considerando se deveria mencionar o que está se passando pela minha cabeça. — Ei, lembra de quando fomos pra Geórgia e encontramos aquele cara que conhecia o Luca?

— Maxwell. Ele era fofo.

— Claro que iria achar isso. Você se lembra de como ele chamou o Luca?

Ela torce a boca ao pensar sobre o assunto.

— Picles, né? Por causa do sobrenome dele, Pichler.

— Foi disso que a Caitlin chamou o Joel. Picles. Bom, sr. Picles, mas mesmo assim.

— Quem? E quem?

— Caitlin é o nome da Criança Lagarta. E Joel é o segurança. Já te falei dele.

— Você acha que o Joel pode ser o Luca?

— Não. Por causa da idade. Mas ele fica naquela mesa praticamente o dia inteiro e parece que não vê quem quer que esteja entrando, e pegando minhas cartas, e colocando coisas na minha caixa de correio.

— Talvez Luca seja o carteiro.

Dou risada.

— Duvido. Meu prédio está na rota dele desde muito antes de eu me mudar pra cá.

— Eu não iria ficar caçando pelo em ovo por conta do apelido. Ela te chama de Danone.

— É, mas o som é parecido com Naomi.

Anne dirige até a loja de animais onde está acontecendo o evento de adoção. A sociedade protetora dos animais colocou vários cercadinhos na frente da loja. Os cachorros com maior possibilidade de adoção estão nesses cercados, recebendo com animação as pessoas agrupadas ao redor deles. Passamos por um desses com uns oito filhotinhos de pelo branco e marrom que parecem ter no máximo dois meses. Os mais novinhos parecem receber a maior parte da atenção.

Entramos e vamos para os fundos da loja onde há diversas outras gaiolas alinhadas com gatos e filhotes de todas as idades. Vejo Jake sentado ao lado de uma gaiola. Dentro dela há um gatinho laranja e outro que é quase todo branco com manchas acinzentadas e bege nas costas. Jake está conversando com outro voluntário. Quando me vê, sorri e me dá toda a sua atenção.

— Você veio — diz ele.

— Esses são os gatinhos? — Enfio o dedo entre as grades da gaiola. Os dois gatinhos se aproximam para me cheirar.

— Esses são os famosos gatinhos jogadores de boliche — confirma ele. Aponta para o laranja. — Este é Roland. A malhada é Phoebe.

Anne se aproxima e estende a mão para Jake.

— Acho que ainda não fomos apresentados. Eu sou Anne.

Ele estende o braço por cima da gaiola e aperta a mão dela.

— Prazer em finalmente conhecer você, Anne.

— E você é?

Ele dá risada e solta a mão dela.

— Engraçadinha.

Franzo a testa para ela e articulo as palavras sem emitir som: "Por que tá agindo assim?".

Jake volta a atenção aos gatinhos.

— Alguém já deu uma olhada nos gatinhos hoje? — pergunto a ele.

— Algumas pessoas passaram e brincaram com eles pela gaiola, mas ninguém preencheu o formulário deles.

— Eles são tão fofinhos. Como ninguém quer ficar com eles?

Ele dá de ombros.

— Quer brincar com eles?

— Posso?

Ele nos mostra uma salinha feita para ser um espaço silencioso para as famílias conhecerem os animais disponíveis para adoção. Ele traz os gatinhos um pouco depois. Anne e eu nos sentamos no chão enquanto os dois gatinhos pulam pela sala, brincando um com o outro.

Jake nos entrega uma caixa cheia de brinquedos e se senta ao meu lado. Anne pega um bastão de plástico com uma ponta peluda e o balança para os gatinhos. Os dois se jogam no brinquedo ao mesmo tempo, batendo um no outro sem acertar o brinquedo.

Dou risada.

— Qual a idade deles?

— Quatro meses — responde ele.

O gatinho laranja pula no meu colo e estica as patas para cima, atingindo o meu cabelo.

— Ele deve achar que a minha trança é um brinquedo — digo. Balanço meu cabelo e o gatinho bate nela de novo, mas desta vez não solta. Ele puxa a trança, fazendo com que eu curve a cabeça na direção dele. — Opa. Ai!

— A garra dele ficou presa — diz Jake. Ele se inclina para mim e levanta o filhote, desengatando com cuidado a patinha da minha trança.

Deste ângulo, só consigo ver o queixo e a garganta de Jake. Há um indício da barba por fazer em sua mandíbula. Observo seu pomo de adão subir e descer uma vez. Sei qual é a sensação da pele do pescoço dele nos meus lábios, entre os dentes. Se não tivesse com um gatinho preso no cabelo neste momento — ou Anne como plateia, nos observando —, eu o puxaria para o chão e me divertiria um pouco com ele.

Quando Jake se afasta, seus olhos encontram os meus por um segundo e, neste breve instante, eles se estreitam só o suficiente para me fazer pensar que ele sabe muito bem o que estou pensando. Não consigo deixar de me perguntar se é mesmo tão fácil me decifrar, ou se as mesmas coisas estão passando pela cabeça dele.

Ele coloca Roland no chão de novo, mas o gatinho volta para o meu colo, mas desta vez fica quieto em vez de brincar com meu cabelo.

— Ele gostou de você — afirma Jake, cutucando meu braço com o cotovelo.

— Tá com ciúme? — Mexo as sobrancelhas.

Ele abre um sorrisinho.

— Um pouco.

O gatinho malhado salta e derruba Roland do meu colo. Observo, me divertindo com os bichinhos se embolando por um momento. Então, logo depois, o momento da brincadeira acaba e os dois gatinhos começam a lamber o rosto um do outro, ronronando.

— Eles fazem isso o tempo todo? — pergunto, apontando para os gatinhos, que agora estão com as carinhas úmidas com a saliva um do outro.

— Ah, sim. Quando não estão brigando, estão se acariciando. É meio esquisito, considerando que são irmãos.

Dou risada, assustando os filhotes, que me encaram e voltam a brigar um com o outro.

— Não acredito que você escondeu esses gatinhos de mim esse tempo todo — digo a ele.

— Considerando a sua cara agora, foi a decisão correta. Você provavelmente teria sequestrado eles e aí a gente não estaria aqui no evento de adoção.

Ele tem razão. Não consigo me imaginar indo para casa sem esses gatinhos agora.

— Seria loucura se eu adotasse eles? — pergunto.

Anne franze a testa, virando a cabeça na minha direção.

— Você já teve gato antes? — interrompe ela.

— Não. Mas sempre quis um.

— Você não precisa se sentir obrigada a fazer isso só porque ninguém mais quis adotar eles — argumenta Jake. — Não foi por isso que eu quis que viesse.

Estendo a mão para acariciar Phoebe enquanto ela agarra meu cadarço. Ela pega um com a boca e puxa, desamarrando meu tênis.

— Não é por obrigação. Já faz um tempo que venho pensando em ter um bichinho de estimação. E sempre quis um gatinho, desde criança. Você achou mesmo que poderia me jogar numa sala com esses dois sem que eu me apaixonasse por eles?

Ao dizer isso, olho para cima e encontro os olhos dele. Só nesta hora percebo sua testa um pouco franzida e me pergunto se minha escolha de palavras foi um tanto estranha para alguém com quem comecei a sair faz pouco tempo. Eu não deveria ter dito que estou *apaixonada* por dois gatinhos que acabei de conhecer antes de dizer isso para ele. A sala fica tão quieta por um momento que faz com que eu questione tudo, e fico pensando se deveria voltar atrás ou se isso deixaria as coisas ainda mais estranhas.

Antes que eu possa passar ainda mais vergonha ou deixar a situação ainda mais estranha, sua testa relaxa e sua boca se entorta daquele jeito que gosto tanto.

— Se estiver falando sério sobre adotá-los, posso pedir pra alguém pegar a papelada.

* * *

Quando chego em casa, sou a mais nova e orgulhosa dona de dois gatinhos, uma bolsa de transporte para gatos, uma caixa de areia, um saco de ração e uma quantidade tão absurda de brinquedos que esses gatinhos nem vão saber o que fazer com eles. Anne me ajuda a carregar as coisas. Ela para quando me vê indo em direção à escada.

— Hã, com licença, Danone? Você não acha que de elevador é mais fácil?

Eu me viro e olho para ela. Ela está segurando a maioria dos itens que acabei de comprar. Está carregada. Eu estou só com a bolsa de transporte com os dois gatinhos dentro. Me lembro da última vez que peguei o elevador e fiquei presa. Não quero pegar o elevador de novo, mas também não quero que Anne tropece e caia na escada com um monte de coisas.

— Pode ir de elevador. Eu gosto de fazer exercício.

Chegamos ao meu andar ao mesmo tempo.

— Você é tão esquisita — expressa ela quando paramos em frente à minha porta. — Por acaso Luca escreveu uma carta traumatizante sobre elevadores quando você era criança?

— Não. Fiquei presa uma vez. Duas, na verdade. E não peguei mais o elevador desde então.

Abro a porta e ela me segue para dentro do apartamento.

— Onde quer que coloque essas coisas? — pergunta ela.

— Pode colocar em qualquer lugar. Depois arrumo tudo.

Ponho a bolsa de transporte no chão, mas não abro. Ainda há algumas outras coisas para pegar no carro da Anne e quero fazer uma coisa antes. Pego meu caderno e caneta e vou para a bancada da cozinha.

— O que tá fazendo? — indaga Anne quando me vê começar a escrever.

— Escrevendo uma carta pro Luca.

— Agora?

Ela corre para observar por cima do meu ombro.

— Na primeira carta que escrevi pra ele, disse que queria ter um gato. Ele me disse que gatos eram chatos. Acho que ele vai gostar de saber que acabei de adotar dois.

Termino de escrever a carta e a coloco em um envelope.

— A caixa de areia e a areia ainda estão no carro — avisa Anne. — Posso ir lá buscar.

— Vou com você — ofereço. — Preciso deixar esta carta lá embaixo, de qualquer jeito. Aí te ajudo a carregar as coisas.

Deixo os gatinhos na bolsa de transporte para que eles não causem nenhum problema e volto para o corredor. Vou em direção à escada novamente.

— Sério? — questiona ela. — O elevador não vai quebrar.

Eu a ignoro e vou para a escada. Só percebo que Anne está atrás de mim quando ela começa a falar. Não sei como consegue não fazer nenhum barulho mesmo descendo a escada bem atrás de mim.

— É por isso que as suas panturrilhas são maravilhosas? — ela quer saber.

— Subir dois lances de escada pelo menos duas vezes por dia parece ser um exercício e tanto.

— Estou acostumada. E tenho quase certeza de que é mais rápido do que de elevador.

Chegamos à recepção. Passo por Joel e deixo o envelope em cima das caixas de correio como costumo fazer. Anne já está do lado de fora, fazendo malabarismos com a enorme caixa de areia e o pesado pacote de areia que comprei. Corro para fora para ajudá-la.

Quando voltamos ao apartamento, deixo os gatinhos saírem da bolsa. Brincamos um pouco com eles antes de Anne ir embora. Os gatinhos olham curiosos enquanto arrumo a caixa de areia. É uma daquelas caixas autolimpantes. Anne me convenceu a comprá-la porque não conseguiu compreender como alguém iria querer se ajoelhar para abrir a caixa e fazer todo o trabalho sujo. Esse pensamento me lembra das primeiras cartas que eu e Luca trocamos lá na quinta série. Sorrio com a lembrança. Fiquei tão chateada com aquelas primeiras cartas dele.

Penso na carta que deixei em cima das caixas de correspondência alguns minutos atrás. Fico imaginando o que ele vai pensar sobre essa reviravolta. Provavelmente vai me dizer que meu destino era ser a louca dos gatos. Calço os sapatos de novo e desço até a recepção. Sei que não é possível que ele já tenha entrado no prédio em tão pouco tempo desde que deixei a carta, mas não verifiquei a correspondência hoje e não vai fazer mal ver se ele já apareceu por lá.

Quando estou no meio do caminho me detenho. Joel está perto das caixas de correio, segurando o envelope que acabei de deixar para Luca.

— O que você tá fazendo? Coloca de volta ali.

Ele não se move. Olha para o envelope na mão e para as caixas de correspondência.

— Joel?

— Eu... hã... — Seus ombros se afundam e ele suspira.

— Você tem pegado todas as cartas que eu deixo aí?

Tento entender, mas não consigo. Joel é velho demais para ser Luca. Mas se é ele quem está pegando as cartas, então quem está escrevendo para mim? E é aí que a ficha cai. Sinto como se tivessem puxado meu tapete. Tudo começa a girar quando percebo que Luca não tem estado no meu prédio como pensei.

— Você conhece ele. — Tenho a intenção de que a frase seja uma pergunta, mas soa mais como uma afirmação. Posso dizer pela cara dele que estou certa.

— Cadê ele? Como você conhece ele?

Ele balança a cabeça, despertando do choque inicial de ser pego no flagra. Tenho tantas perguntas, basicamente sobre a razão de o segurança do meu prédio estar agindo como intermediário, fazendo a troca das cartas entre mim e Luca.

— Ele te pagou pra fazer isso? — questiono.

Joel pigarreia.

— Não, ele não me pagou.

— Como você conhece ele? — repito.

Mais uma vez, ele hesita. Desvia o olhar, preferindo encarar o envelope a mim.

— Ele é meu filho.

CAPÍTULO VINTE E SEIS

Os famosos gatinhos que jogam boliche

— Você é *pai* do Luca?

Em vez de confirmar, Joel enfia o envelope no bolso de trás e passa por mim para voltar para a mesa da recepção.

— Então... e aí? Você tem entregado todas as minhas cartas pra ele?

Ele olha para mim por um segundo antes de voltar sua atenção à mesa. Organiza uma pilha de papéis que já estavam perfeitamente alinhados.

— Você leu alguma delas? — pergunto. — Cadê ele?

Ele ignora completamente minha pergunta, sem nem se dar ao trabalho de olhar para mim desta vez. Abre uma gaveta e mexe no conteúdo como se estivesse procurando alguma coisa. Fico ali observando, esperando que ele me responda, mesmo que esteja na cara que ele não está planejando fazer isso. Acho que é por isso que toda vez que me vê saindo com Jake ele me lança um olhar de reprovação. Ele torce pelo filho, e Jake está atrapalhando.

— Não sei o que Luca deve ter falado sobre mim, mas não é da sua conta com quem eu saio. Estou saindo com Jake, e está bem sério. Pode contar pro Luca. Não tô nem aí.

Ele para de revirar a gaveta e olha para mim. Sempre me achei muito boa em decifrar as pessoas, mas não consigo interpretar o olhar que ele me lança agora. Ele murmura alguma coisa sobre fazer suas rondas, se afasta da mesa e desaparece dentro do elevador. Ainda estou processando tudo isso quando volto para casa.

O apelido com que Caitlin o chamou faz muito mais sentido agora. Sabia que ali tinha coisa. Tenho tantas outras perguntas. Quero saber como Joel descobriu que é para mim que o filho tem escrito durante todos esses anos. Será que Luca veio visitá-lo aqui e me viu? Ainda não sei se Luca mora aqui ou se está só de visita. Talvez seja por isso que ele não me deu seu endereço.

Os gatinhos estão inspecionando a nova casa quando ouço uma batida na porta. Abro e deixo Jake entrar. Faz só algumas horas que soube que Joel é o pai de Luca, mas me sinto um pouco mais calma agora e fico grata por Jake ter vindo; é uma distração.

Assim que a porta se fecha, ele me prende na parede, usando apenas o corpo, sem as mãos. O movimento repentino me deixa sem ar. A proximidade dele faz uma onda de calor passar por todo o meu corpo. Seus lábios pairam sobre os meus, me provocando. Inclino só um pouquinho o queixo para cima. Meu lábio roça o dele, mas não o beijo ainda. O toque suave faz seus olhos escurecerem e o leva ao limite. Ele reage, pressionando os lábios nos meus. De alguma maneira, ele faz com que o beijo pareça ser o primeiro. Só faz algumas horas desde que nos vimos, mas é como se fossem dias, semanas até.

Quando ele finalmente se afasta, noto que a razão pela qual não está me tocando é porque ele está segurando algo às costas. Estico a cabeça para tentar ver o que é, mas ele se vira, bloqueando a minha visão.

— Os gatinhos estão se acomodando bem? — pergunta ele.

— Já estão agindo como se fossem os donos do lugar. Agora só preciso de uma pista de boliche em miniatura para que se sintam em casa.

— Preciso te contar uma coisa, Naomi.

— O quê?

Ele respira fundo como se estivesse se preparando para o que está prestes a dizer. Exala devagar antes de falar:

— Os gatinhos não sabem jogar boliche.

— Como assim? — Bato o pé. — Isso é trapaça! Quero meu dinheiro de volta.

Ele sorri e mostra o pequeno skate que estava segurando escondido. É mais ou menos da metade do tamanho de um normal, como se tivesse sido feito para uma criança.

— Você anda de skate? — pergunto.

— Não. Era do meu irmão. Ele cresceu, e quando abriguei os gatinhos, ele me deu. A gente estava ensinando eles a andar de skate.

Olho de novo para o skate.

— Os gatinhos sabem andar de skate?

— Mais ou menos. Eles gostam de sentar em cima dele enquanto eu empurro. Para demonstrar, ele posiciona o skate no chão. Os gatinhos vêm correndo. Ele pega cada um dos gatinhos e os coloca um ao lado do outro no skate e dá um leve empurrão. Os gatinhos ficam ali em cima conforme o skate rola pelo chão, as cabecinhas balançam enquanto olham para todas as coisas que são interessantes e novas em meu apartamento.

— Você tá falando sério? Então quando te perguntei se jogava boliche no apartamento era isso que eu ouvia? E você nunca pensou em me contar que tinha duas versões em miniatura do Tony Hawk andando de skate o dia todo lá em cima?

— Achei que você ia pensar que eu era maluco. Ou que estava inventando. Enfim, não preciso mais do skate. Acho que devia ficar com os gatinhos.

Olho para os gatinhos, que se revezam pulando um em cima do outro sobre o skate e, desse modo, fazem com que o skate role pela sala. Olho de volta para Jake.

— Posso te dizer agora mesmo que meu vizinho de baixo vai me odiar por isso.

— Tudo bem. Talvez ele possa abafar o barulho com um pouco de música alta.

— É um método bem eficaz — concordo.

Ele pega minha mão e me puxa na direção do quarto.

— Agora vamos terminar o que começamos uns minutos atrás.

* * *

Querido Luca,

Sei que Joel é seu pai. Não sei muito bem como me sinto em relação a isso. Odeio que mintam para mim, e descobrir que Joel tem escondido isso de mim há semanas me deixou magoada. Não sei se ele entregou a carta que deixei para você na sexta-feira à noite. Sinto que não posso mais confiar nele, mas espero que ele entregue esta carta a você. Quero conhecer você. Vai finalmente dar as caras ou tem medo de que eu descubra que você sempre foi feio?

Com amor,

Naomi.

* * *

Estou no trabalho, focada no computador, quando tenho a sensação inquietante de que alguém está me observando. A pele na minha nuca formiga. Eu me viro. Anne está parada atrás de mim. De alguma forma, consigo não berrar e não dar nenhum sinal de que me assustei.

— Esquisitona — digo. — Por que tá parada aí?

Ela faz um biquinho.

— Como foi o restante do seu fim de semana?

Dou de ombros e olho para o computador de novo.

— Foi bom. Tirei uma longa soneca no sofá com os gatinhos ontem.

— Falou com o Luca?

— Se falei com ele? Não. Não tive notícias durante o fim de semana, então escrevi outra carta.

— Ah... Ele, tipo, não apareceu na sua porta e tal?

Franzo a testa.

— Você não acha que essa teria sido a primeira coisa que eu te contaria?

Ela se senta com um baque na cadeira ao meu lado e deposita na mesa o café que trouxe para mim.

— Com você, eu nunca sei, Danone. Você é bem reservada quando quer.

— Não tô escondendo segredos de você.

Ao dizer isso, penso no que descobri sobre Joel. Levo um momento para pensar se quero contar para ela.

— Na verdade...

Ela levanta a sobrancelha.

— Fiquei sabendo de uma coisa nesse fim de semana — continuo.

— Pode falar — ela me incentiva, se inclinando para a frente.

— Luca não esteve no meu prédio.

Ela franze a testa.

— Mas e as cartas que você deixou em cima das caixas de correio?

— O pai dele pegou pra ele.

— O pai dele? Achei que o pai dele tinha abandonado o Luca quando ele era criança.

— Isso foi o que aquela vizinha, a Carol Bell, disse. A gente não sabe se eles não tiveram mais contato depois. Além do mais, mesmo que fosse verdade, eles poderiam ter se reconciliado em algum momento.

— Mas como sabe que foi o pai dele?

— Lembra quando você me disse que eu estava imaginando coisas sobre o apelido da Caitlin para o Joel?

— Lembro — diz ela devagar.

— Acontece que ela tinha uma boa razão pra chamar ele de sr. Picles.
— Espera. O pai do Luca é o segurança do seu prédio?

Confirmo com a cabeça.

— Imagina a minha surpresa ao chegar lá embaixo e pegar ele no flagra, recolhendo a carta pro Luca.

— Que loucura. Você acha que ele ainda tá entregando as cartas pro Luca? Talvez seja por isso que você não teve notícias.

Reflito por um momento.

— Não sei. A primeira coisa que pensei foi que talvez ele estivesse na cidade só por algumas semanas e não haveria mais cartas, mas isso não faz o menor sentido. Ele tem meu endereço. Ainda poderia escrever pra mim. E ele insinuou que mora em Miami.

— E se você seguir o Joel da próxima vez que ele pegar uma das suas cartas. Uma hora ele deve te levar até o Luca.

— Você não acha isso meio bizarro?

Ela revira os olhos.

— Você foi até San Diego pra tentar encontrar ele. Tentou entrar em uma base militar, viajou pro Texas e mentiu pra ex-noiva dele sobre quem você era. Me explica por que, do nada, espionar o pai dele é passar dos limites?

— Tá bom, tem razão. — Suspiro. — Só tô cansada desses joguinhos pra tentar encontrar ele. E tenho medo de que seja só isso pra ele: um jogo.

— Por que acha isso?

Penso na última carta que enviei para ele antes de ele desaparecer e eu ficar sem notícias por dois anos. Eu o tinha convidado para se esconder comigo depois que ele reclamou da ex-noiva. Por meses depois de ter enviado aquela carta e não ter tido resposta, fiquei remoendo sobre a decisão de tê-lo convidado, mesmo que tenha feito isso de um jeito que poderia ser encarado como uma brincadeira. Acho que, bem no fundo, eu sabia que não era bem uma brincadeira. Não teria admitido isso na época nem para mim mesma, mas esperava que ele aceitasse o convite. A falta de resposta dele foi como uma rejeição.

E agora está acontecendo de novo. Falei para ele que quero conhecê-lo, e ele não me responde. Não sei direito como explicar tudo isso para Anne. Resolvo simplificar as coisas.

— Acho que ele não quer me conhecer mesmo.

Ela franze a testa, parecendo duvidar.

— Acho que quer, sim.
Reviro os olhos.
— Não foi você que ficou escrevendo pra ele durante todos esses anos. Só que você leu as cartas. Isso nunca passou de uma brincadeira entre a gente. Estamos tirando sarro um do outro desde a quinta série. Ele nunca quis me conhecer. Só queria que eu admitisse que quero conhecer ele.

Não vou confessar para Anne que me sinto muito dividida entre Jake e Luca. Talvez seja melhor não ter mais notícias dele. Como posso construir algo sério com Jake se minha mente fica se desviando para Luca? Desperdicei bastante tempo tentando encontrá-lo — tempo que poderia ter passado com Jake, que não fica fazendo esses joguinhos infantis.

Talvez seja melhor deixar tudo isso para trás quando comprar minha casa e me mudar em algumas semanas. Me empenhar em seguir Joel por aí talvez não fosse passar dos limites algumas semanas atrás. Mas agora que as coisas estão ficando sérias com Jake, parece errado, ainda mais quando o resultado de todo esse tempo e energia gastos à procura de Luca é que ele surge na minha mente nos momentos mais inapropriados.

— Não acredito que seja verdade — reitera Anne a respeito de Luca não querer me conhecer. — E acho que você também não acredita que é verdade.
— Por que não?
Ela hesita ao tentar pensar em um motivo.
— Ele te mandou flores — relembra ela.
— Você lembra muito bem do cartão que ele mandou junto.
— Acho que tá sendo um pouco ridícula. Talvez ele só tenha ficado surpreso por você querer conhecer ele. Ele só deve estar tentando resolver como tornar isso possível.
— Não vou manter as esperanças enquanto ele leva um tempão pra isso.
— Você vai escrever pra ele de novo?
— Deixei outra carta com Joel hoje de manhã. Se não tiver uma nova carta quando eu chegar em casa, vou deixar as coisas como estão. Além disso, eu não deveria estar direcionando tanta energia pro Luca quando tenho um namorado de quem gosto muito.

Um namorado que não merece ser chamado por outro nome, mesmo que não tenha me ouvido. Achei que poder escrever para Luca faria a euforia da busca desaparecer e eu conseguiria tirá-lo da cabeça. Em vez disso, ele está ocupando mais espaço do que nunca. Escrever para ele é uma coisa, mas não há espaço para ele no quarto comigo e com Jake.

— Tem certeza de que ele gosta de você? Ele parece bem misterioso. Não sei se confio nele.

— Misterioso? — repito, franzindo a testa. — Como chegou a essa conclusão?

— Acho que você deveria contar a ele sobre o Luca — diz Anne, ignorando minha pergunta.

Quase cuspo o café.

— O quê? Por quê?

— Você não vai querer começar esse relacionamento com uma mentira, vai?

— Não é uma mentira. É só...

— Uma omissão da verdade? — concede ela.

— Exato.

— Ainda assim é uma mentira. Você se corresponde com o Luca há anos. Quer mesmo que isso fique pairando sobre a sua cabeça se as coisas ficarem sérias? E se o Luca for a pessoa com quem você está destinada a ficar? Não vai querer trair o Olhos de Husky com ele. Você tem que ser honesta.

— O nome dele é Jake — digo, revirando os olhos. — Acho que ele não levaria tão numa boa assim. Já dissemos que não estamos saindo com outras pessoas. Meio que concordamos que estamos num relacionamento exclusivo.

— Não faz tanto tempo assim que vocês estão saindo.

— Você só quer que ele termine comigo pra ter uma chance com ele.

— Que nojo. Já perdi essa chance. Assim que você começou a sair com ele, ele saiu do jogo pra mim. Sororidade, tá ligada?

— Enfim, acho que não vai ser assim tão de boa como você tá achando.

— Talvez ele seja um romântico. — Ela entrelaça as mãos e apoia a bochecha nelas. — Talvez ele diga para ir atrás do seu cartinimigo perdido.

— Não sei se é isso que quero.

— Talvez desperte o interesse dele e vocês podem formar um trisal.

Pego um movimento de canto de olho e, quando olho, vejo Patrick observando da porta. Seu rosto está vermelho até as entradas no cabelo.

— Chegou à parte errada da conversa de novo, hein, Patrick?

Os olhos de Anne ficam tão arregalados que parecem bolas de golfe. Ela vira rápido a cabeça para olhar para ele e se certificar de que não estou zoando com a cara dela.

— Meu Deus, sr. Facey, por acaso roubou meus sapatos ou algo do tipo? — ironiza ela. — Em geral sou eu quem chega de fininho.

— Tenho certeza de que você tem trabalho a fazer, Anette — retruca ele.

Ela desliza para fora da cadeira, mas coloco a mão em seu braço para impedi-la. Estou de saco cheio com o fato de ele falar nossos nomes errado.

— Anne — digo, olhando para Patrick.

Anne olha para ele e ambos me encaram com expectativa.

— Perdão? — retorque Patrick.

— O nome dela é Anne.

Ele franze a testa.

— Foi o que eu disse, não?

— Devo ter entendido errado. Pode repetir? — Acho que nunca o ouvi dizer o nome dela direito. Não sei se é só um jeito esquisito de demonstrar poder ou se ele só é ruim com nomes, mas quero forçá-lo a dizer.

— Annie… Anna. Anette — gagueja.

— Nenhum desses é o correto. Na verdade, todos esses são mais sílabas do que o nome verdadeiro dela.

— Tudo bem — afirma Anne com um sorriso forçado para mim. — O sr. Facey pode me chamar como quiser.

— Anita — diz ele.

— Anne — repito mais alto ao mesmo tempo que Anne diz:

— É, claro, tudo bem.

Ele franze a testa.

— Arnie?

— Tá bom, agora você colocou uma letra bem diferente aí no meio. Qual o seu problema?

— Como assim? Qual é o *seu* problema?

— Você nos chama pelos nomes errados há dois anos. Não percebe a diferença entre a forma como você nos chama e como todas as outras pessoas os pronunciam?

Ele tem a audácia de parecer perplexo.

— Espera, você tá falando sério? Achei que era uma piada interna que estava rolando entre a gente. — Quando nenhuma de nós duas responde, ele dá de ombros e diz: — Não é por isso que vocês me chamam de sr. Facey o tempo todo?

Anne e eu nos entreolhamos. Quando olhamos de volta para Patrick, vejo uma expressão de compreensão surgindo.

— É Pacey — informa ele, pronunciando a primeira letra com um estalo dos lábios. — Patrick Pacey.

Ele nos encara por um momento. Nenhuma de nós diz uma palavra. É o silêncio mais constrangedor que já experienciei. E é Patrick quem finalmente o quebra.

— Vocês achavam mesmo que meu nome era Facey? *Facey*? Que tipo de nome é esse?

— Tenho certeza de que esse nome existe — digo.

Anne não olha para nenhum de nós dois. Seus olhos arregalados estão fixos na parede entre mim e Patrick.

— Meu Deus — murmura Patrick. — Anne, volte ao trabalho. Naomi, tenho certeza de que precisa terminar sua previsão antes de entrar no ar.

Acho que é a primeira vez que o ouço falar meu nome direito. Ele se vira e sai da sala. Só então Anne olha para mim de novo. O rosto dela está quase tão vermelho quanto o de Patrick quando ele a ouviu sugerir que eu formasse um trisal.

— Você achava mesmo que o nome dele era Facey?

Estou confusa.

— Como assim? Você também achava.

Ela balança a cabeça e sua boca se abre num sorriso.

— Você é ruim mesmo com nomes, né?

— Você também achava que o nome dele era Facey!

— Não achava, não. É Patrick Pacey. Sempre foi Patrick Pacey. É o que está na plaquinha da porta do escritório dele.

— Então por que sempre chama ele de sr. Facey?

— Porque foi como você o chamou no seu primeiro dia aqui, e achei hilário. Chamo ele assim desde então. Acho que ele também achava engraçado. Foi quando ele começou a me chamar de Annete.

— Você tá dizendo que isso era mesmo uma piada interna e só eu não me liguei que era parte dela? Só pode estar de brincadeira.

Ela dá de ombros e se vira na direção da porta.

— É melhor eu voltar pro trabalho antes que ele volte aqui e me dê outra bronca.

— Espera. Por que não falou nada agora? Por que deixou que ele pensasse que você não sabia o nome certo dele?

— Porque você já tinha passado vergonha demais. Não dava para deixar que fosse pro buraco sozinha.

Me sinto estranhamente emocionada com a sensibilidade dela. Anne já está quase fora da sala quando me dou conta de que não falei nada.

— Você é uma boa amiga, Anne.

Ela olha por cima do ombro e sorri para mim.

— Pare de enrolar e termine a previsão — ordena ela, zombando do tom de Patrick.

CAPÍTULO VINTE E SETE

Vida dupla

Já se passaram alguns dias e ainda não tive notícias de Luca. Pergunto para Joel todo dia se há alguma carta nova, mas ele balança a cabeça e finge estar ocupado com outra coisa. Fico me perguntando se ele chegou a entregar minha última carta para o filho. Não tenho visto muito Jake também. Eu o vi através do vidro outro dia quando estava chegando, mas quando entrei no prédio, ele já estava no elevador, indo para o terceiro andar.

Na sexta-feira, vou para casa depois de almoçar com Anne. Não sei muito bem o que fazer. Não tem nem como criar expectativa de ler cartas, já que não chegou nenhuma. Anne e eu cancelamos os planos de voltar a San Diego. Agora que sei quem é o pai do Luca, não há razão para ir atrás de Ben Toole. Fico sentada no chão apontando a luzinha vermelha de um laser para os gatinhos perseguirem pela sala.

Estou começando a sentir que perdi Jake. Talvez ele só estivesse atrás de uma coisa, mas não é o que parece. Pelo tempo que passamos juntos, não está me parecendo se tratar de uma aventura sem compromisso. Talvez ele só tenha feito isso para que eu ficasse com os gatinhos. É um pensamento ridículo, e eu o rejeito quase ao mesmo tempo em que surge. A única outra coisa que consigo pensar é que Joel contou para ele sobre Luca e as cartas. Imagino que ele ficaria chateado por eu ter escondido isso dele, mas queria que ele pelo menos viesse falar comigo.

Começo a digitar uma mensagem para ele, embora as duas últimas que enviei tenham ficado sem resposta. Sou interrompida por um choro desesperado e lamurioso vindo do andar de cima. Olho para o teto. Roland e Phoebe fazem o mesmo. O som terrível só pode ser do apartamento de Jake. Tento ignorar.

Volto a brincar com o laser, mas os gatinhos já não estão mais interessados. O foco deles está no barulho vindo do andar de cima.

Até consigo ignorar o choro por mais um minuto, mas ele se torna insuportável. Calço os sapatos e vou para o corredor. Ninguém mais parece estar preocupado. Devo ter sido a única que ouviu. Subo e sigo o som estridente até o apartamento de Jake. Nunca estive aqui antes, mas posso dizer pela posição da porta que é o apartamento em cima do meu. Bato na porta. O barulho não para. Bato de novo. Sem resposta. O som terrível continua. Tento a maçaneta, mas está trancada.

Ligo para o número de Jake, mas cai direto na caixa postal. Sei que não vou conseguir focar em qualquer outra coisa se esse escândalo não parar. Desço até a recepção. Joel está comendo picles. Olho para fora e vejo Caitlin dando uma estrelinha.

— Joel — digo. Ele olha para cima, parecendo assustado por eu estar falando com ele. Suas bochechas estão cheias com o picles que ele acabou de enfiar na boca. — Tem um bicho fazendo um barulhão lá no apartamento em cima do meu.

Ele termina de mastigar o picles e limpa a boca com um guardanapo.

— É um filhote de cachorro. Você veio aqui pra fazer uma reclamação do barulho?

Nego com a cabeça.

— Posso pegar a chave reserva?

— Não sei se é uma boa ideia. Ouvi dizer que vocês dois estavam dando um tempo porque você está saindo com outra pessoa.

Achei que Jake poderia estar me evitando, mas ouvir isso de outra pessoa torna a coisa real. É como um soco no estômago. Para falar a verdade, esperava que eu estivesse imaginando coisas. Devo ter pensado que ele iria ser maduro o suficiente para me falar pessoalmente que tinha terminado.

— Ele disse isso?

Joel solta um grunhido hesitante.

— Você contou a ele sobre o Luca, não foi? Agora faz sentido a sua testa franzida pra gente quando estávamos juntos. Sei que acha que está fazendo um favor pro seu filho, mas não pode bagunçar a minha vida pessoal desse jeito.

Ele revira os olhos, o que me deixa ainda mais irritada.

— É exatamente por isso que não posso te dar a chave.

— Qual é, Joel. Não vou destruir o apartamento dele. Só vou levar o cachorrinho pra passear antes que ele deixe a mim e todos os vizinhos loucos.

213

Ele me observa com os olhos semicerrados, como se não acreditasse nas minhas intenções, depois olha para o cofre em cima da mesa.

— Não faça eu me arrepender disso — diz ele. Joel destranca o cofre, revira uma pilha de chaves e puxa uma com a etiqueta com o número do apartamento de Jake.

Pego a chave e volto lá para cima. Ao chegar ao terceiro andar, ouço o choro agudo do cachorrinho desde a escada. Fico surpresa por mais ninguém ter reclamado ainda, nem terem dado uma espiada no corredor, mas acho que a maioria das pessoas está fora, trabalhando a esta hora do dia.

Destranco a porta e entro. O design do apartamento dele é igual ao meu, mas o dele é mais esparsamente decorado. Identifico a fonte do barulho sentada dentro de uma gaiola no canto da sala. O cachorrinho para de chorar quando me vê. Ele começa a pular contra a lateral da gaiola, choramingando e abanando o rabo, como se soubesse que estou ali para resgatá-lo.

Acho que o reconheço do evento de adoção do fim de semana passado. Ele é quase todo branco, tem uma mancha marrom em um dos olhos e outra que cobre metade das costas. Parece um dos cachorrinhos do cercado que estava recebendo a maior parte da atenção no sábado. Me pergunto por que não foi adotado.

— Tadinho — digo ao me ajoelhar para abrir a gaiola. O cachorrinho tropeça e se lança nas minhas pernas, se contorcendo e implorando por atenção. — Como você é fofo. E macio. — Passo a mão nele. — Tão macio.

Eu o pego antes que ele faça xixi no chão e me viro, procurando uma coleira. Encontro uma coleira peitoral na bancada da cozinha. Tenho certa dificuldade de colocá-la no cachorrinho. Nunca tive um cachorro, então nenhuma das tiras faz sentido para mim, mas consigo desvendar o segredo. Engato a guia no peitoral e desço, ainda o carregando porque não quero ter que limpar bagunça nenhuma na recepção. Posso nunca ter tido um cachorro, mas sei que filhotinhos como esse são propensos a acidentes.

Eu o coloco na calçada quando chegamos do lado de fora. Caitlin grita de animação e vem correndo na mesma hora em que o cachorrinho se abaixa e faz xixi na calçada. Caitlin parece não perceber, ou talvez só não se importe. O cachorrinho não parece se incomodar com a gritaria dela também.

— Você tem um cachorrinho! — exclama ela. — Qual o nome dele?

— Não é meu — respondo. — Só estou levando ele pra passear.

— Posso ir junto?

— Você deve ter que ficar perto da vidraça, onde Joel pode te ver.
— Vou perguntar pra ele se posso ir com você.
— Eu não...
Antes mesmo que eu termine de falar, ela já foi passando pela porta e está falando com Joel. Quando volta para fora, ela vem saltitando para mim.
— O sr. Picles disse que posso ir com você contanto que a gente não vá muito longe. Qual distância vamos andar?
Solto um suspiro.
— Não vamos longe. Só até o final da quadra e voltamos.
— Posso segurar a coleira?
— É melhor eu segurar, por segurança. Tem muito trânsito na rua e não quero colocar o cachorrinho em perigo.
— Tá bom. Ouvi o sr. Picles e o Homem Peixe falando de você.
Franzo a testa.
— Homem Peixe?
Ela dá de ombros.
— Seu namorado.
Levo um instante para perceber que ela o chama de Homem Peixe porque ele trabalha no aquário. Fico surpresa por ela saber que estou saindo com Jake — ou melhor, *estava* saindo com Jake. Não sei bem em que pé estamos agora. A declaração repentina dela parece confirmar que Joel contou para ele sobre as cartas. Me sinto tão frustrada que poderia chorar, mas não vou me desmanchar na frente de uma criança.
— Quantos anos você tem, Caitlin?
— Acabei de fazer oito.
— Feliz aniversário atrasado. Por que chama eles de Homem Peixe e sr. Picles?
Ela dá de ombros.
— Sou ruim pra lembrar nomes. É mais fácil quando invento.
Parece que estou conversando com uma versão mais jovem de mim mesma.
— Ninguém vai saber de quem você tá falando se chamar todo mundo por apelidos assim. Você faz isso na escola também?
— Ah, de vez em quando. É que não sei como lembrar o nome de todo mundo.

— Você não precisa se lembrar do nome de todo mundo logo de cara. Não precisa ter vergonha em dizer: "Desculpe, não lembro o seu nome, você poderia me dizer de novo?". É melhor do que simplesmente inventar um e aí não saber.

— Sei que estou sendo hipócrita, considerando que a chamei de Criança Lagarta por muito tempo e que não fazia ideia de que o sobrenome do meu chefe era Pacey e não Facey. Mas acho que posso ajudá-la a aprender com a minha experiência para que ela não cometa os mesmos erros que eu. — Você sabe qual é o meu nome verdadeiro, né?

— Hã. Naomi? — Ela se enrola com as sílabas.

— Isso mesmo. E o sr. Picles é...?

— Joel. Mas o sobrenome dele é bem parecido com picles. Posso continuar chamando ele assim?

Penso por um momento. Joel não pareceu se incomodar por ser chamado de sr. Picles.

— Acho que não tem problema. E o cara que você chama de Homem Peixe?

Ela me dá um sorriso triste.

— Não consigo lembrar.

— É Jake — digo para ela.

— Ah! Qual o nome do cachorrinho? — pergunta ela.

— Não sei. Como acha que deveria ser o nome dele?

— Posso inventar?

— Claro.

— Bruno.

Olho para o cachorrinho. Ele está balançando a rabinho ao andar na nossa frente, parando a cada poucos passos para perseguir uma folha ou cheirar um pedaço preto de chiclete velho e endurecido na calçada.

— Acho que Bruno combina com ele — concordo.

— Você não quer saber o que eles estavam dizendo? — indaga Caitlin.

— Quem?

— O sr. Picles e, hã... — Ela hesita, olhando para mim em busca de ajuda.

— Jake — informo.

— Ah, isso. O sr. Picles e o Jake. Não quer saber?

Por mais que não queira falar sobre isso com uma menina de oito anos, minha curiosidade leva a melhor.

— O que eles estavam dizendo?

— Eles estavam falando de você e da sua carta. Acho que o Homem, desculpa, o Jake, estava bravo, porque ele nem disse oi pra mim nem pra minha mãe. Eles estavam discutindo. Disseram um monte de outras coisas, mas só consigo me lembrar disso. O que você disse na sua carta que deixou ele tão bravo?

Não sei qual carta Joel mostrou a ele, mas não pode ser nada bom. Não é surpresa nenhuma ele estar me evitando. Acho que posso acabar vomitando. Estou suando, mas ao mesmo tempo sinto frio, apesar do sol escaldante de Miami. Anne tinha razão. Eu deveria ter contado a Jake sobre Luca. Agora é tarde demais, e devo ter perdido os dois.

Chegamos ao final da quadra. Fico ali na esquina por um momento, observando o tráfego passar por nós e pensando sobre o que Caitlin falou. Posso ficar com raiva de Joel o quanto quiser, mas a culpa disso estar acontecendo é minha.

— Isso significa que você vai terminar com ele? — questiona ela.

— É complicado — respondo. — Você é muito nova pra entender.

— Foi isso que minha mãe disse quando se divorciou do meu pai, e também quando terminou com o último namorado. Não entendo o que é tão complicado, e sou sempre muito nova pra entender. Estou começando a achar que as pessoas dizem isso só porque elas também não entendem.

— Acho que tem razão — digo. — Ou pode ser que, às vezes, a gente não queira que você pense mal da outra pessoa.

Nesse caso, a pessoa de quem ela deveria pensar mal sou eu. Esse entendimento machuca. Ela franze a testa para mim ao darmos a volta.

— Você acha que meu pai fez coisas ruins pra minha mãe?

— Talvez não. Não conheço eles, então não posso dizer. Mas tenho certeza de que, quando você for um pouco mais velha, vai poder perguntar pra sua mãe e ela vai te dizer por que não deu certo.

Quando chegamos ao prédio, deixo Caitlin lá fora para que ela continue suas acrobacias na calçada. Levo o cachorrinho para dentro e paro na mesa de Joel a caminho da escada. Penso em confrontá-lo sobre a carta que ele mostrou para Jake, mas estou com receio de fazer cena. Ele me olha com cautela.

Sem dizer nada, me viro e levo o cachorrinho para a escada. Ele tem dificuldade para subir os degraus, então levamos um tempo até chegar ao terceiro andar. Eu poderia tê-lo carregado facilmente, mas quero cansá-lo para que ele durma assim que eu o colocar de volta na gaiola.

Chegamos ao apartamento de Jake. Desta vez, tenho mais tempo para olhar ao redor porque não estou com pressa de tirar o cachorrinho choroso dali. O apartamento dele não é bagunçado como imaginei que seria. Os móveis não são dos melhores, mas também não são um lixo, ou bregas. Não há evidências de toque feminino, nenhum sinal de que ele esteja vivendo uma vida dupla. É engraçado que Anne tenha sugerido que ele é o misterioso da história quando sou eu quem está vivendo uma vida dupla.

Coloco o cachorrinho na gaiola. Depois, sem mexer em mais nada no apartamento, vou para o corredor. Assim que a porta se fecha, o choro estridente e lamurioso recomeça. Espero um minuto, na esperança de que vá parar, mas não para. Quero voltar lá dentro e levar o cachorrinho para casa. Se fizer isso, Jake será obrigado a vir me ver, então posso tentar me explicar para ele.

Hesito, com a mão na porta. Por outro lado, quero que ele venha por *mim*, não porque eu o forcei a buscar o cachorro. Mas estou disposta a fazer isso, caso seja a única opção. Sei que sou eu a errada nesta história, mas é ele quem está me evitando sem dizer nada. Eu não deveria ter que ouvir a razão, estou sendo deixada no vácuo e só sabendo das coisas através de uma criança.

O cachorrinho fica quieto por um momento. Tiro a mão da maçaneta. Decido ir embora, por enquanto. Preciso descobrir o que quero.

CAPÍTULO VINTE E OITO

O bilhete de resgate

— Eu falei!

Anne não é muito boa em poupar meus sentimentos. Ela me avisou que eu deveria ter contado para Jake sobre as cartas e agora precisa se certificar de que sei que ela tinha razão.

— Você também falou que ele estava escondendo alguma coisa de mim. Estava errada sobre isso. Estive no apartamento dele.

Penso no cachorrinho e me pergunto se ele está chorando de novo. Eu o ouvi algumas vezes durante o fim de semana, mas o choro nunca durou muito porque Jake estava em casa para cuidar dele. Algumas vezes desejei que o choro tivesse durado um pouco mais. Teria sido uma desculpa para subir lá e vê-lo de novo. Mas não posso me forçar a ir até lá e fingir que não há nada de errado. Não sei se consigo ficar na frente dele e mentir, dizer que Luca e as cartas não significaram nada para mim. Estou dividida porque nutro sentimentos pelos dois. Por mais que odeie o modo como ele cortou qualquer comunicação comigo, ainda sinto que ele merece uma explicação. Só não tenho uma boa para dar. Não uma de que ele vá gostar, de qualquer modo.

— Falando nisso, eu deveria ir pra casa e dar uma olhada no cachorrinho.

Ela revira os olhos.

— Você acha mesmo que pode conquistar ele de novo levando o cachorro dele pra passear? Tipo, você chamou o cara pelo nome de outro enquanto transava com ele. Pra ser sincera, talvez seja melhor. Com ele fora da jogada, você pode ver como as coisas andam com Luca.

— As coisas não estão indo a lugar nenhum com Luca porque ele não me responde.

— Você tentou escrever pra ele de novo?

Solto um suspiro.

— Quantas vezes vou ter que escrever pra ele antes de desistir? Parece que a mesma coisa de dois anos atrás tá acontecendo de novo. Convido ele pra me conhecer e ele me deixa no vácuo. A esta altura, não me surpreenderia se levasse alguns anos pra ter notícias dele de novo.

— Duvido. Talvez ele só precise saber que você tá falando sério sobre conhecer ele.

— Nem sei mais o que eu quero. Achei que queria conhecer ele, mas agora tô com medo de perder o que tinha com Jake.

— Mandando a real: você já perdeu o que tinha com ele. Escreve pro Luca de novo.

Termino o café.

— Vou pensar. Preciso ir pra casa.

Ouço Bruno chorando assim que chego à escada. Não devolvi a chave para Joel, então vou até o terceiro andar. Bato na porta para me certificar de que Jake não está. Espero um pouco, destranco a porta e entro.

Rasgo um pedaço da folha de um caderno e rabisco um bilhete: "Estou com seu cachorro".

Prendo o bilhete na geladeira com um ímã e releio. Numa segunda olhada, percebo que soa um pouco enigmático. Só falta um pedido de resgate. Pego a caneta que usei para escrever o bilhete e acrescento: "Venha buscá-lo".

Leio de novo, mas ainda não está bom. As frases curtas e diretas talvez o façam pensar que cuidar de Bruno é um fardo. Devo estar exagerando, mas, de qualquer modo, acrescento: "A propósito, qual o nome dele? Estou chamando ele de Bruno".

Devolvo a caneta e vou para a gaiola de Bruno para soltá-lo. Desço com ele e vou lá para fora para ele fazer as necessidades, mas parece que ele não precisa. Já deve ter ido passear. Entro com ele. Joel me olha uma vez, mas não nota que estou com o cachorrinho de novo.

Bruno fica animado ao conhecer os gatinhos quando entramos em casa. Roland e Phoebe parecem não se importar com a energia infinita dele. Eles brincam um pouco, então Bruno para e, sem aviso prévio, se abaixa e faz xixi no meu piso.

— Bruno! — exclamo. — Não!

Ele não parece achar que fez algo errado. Assim que termina o xixi, trota para longe da bagunça e se reúne com os gatinhos. Limpo a sujeira, me sento no sofá e fico observando os três brincarem. Nem cinco minutos depois, Bruno se abaixa e faz cocô bem no meu tapete. A sorte é que comprei um spray especial para remover manchas de animais quando adotei os gatos. Ainda não tinha precisado usar. Com a segunda sujeira limpa, volto para o sofá, aliviada que agora posso relaxar porque com certeza esse cachorrinho já eliminou tudo o que precisava e não teremos mais acidentes.

Eu não poderia estar mais enganada. Bruno faz xixi no piso de madeira de novo e, enquanto estou limpando, faz xixi pela terceira vez. Solto um gemido, coloco a coleira nele e o levo para fora. Vamos e voltamos na quadra várias vezes até finalmente estar claro que ele fez tudo de que precisava no meu apartamento.

— Você vai me deixar maluca — digo para ele quando entramos.

Eu o faço ir de escada comigo de novo. Da última vez, o exercício extra não foi de grande ajuda para cansá-lo, mas agora, assim que entramos em casa, ele está morto. Ele fica no meu colo no sofá, então, pelo menos, está confortável.

Só me dou conta de que adormeci quando acordo assustada com alguém batendo na porta. Roland e Phoebe estão enrolados e aconchegados um no outro na outra ponta do sofá. Observo por um momento como são fofos, depois deslizo o cachorrinho adormecido do colo e vou atender a porta. Já sei que é Jake. Me pergunto se ele vai conversar comigo ou se vai dizer só o suficiente para pegar o cachorro.

Ele está encostado no batente da porta quando a abro. Me recordo do dia em que ele veio aqui antes de me levar para jantar. Lembro a maneira como ele entrou, me empurrou contra a parede e me beijou. A lembrança aquece meu corpo. Gostaria que a gente pudesse voltar para aquele momento.

— Bruno? — Ele soa incrédulo com o nome. Pelo menos sei que leu o meu bilhete. E está falando comigo de novo.

Dou de ombros.

— Foi a Caitlin que deu o nome pra ele.

— Cadê ele?

— No sofá. Qual é o nome dele de verdade?

Dou um passo para me afastar da porta, torcendo para que ele entre. Ele hesita e olha para baixo como se houvesse uma barreira física que o impedisse de entrar no meu apartamento.

— Ele não tem nome — informa Jake. Então, como se tivesse que se obrigar, ele entra, mas para na minha frente no corredor. Por um momento, fica tão perto de mim que penso que talvez não haja nada de errado e os últimos dias foram só imaginação minha. Meu coração começa a bater um pouco mais rápido. Vejo o peito dele subir quando ele respira fundo. Ele só solta o ar depois de se afastar de mim e entrar na sala.

— Como assim ele não tem nome? — pergunto.

— Só estou cuidando dele, e ele é surdo, então não importa se ele sabe o nome dele ou não.

— Ele é surdo? — Fico surpresa. — Tem certeza?

— Foi por isso que a família que adotou devolveu ele para o abrigo. Eles não conseguiram lidar com o choro interminável dele e nada do que fizeram funcionou. Ele não respondia a nenhum comando.

— Eles não ficaram com ele por tempo suficiente. Talvez ele só seja teimoso mesmo. Ele fez teste de audição?

— Não, mas olha isso. — Ele bate palmas. Roland e Phoebe levantam a cabeça, mas Bruno não reage. Fica deitado no sofá, num sono profundo.

— Isso não quer dizer que ele seja surdo — protesto. — Talvez ele só esteja muito cansado. Ele deveria fazer teste de audição.

— O abrigo não tem como pagar pelo teste, então estamos tratando ele como se fosse surdo. Vou ficar com ele até que seja domesticado e aprenda gestos o suficiente para ser adotado por alguém que tenha experiência com cachorros com deficiência auditiva.

A maneira como ele explica é tão casual que parece que não está mais bravo comigo, como se estivesse me deixando passar pelo muro que construiu quando descobriu que eu menti. Começo a sentir minha guarda baixando.

— Falando em domesticado — digo —, tivemos quatro acidentes aqui em casa hoje.

Começo a dar risada, mas a expressão dele fica séria. E assim, o muro está erguido de novo.

— É o que acontece quando não se está por perto. Estou treinando ele dentro da gaiola por uma razão. Se você tivesse simplesmente deixado ele lá...

— Eu estava por perto — interrompo. — E se eu tivesse deixado ele lá, alguém teria feito uma reclamação pelo barulho.

— Preste mais atenção da próxima vez. Quando perceber que ele tá começando a andar em círculos ou cheirando as coisas, é hora de levar ele pra fora.

Ele vai até o sofá e cutuca Bruno. O cachorrinho acorda num salto e fica animado quando reconhece o tutor temporário. Observo Jake pegá-lo e examinar a sala à procura da coleira. Aponto para a poltrona onde a deixei. Ele põe o cachorrinho no chão apenas para colocar a coleira, depois o pega de novo e vai para a porta.

Solto o ar assim que fico sozinha. Talvez ele não esteja pronto para me dar outra chance, mas pelo menos não espera que eu pare de cuidar de Bruno enquanto está trabalhando. Ou talvez eu esteja interpretando algo a mais com a maneira como ele disse "da próxima vez". Fico olhando para a porta por um tempo, desejando que ela pudesse me dar respostas.

Ao ouvir a porta do elevador se abrir e fechar no corredor, minha mente se desvia para Luca. Penso em todas as vezes que recusei os convites dele para conhecê-lo, todas as vezes que eu lhe teria dado uma chance se não estivesse com outra pessoa na época. Talvez Anne tenha razão. Talvez isso seja um sinal de que devo me encontrar com Luca.

Se há um momento para fazer isso dar certo sem me sentir culpada, é agora. Olho para o caderno que está aberto na mesa de centro. Me sento e pego uma caneta.

CAPÍTULO VINTE E NOVE

Boas impressões

Querido Luca,
    Venha se esconder comigo.
    Com amor,
    Naomi.

Eu não ia escrever outra carta, mas não ter notícias dele está me deixando maluca. Resolvi usar as mesmas palavras que usei quando o convidei para largar a noiva por mim dois anos atrás. Sei que é um tiro no escuro, mas torço para que ele só esteja esperando que eu use essas palavras de novo.

Nem me dou ao trabalho de deixar a carta em cima das caixas de correio. Eu a deixo sobre a mesa de Joel. Ele olha para o envelope, então se volta para mim.

— Por favor, faça com que ele receba isso hoje.

Joel assente. Volto para o meu apartamento. Alimento os gatinhos e eles brincam nos meus pés enquanto preparo o jantar. Escondi o skate que Jake me deu dentro de um armário. Estou relutante em tirá-lo de lá e sujeitar meus vizinhos de baixo ao barulho que esses gatinhos podem fazer com aquelas rodinhas.

Assim que acabo de jantar, ouço uma batida na porta. Sei que é improvável que Joel já tenha entregado minha carta para Luca. Mesmo assim, meu coração acelera. Escovo o cabelo com os dedos, de repente me dou conta do fato de que não me olhei no espelho na última hora. Passo a língua pelos dentes para garantir que não tenho comida grudada neles. Não sei por que estou fazendo essas coisas. Desde quando quis dar uma boa impressão ao Luca?

Quando abro a porta, é Jake quem está do outro lado. Estou surpresa por ele ter voltado.

— Oi — digo.

Sem responder, ele abre mais a porta, entra e me beija.

— Desculpa por ter ficado tão distante — diz ele ao se afastar de mim.

— Não é você quem tem que pedir desculpa — contraponho. — Eu deveria ter te contado sobre as cartas. Sinto que preciso...

Minha voz vai diminuindo enquanto ele passa por mim e caminha até a sala.

— Quero me explicar — digo, indo atrás dele.

Ele desaba no sofá. Eu hesito. Fico com a impressão de que ele não quer minha explicação, mas sinto que devo uma a ele, de qualquer maneira. Me sento ao seu lado.

— Sei que você disse que queria ser exclusivo, mas sinto que devo te dizer que estou...

— Quem é Jake? — ele me interrompe.

Franzo a testa, me sentindo perdida com essa pergunta estranha.

— Como assim?

— Joel me disse que você mencionou que estava saindo com alguém chamado Jake.

Balanço a cabeça. Estou ainda mais confusa agora.

— Estava falando de você. Você achou que tinha outro Jake? — Arregalo os olhos quando me dou conta. Tenho vontade de rir, mas não sei se seria adequado, então me controlo. — É por isso que tem me evitado?

Ele me encara, sua expressão se mantém séria. Meu sorriso se dissolve enquanto tento entender o que está acontecendo.

Ele pigarreia.

— Esse não é o meu nome.

Por um momento acho que ele está brincando comigo, mas não há nenhum traço de diversão em seu rosto.

— Não tô entendendo. — Penso no crachá que ele estava usando quando nos vimos pela primeira vez. Sei que li certo. — Qual é o seu nome, então?

Ele olha para mim e depois para a mesa de centro, onde deixei o caderno que uso para escrever as cartas para Luca. Ele o pega e puxa a caneta que enfiei na espiral. Metade das páginas do caderno foram arrancadas e as poucas que sobraram estão em branco. Vê-lo segurar o caderno que usei para escrever inúmeras cartas para Luca me deixa desconfortável. Observo, esperando, enquanto ele escreve alguma coisa na primeira página em branco. Estou curiosa para saber o que ele tem para dizer que não pode ser em voz alta.

Ele posiciona o caderno de uma maneira que não consigo ver o que está escrevendo. Quando termina, ele arranca a folha, dobra e a entrega para mim. Seguro a folha dobrada por um instante. Não sei por que estou nervosa para abri-la e ler o que ele escreveu. Olho para ele e vejo que ele me observa, esperando. Desdobro a folha.

> Querida Naomi,
> Tomara que você esqueça de trocar a caixa de areia hoje à noite e Roland faça cocô no seu cesto de roupa suja.
> Com amor,
> Luca.

Fico olhando para carta, tentando processar. Por um segundo, acho que é uma pegadinha, mas é a mesma letra familiar que venho lendo há anos. Levanto o olhar devagar da carta para ele. Agora entendo por que ele me interrompeu.

Sinto como se tivessem puxado o meu tapete.

— Você é o Luca.

— Sou. Sei que deveria ter te contado...

— Fora daqui — digo antes que ele continue. Meu corpo está tremendo de raiva. Dou um pulo para fora do sofá. Não acredito que fui tão idiota. Eu me levanto e aponto para a porta. Ele fica no sofá, me observando, como se não tivesse certeza se estou falando sério.

— Fora daqui — repito. — Saia. Agora.

— Você não quer falar sobre isso?

— Não. Nem sei quem você é. Fora do meu apartamento.

— Sou eu, Naomi. Eu não mudei. Tudo sobre o que falamos, que fizemos juntos, foi o verdadeiro eu.

Eu o examino, do cabelo escuro aos olhos azul-gelo, seu corpo, sentado no meu sofá e, apesar de ter passado tanto tempo com ele, tê-lo visto e o tocado tantas vezes, tenho a sensação de estar olhando para um estranho. Não consigo entender o fato de que ele é a mesma pessoa com quem tenho me correspondido há anos. Ele não é o Luca, ele é...

Uma nova onda de raiva se abate sobre mim. Ele devia saber que eu não sabia seu nome esse tempo todo. Tirou vantagem do fato de que eu não sabia quem ele era. Mentiu para mim.

Ele se levanta, o que parece injusto, porque agora ele fica bem mais alto que eu.

— Por favor, Naomi. Vamos conversar.

O tom de voz dele é sensato, o que me deixa com ainda mais raiva.

— Como posso acreditar em qualquer coisa que me diz sendo que está mentindo pra mim desde o começo?

Ele dá um passo na minha direção, estendendo a mão. A ponta de seus dedos roça meu braço e sinto minha determinação dissipar um pouco. Dou um passo para trás, sem querer me sentir atraída por ele. Preciso ter a cabeça no lugar para não cair em mais nenhuma mentira.

— Não encoste em mim — alerto. — Onde conseguiu o crachá com o nome falso?

Ele franze a testa.

— Que crachá com nome falso?

A encenação de fingir não saber do que estou falando me deixa ainda mais brava.

— O crachá que usou da primeira vez que nos vimos, para me fazer pensar que seu nome era Jake Dubois.

Sua testa franze ainda mais. É quase possível acreditar que ele não sabe do que estou falando. Então seus olhos se arregalam.

— Jake Dubois é o outro veterinário no aquário. Peguei emprestado o jaleco dele porque o meu sujou quando cuidei de um animal machucado... — Ele balança a cabeça, se interrompendo. — Não interessa. Não tive a intenção de te enganar. Não me dei conta de que estava com o crachá dele.

Não acredito em nada do que ele está dizendo.

— É melhor você ir embora.

— Naomi...

— Saia. *Agora*!

Grito a última palavra. Sinto lágrimas queimando os olhos. Não quero que ele me veja chorar ou tente ficar e me consolar quando ele é a razão de eu estar me sentindo traída.

— A gente não pode pelo menos...

Ele ainda está muito perto de mim. Encosto as duas mãos em seu abdômen, empurrando-o. Ele poderia muito bem resistir à minha força, mas me deixa empurrá-lo o caminho todo até a porta. Então, eu a abro, empurro-o para o corredor e a fecho com força.

CAPÍTULO TRINTA

Dentre todos os prédios

LUCA

Quando fui para Miami, não tinha planejado perdoar Joel. Até me recusava a pensar nele como sendo meu pai. Ele tinha me abandonado e não merecia o título. O plano era não ficar muito tempo. Só fui porque queria conversar com ele pessoalmente e ouvi-lo tentar explicar por que achou que podia voltar para minha vida depois de todos esses anos. Não conseguia acreditar na insinuação de que minha mãe era a culpada por ele ter abandonado nossa família.

Peguei um carro alugado no aeroporto porque queria poder ir embora quando quisesse. Não queria ficar à mercê de ninguém. Joel me enviou por mensagem o endereço de um café onde poderia encontrá-lo. Fiquei satisfeito por esse encontro não ser na casa dele, e mais satisfeito ainda por ele não ter tentado me impressionar ou me ganhar ao me levar a um restaurante cinco estrelas.

Ele já estava sentado a uma mesa quando cheguei. Quase não o reconheci. Ele tinha engordado alguns quilos e o cabelo estava grisalho, porém os olhos eram os mesmos. Estava usando um uniforme de segurança. Deu para perceber que não me reconheceu até eu ficar em frente à sua mesa.

Ele se levantou.

— Luca?

Confirmei. Ele abriu um pouco os braços como se fosse me abraçar, mas pensou melhor e estendeu a mão para que eu apertasse. Nos sentamos.

— Pedi um café pra você — disse ele, empurrando o copo para mim. — Não sei como prefere, então... — Ele gesticulou na direção do creme e dos pacotinhos de açúcar que tinha pegado.

Dei um gole no café sem adicionar nada. Ele me observou com os olhos arregalados e cheios de expectativa. Percebi que ele não fazia ideia do que ia dizer para mim. Depois de um momento tenso de silêncio, fiz a única pergunta em que pude pensar:

— É aqui que você esteve esse tempo todo?

Ele negou com a cabeça.

— Primeiro fui pra Montana. Só me mudei pra cá há alguns anos.

— Me deixa adivinhar. Você formou uma nova família e abandonou eles também.

— Entendo por que tá com raiva.

Não respondi. Não ia fazer mais perguntas. Era a vez dele de dar uma explicação.

Ele continuou:

— Conheci uma mulher logo depois que me mudei pra Montana. Cheryl. Nos casamos e tivemos três filhos juntos. Duas meninas gêmeas e um menino.

Ao longo dos anos, algumas vezes imaginei se meu pai tinha se casado novamente e tido outro filho. Quando era mais novo, quando minha família ainda estava intacta, teria adorado ter um irmão ou uma irmã. Não foi assim que imaginei que isso aconteceria.

— Eu tenho irmãos — afirmei. Achei que se falasse em voz alta, se tornaria mais real, mas não.

Ele desviou o olhar.

— As coisas não deram certo entre mim e Cheryl. A separação foi um acordo mútuo. Cheryl recebeu uma oferta de trabalho aqui um pouco antes do nosso divórcio ser concluído. Ajudei com a mudança e acabou que nunca voltei pra Montana.

Abri um sorriso irônico.

— Então, só pra eu entender. Você terminou com a minha mãe e foi embora correndo para outro estado, e nunca mais vimos você nem tivemos notícias suas. Você terminou com a Cheryl e não só ajuda ela com a mudança, mas alterou toda a sua vida pra não ficar longe dos seus novos filhos.

— Sei que fui um péssimo pai pra você...

— Não — interrompo. — Não foi. Isso foi o que sempre me confundiu. Você costumava me levar pra praia todo dia. Montamos uma academia em casa e a gente malhava junto. Toda maldita lembrança que tenho de você é boa. Mas aí, do

229

nada, você vai embora sem motivo nenhum, e eu te odiei por isso. Você não tem noção de quantas vezes desejei que fosse um imbecil pra que eu não sentisse tanto a sua falta. O que é tão diferente assim na sua nova família que você conseguiu fazer funcionar com eles e comigo não?

— Não tinha nada a ver com você.

— Com certeza pareceu que tinha, já que não tive notícias suas por quinze anos.

— Sua mãe e eu...

— Isso mesmo. Põe a culpa nela. Ela não pode se defender agora que tá morta.

— Fiquei muito triste quando soube que ela faleceu, apesar do que fez comigo.

Eu o encaro, esperando que ele seja mais específico, mas ele não faz isso. Estava esperando que eu perguntasse. Não queria ouvi-lo pôr a culpa na minha mãe, mas tinha viajado até ali e precisava saber qual era a desculpa dele.

— O que ela fez pra você? — A pergunta saiu com um gosto amargo em minha boca.

— Você não vai querer ouvir isso sobre a sua mãe.

— Foi você que trouxe o assunto à tona.

Ele suspirou, olhou pela janela para o prédio do outro lado da rua por um instante, depois de volta para mim.

— Sua mãe estava tendo um caso. Brigamos por causa disso. Muito. Tentamos aconselhamento matrimonial. As coisas melhoraram por um tempo, mas um dia, eu... — Ele fez uma pausa, comprimindo os lábios. — Ela me transmitiu DST. Não conseguia nem olhar pra ela depois disso. Pedi o divórcio e fui embora. Me arrependi todos os dias de não ter te levado comigo. Estava com tanta raiva quando fui embora que só queria dar o fora e nunca mais ter que olhar pra trás. Gostaria de ter feito muitas coisas diferentes. Teria deixado sua mãe muito antes. Se tivesse feito isso, provavelmente teria ficado em San Diego, mas então nunca teria conhecido Cheryl e tido as gêmeas e Caden.

— E quando foi que você finalmente lembrou que eu existo? Você levou quinze anos pra me escrever.

— Na época, pensei que era melhor esperar você crescer pra entrar em contato. Não queria causar nenhuma tensão entre você e sua mãe. Então fiquei sabendo o que aconteceu com ela e quando tentei entrar em contato, você já tinha se mudado havia muito tempo. Não fazia ideia de para onde você tinha ido. Alguns anos atrás, Cheryl me mostrou como eu poderia encontrar o seu endereço *on-line*, mas parecia que cada vez que eu te escrevia, você já tinha se mudado. Quando me ligou sete meses depois, achei que a minha carta já tivesse se perdido.

Não quis acreditar em uma palavra do que ele disse. Já estava pronto para me levantar e voltar para San Diego quando algo me chamou a atenção em outra mesa. Foi um vislumbre de cabelo louro e olhos azuis. Virei o pescoço para ver melhor. Dois rostos idênticos me observavam a algumas mesas de distância. Ao lado das gêmeas, estava um menino, um pouco mais novo, me observando com o mesmo interesse.

Quando Joel me contou sobre meus irmãos, tinha decidido que nunca os conheceria. Não era justo esperar isso de mim. Eu sentiria como se estivesse traindo minha mãe se aceitasse essa vida que meu pai tinha construído longe de nós. Mas tudo mudou quando os vi no café naquele dia. Olhei para Joel e depois de novo para as crianças. Elas estavam esperando para ver se o irmão mais velho os aceitaria.

Eu nem os conhecia, mas já sabia que não conseguiria abandoná-los.

Me mudei para o prédio onde Joel trabalhava uma semana depois. Voltei para San Diego de avião para pegar minhas coisas e atravessei oito estados de carro para voltar para Miami. Fiz questão de passar bem longe de Dallas no caminho.

Eu não tinha muita coisa. Só roupas, o carro e algumas caixas com pertences pessoais. Abri o porta-malas do carro e tirei a caixa com as cartas de Naomi. Fui em direção à porta de entrada do edifício. Eu me perguntava se algum dia conseguiria escrever para ela de novo. Perguntaria a Joel como ele descobriu meu endereço. Talvez pudesse encontrar o dela da mesma maneira.

Assim que esse pensamento passou pela minha cabeça, uma mulher entrou pela porta e parou para segurá-la para mim. Seu cabelo ruivo chamou minha atenção. Quase tropecei e derrubei a caixa. Parecia que o tempo desacelerava conforme eu me aproximava. Só conseguia encarar essa mulher e tentar me lembrar de como Naomi era. Sabia que não era ela. Naomi nunca tinha se mudado de Oklahoma. Miami era uma cidade grande e devia haver milhares de ruivas ali. Foi só uma coincidência eu estar pensando em Naomi no exato momento em que essa mulher linda abriu a porta.

— Obrigado — agradeci ao passar. Ela soltou a porta e seguiu seu caminho. Fiquei ali, no meio da recepção, observando-a através do vidro até ela desaparecer.

— Ela é uma mulher e tanto, né? — disse Joel da mesa da recepção.

Eu me virei para olhar para ele.

— Ela mora aqui?

— Mora. É meio que uma celebridade local. Ela substitui o repórter do tempo às vezes, então, de vez em quando ela aparece na TV.

Sabia que não podia ser ela, mas tinha que perguntar, de qualquer maneira.

— Qual o nome dela?

— Naomi Light — respondeu ele.

Devo ter ouvido errado. Ele não podia ter dito o nome dela. Estava convencido de que era a minha própria mente plantando o nome dela na boca dele quando ele falou.

— Como?

— Naomi Light — repetiu ele.

Olhei para a caixa de cartas que segurava e de novo para a vidraça. Ela já tinha ido embora havia muito tempo, mas era ela. Dentre todos os prédios no mundo, eu tinha acabado de me mudar para o prédio dela.

— Nem fodendo.

* * *

O som da porta batendo atrás de mim concretiza cada dúvida que tive se isso seria uma boa ideia. Ouço o clique da tranca, como se ela tivesse medo de que eu tentasse voltar. Não sei muito bem qual era a minha expectativa, mas acho que esperava que seria melhor do que isso. Em suas cartas, fazia um tempo que ela estava pedindo para se encontrar comigo. Toda vez que eu aparecia, ela parecia não se lembrar que tinha me convidado. Acho que não é justo dizer que ela não se lembrava. A verdade é que ela não sabia que era eu quem estava sendo convidado. Quase contei para ela em diversos momentos, mas perdia a coragem, até agora.

O fato de ela pensar que era ela quem estava me enganando me deixa arrasado. Nunca tive intenção de arrastar essa situação por tanto tempo assim. Tentei me distanciar nos últimos dias, mas o estrago já estava feito. Eu já tinha mentido para ela.

O fato de Joel ter mentido para ela já a tinha magoado o bastante. O que fiz foi muito pior. Sabia que nenhum distanciamento tornaria a mentira menos danosa. A única coisa que podia esperar era que não fosse tarde demais para falar a verdade. Achei que escrever uma carta seria mais fácil. Achei que ela gostava do verdadeiro eu o suficiente para ficar feliz com o fato de que éramos a mesma pessoa. Agora percebo que estava sendo ingênuo. Escrever aquela carta foi uma ideia idiota.

Eu me viro e dou um passo na direção da porta para que Naomi me ouça através dela.

— Naomi? Podemos conversar, por favor?

— Sobre o quê? — retruca ela. Dá para saber, pela proximidade de sua voz, que ela está bem atrás da porta. — Sobre você ter mentido pra mim? Ou você estar me perseguindo nos últimos seis meses?

— Não te persegui — digo. — E se é por isso que você tá brava, então acho que devo te lembrar de que foi você quem viajou pra pelo menos três estados diferentes pra tentar me encontrar.

— Mentira. Você espera que eu acredite que também não sabia quem eu era e simplesmente aconteceu de se mudar pro mesmo prédio que eu? E Joel é mesmo o seu pai? Você tem irmãos de verdade? Achei que fosse filho único. Tudo o que me contou é mentira?

— Ele é meu pai.

— Carol Bell disse que o seu pai foi embora quando você era criança.

— E foi. A gente se reencontrou seis meses atrás, e foi por isso que acabei em Miami. E tenho mesmo três meios-irmãos. E quem é essa tal de Carol Bell?

— A senhora que morava na esquina da sua rua em San Diego.

Quero ressaltar a hipocrisia dessa frase, mas decido não dizer nada. Não quero colocar lenha na fogueira. Só quero que ela fale comigo.

— Nada disso era mentira — digo. — Bom, exceto pelo fato de que eu não te falei o meu nome.

— Você sabia muito bem que eu não fazia ideia do seu nome durante esse tempo todo. Se seu objetivo era fazer com que eu me sentisse uma idiota, conseguiu.

Lembro quando ela disse meu nome enquanto eu a tocava, em sua cama, no meio da noite. Naquele momento, achei que ela soubesse quem eu era, mas de manhã ficou óbvio que não sabia. Ainda fico pensando nisso. Me pergunto se não ouvi direito. Agora não parece ser o melhor momento para trazer isso à tona.

— Eu sei — digo. — Me desculpe. Não foi minha intenção.

Ela não responde. Não sei dizer se ela ainda está do outro lado da porta. Se está ali, sua respiração é silenciosa. Decido continuar, na esperança de que ela ainda esteja me ouvindo.

— Desculpe por não ter te falado meu nome antes. Pra ser sincero, eu estava com medo de que você não fosse querer nada comigo. Você nunca quis me conhecer, e aí vim pra Miami e descobri que você morava no mesmo prédio que eu. Não era pra eu saber como você era, mas eu sabia. Na adolescência, eu passava horas clicando em todas as fotos do seu Facebook. Qual era a chance de eu ter vindo parar no mesmo prédio que você?

— Muito remota. Não acredito em você.

Fico surpreso ao ouvir a voz dela, mas feliz por saber que ela ainda está me ouvindo.

— Eu deveria ter me apresentado direito — continuo. — Amarelei.

— Você teve muito tempo pra se apresentar, mas escolheu não fazer isso. Por que levou seis meses?

— Estava com medo.

— Do quê? Eu não sabia quem você era.

— Estava com medo exatamente disso. De dizer quem eu sou e você não querer nada comigo. Estava com medo de que ainda se sentisse da mesma maneira quando me disse que não queria ser minha amiga no Facebook, ou quando disse que não ia à minha formatura do treinamento militar. Acho que pensei que seria mais fácil se não soubesse quem eu era no início.

— Porque mentir pra mim é muito melhor.

— Não era meu plano te enganar por tanto tempo assim. A ideia era mandar aquela primeira carta pro canal de notícias e depois revelar quem eu era. Eu te via quase todo dia durante meu intervalo de almoço. Mas no dia em que planejei fazer isso, você estava sentada na mesa com a Anne, estava procurando pelo meu nome no Facebook. Então, mudei o plano. Te convidei pra jantar e ia te contar durante o encontro, mas aí você adiou o jantar...

— Ah, então foi por culpa minha que você não me contou.

O tom de voz dela está impregnado de sarcasmo. Mesmo assim, continuo:

— Não. Não foi culpa sua. Você me disse que estava indo pra San Diego, e me ocorreu que talvez estivesse tentando me encontrar.

— Então, em vez de me dizer: "Oi, eu sou o Luca e estou bem aqui em Miami", você decidiu levar isso adiante e me deixar viajar pelo país procurando por você?

— Não foi por isso que eu não te contei. Fiquei com medo de ter esperado muito tempo e você ficar brava comigo.

— Não teria ficado tanto como estou agora.

— Desculpe, Naomi. — Encosto a testa na porta. Gostaria de que ela me deixasse entrar de novo e que pudéssemos conversar sem que o segundo andar inteiro nos ouça.

— Você já disse isso.

— Você consegue me perdoar? Por favor.

— Não. Vá pra casa.

— Não posso te perder, Naomi.

— Acabou de perder.

— Por favor. Prometo que não haverá mais segredos.

— Segredos? É disso que você acha que se trata? Segredos? Você me fez sentir uma idiota e se aproveitou de mim. Como posso saber que não estava rindo de mim pelas costas toda vez que transamos sem eu ter a mínima ideia de quem você era de verdade? Queria nunca ter escrito pra você de novo. Queria ter pegado um nome diferente daquele maldito chapéu na quinta série.

Machuca ouvi-la dizer isso.

— Você tá falando sério mesmo?

— Estou. — A voz dela sai mais baixa, como se estivesse sentada no chão. Eu me abaixo para que a gente fique no mesmo nível.

— Suas cartas foram a única coisa consistente na minha vida por um bom tempo — digo. — Meus pais viviam brigando quando estavam juntos. Depois que meu pai foi embora, meu cachorro fugiu de casa e nunca mais o vimos de novo. Aí minha mãe ficou doente e faleceu no mesmo dia da minha formatura do ensino médio. Depois disso, tudo o que eu tinha eram as forças armadas e as suas cartas. Me mudei bastante durante quatro anos, mas suas cartas sempre me encontravam. Elas eram a única coisa boa na minha vida, e aí... e aí, um dia, elas simplesmente pararam. Não sei o que eu teria feito se você não tivesse me respondido depois que escrevi aquela primeira carta maldosa pra você, ou se outra pessoa que tivesse escrito pra mim. Acho que nenhuma das outras crianças das nossas turmas continuaram a se corresponder depois daqueles primeiros dois meses. Acho que, levando tudo em consideração, talvez não tivesse mudado muita coisa. Minha mãe ainda teria traído meu pai. Meu pai ainda teria ido embora e minha mãe ainda teria morrido. Não sei se eu teria entrado para as forças armadas ou namorado a Penny. Meus padrões teriam sido muito mais baixos se eu não soubesse que você existia, e talvez eu tivesse me casado com outra pessoa. Mas pode ser que não. Meu pai ainda teria entrado em contato comigo, e eu teria vindo pra Miami e conhecido os três irmãos que eu não sabia que tinha. Eu teria me mudado para este prédio de qualquer maneira, e não faria ideia de quem você era no dia em que segurou a porta pra mim. — Espero um pouco para ver se ela tem alguma coisa para dizer, mas ela fica em silêncio. — Eu provavelmente teria te convidado pra sair muito antes.

Fico encostado na porta e a espero responder, mas ela não responde. Devo ter gastado saliva à toa. Ela já deve ter se afastado há muito tempo. Não ouviu uma palavra do que acabei de dizer. Fico ali na porta por mais um tempo. Me arrependo da maneira como lidei com tudo isso. Por um momento, desejo poder voltar no tempo e me apresentar no dia em que ela segurou a porta para mim. Se tivesse feito isso, talvez não tivesse passado esse tempo com ela nessas últimas semanas. No fim, mentir para ela não valeu a pena, mas eu não trocaria o tempo que pude passar com ela por nada neste mundo. Gostaria de poder dizer isso a ela sem que soasse como se eu estivesse minimizando o que fiz com ela. Depois de um tempo, resolvo que é melhor deixá-la em paz. Eu me levanto e caminho em direção à escada.

CAPÍTULO TRINTA E UM

Diga meu nome

NAOMI

Levo um tempo para responder porque não confio na minha voz. Estou com tanta raiva dele, mas estou ainda com mais raiva de mim mesma por ter me deixado enganar por qualquer coisa que ele acabou de dizer. Enxugo os olhos e inspiro o ar, trêmula.

— Você não teria me visto em Miami — digo. — Eu nunca tinha pensado em ser meteorologista até você dizer isso pra mim. Eu estaria em outro lugar, em outro emprego.

Outro emprego que eu provavelmente não amaria tanto quanto este, mas não digo isso em voz alta. Percebo que o tempo passa e ele não responde. Espero mais um pouco. Nada ainda. Eu me levanto e abro a porta. Ele não está mais ali.

* * *

Durmo pouco. Tenho certeza de que dá para ver pela minha cara. Carrego na maquiagem de manhã, mas receio que as olheiras ainda assim vão assustar os novos telespectadores que eu conquistei quando usei o vestido verde. Em dias como esse, desejo que o canal de notícias tivesse uma maquiadora.

Fico mais agradecida do que nunca pelo copo de café que Anne me traz. Sei que disse que ela seria a primeira pessoa para quem eu contaria se Luca aparecesse na minha porta, mas estou com vergonha demais para contar a ela agora. Ainda não acredito como fui idiota por não perceber que era ele esse tempo todo.

— Que cara de cansada — comenta ela ao me entregar o café. — Alguém te manteve acordada durante a noite?

Ela diz isso dando uma piscadinha, num tom de voz sugestivo. Não sei como responder sem me entregar, então decido ignorá-la. Porém, ela não deixa passar nada. Ela se senta, arrastando a cadeira para a frente para ficar bem ao meu lado.

— Você tá triste — declara ela. — Bota pra fora.

— Eu não quero. — Fixo o olhar na tela do computador, mas não consigo focalizar. Minha visão embaça ao focar em algum lugar no ar entre minha cabeça e o monitor.

— Ei. — Ela toca no meu braço. — Você sabe que estou aqui se precisar.

— Preciso trabalhar.

— É o Luca, né? Ele... apareceu? — Ela desacelera no meio da fala.

Eu me viro e olho para ela. Não deveria ser uma surpresa para mim que ela adivinharia que é algo relacionado ao Luca, considerando que só temos falado dele nas últimas semanas. Queria que ela me deixasse processar tudo isso sozinha, mas acho que pode ser que ajude conversar a respeito disso.

— Jake não era o nome verdadeiro dele — digo. Faço uma pausa. Ela não me encoraja a continuar, só me observa pacientemente. — Ele é o Luca.

Leva um momento até seus olhos se arregalarem e então, com uma voz sussurrada, ela diz:

— Meu Deus, sério?

É o olhar de surpresa mais falso que já vi. Me sinto ainda mais idiota agora. Reviro os olhos.

— Você já tinha adivinhado, né?

Ela dá de ombros.

— Talvez.

— Há quanto tempo você sabia?

— Suspeitei desde o dia em que você adotou os gatinhos. Tinha alguma coisa nele. Sou boa em decifrar as pessoas.

Odeio que ela tenha sempre razão.

— Por que não me disse que achava que podia ser ele?

— Não queria te deixar paranoica caso eu estivesse errada.

— Me sinto uma idiota.

— Mas não é. Você só... bem, estou surpresa por não ter suspeitado, mas...

— Jake tinha três irmãos e um pai que via todo dia. Luca era filho único e o pai tinha abandonado ele. Como eu poderia saber que eles eram a mesma pessoa?

— Como foi quando ele te contou? Você ficou brava?

— Claro que fiquei brava pra caralho — retruco. — Ele mentiu pra mim esse tempo todo. Dormiu comigo, me fazendo acreditar que era outra pessoa. Nem sei quem ele é agora. Como vou poder confiar nele depois disso?

Atrás de Anne, vejo Patrick colocar a cabeça para dentro da sala. Parece que ele está prestes a falar, mas eu o interrompo.

— Agora não, Facey. Estou falando com a Anne.

Ele murmura alguma coisa sobre seu nome, se vira e sai. Anne o observa por cima do ombro, depois olha para mim com a sobrancelha erguida.

— Facey — repete ela, dando uma risadinha. Depois fica séria de novo. — Talvez você devesse dar mais uma chance pro Luca. Depois de todos esses anos de cartas mesquinhas que vocês trocaram, ele devia estar com medo de que você não quisesse nem conhecer ele.

— É sério? Você tá do lado dele?

— Não bem do lado dele. Ele é um babaca por ter mantido a mentira por tanto tempo, e é claro que eu acho que ele não deveria ter dormido com você antes de abrir o jogo sobre quem era.

— Eu não fico com mentirosos. E essa mentira é muito maior do que qualquer outra mentirinha idiota que algum ex já contou pra mim.

Anne torce a boca de um jeito que indica que está prestes a discordar do que acabei de dizer. Eu me preparo.

— De certa forma, acho que essas mentirinhas são piores — contesta ela.

— Agora você tá indo longe demais. Ele mentiu sobre a identidade dele. Acho muito difícil isso ser mais fácil de perdoar do que uma mentirinha qualquer.

— Deixa eu me explicar. Não estou falando de quando um cara diz que o seu vestido feio está bom, apesar de que eu mandaria à merda qualquer um que me deixe sair de casa feia. Estou falando das mentirinhas, tipo, dizer pro seu chefe que você tá doente por que não tá com vontade de ir trabalhar, ou dizer pra alguém que seu carro quebrou porque não tá a fim de sair. Uma mentirinha aqui, outra ali, não é grande coisa, mas alguém que conta um monte de mentiras assim costuma tornar isso um hábito. Já namorei um mentiroso patológico. Ele começou dando desculpas pra cancelar nossos encontros, em vez de simplesmente dizer que estava sem dinheiro. Eram sempre umas coisinhas assim e, quando eu confrontava, estava sendo paranoica, mas chegou ao ponto de que ele mentia tanto que eu tinha a sensação de que ele nunca estava falando a verdade. E não havia motivo para isso também. Ele me dizia que estava ajudando a mãe com alguma coisa quando, na verdade, estava bebendo com um amigo. Eu não teria ficado brava se ele simplesmente tivesse dito o que estava fazendo.

— Namorei um cara assim — comento. — Não acreditava em nada do que ele dizia.

— Não acho que Luca seja como esses caras. Ele não é um mentiroso patológico. Você teve a sensação de que ele estava mentindo pra você sobre alguma outra coisa além do nome dele?

— Como vou saber? Tenho a sensação de que não sei nem quem ele é.

— Você teve tanto trabalho pra encontrar ele. E teve uma conexão tão boa com ele. Você mesma disse. Eu não consigo acreditar que ele estivesse fingindo tudo isso. Ele estava te mostrando quem era de verdade. E daí que ele não te disse o nome dele? Ele tinha medo de que você surtasse. E quer saber? Ele não estava errado.

— Eu não ia surtar se ele tivesse aberto o jogo e me dito quem era.

— Tem certeza? Imagina como você teria se sentido se ele tivesse aparecido do nada antes de vocês se conhecerem e tivesse dito que era o Luca e que era a pessoa com quem você estava se correspondendo todos esses anos.

— Nunca vamos saber como eu teria reagido porque não foi assim que aconteceu. Em vez disso, ele mentiu pra mim e agora não consigo confiar nele.

— Você mentiu pra ele também.

— Não menti, não.

— Como explicou as viagens pra San Diego, Geórgia e pro Texas?

— Tá, mas é diferente.

— Diferente como? Tenho certeza de que não disse pra ele que estava tentando encontrar um velho amigo.

— Mas não foi bem uma mentira. Só não contei todos os detalhes. Disse pra ele que queria conhecer as praias de San Diego, e era verdade.

— Então, você mentiu por omissão. Muito parecido com...

— Não fale.

— Muito parecido com o que ele fez — completa ela, falando mais alto — quando evitou te dizer o nome dele.

— Não é a mesma coisa.

— Você também não contou a ele sobre as cartas. Estava flertando com alguém que achava que era outro cara enquanto as coisas estavam ficando mais sérias com ele.

— Isso não conta. Eu estava escrevendo pra ele, e é culpa dele que eu não sabia disso. Além do mais, eu ia contar pra ele sobre as cartas ontem à noite quando ele me interrompeu e me disse quem era.

— Talvez se você tivesse contado pra ele sobre as cartas antes, ele teria confessado antes.

Abro a boca para discutir, mas percebo que ela tem certa razão. Eu tinha escrito aquela última carta para o Luca torcendo que ele fosse aparecer na minha porta. Não sei muito bem como eu esperava que as coisas fossem se desenrolar a partir daí. Se ele fosse uma pessoa bem diferente, então quem estaria errada agora seria eu.

— Pode ser que tenha razão — digo, suspirando. — Você devia voltar pro trabalho. Preciso terminar aqui antes de entrar no ar.

* * *

A última coisa que quero é cruzar com Luca enquanto ainda estou processando tudo o que aconteceu ontem à noite e ao longo das últimas semanas. Mas é claro que as coisas não podem acontecer do jeito que quero. Ele está perto da mesa de Joel quando entro no prédio depois do trabalho. Os dois estão no meio de uma conversa que é interrompida quando passo pela porta. Dou uma olhada muito breve para eles e vou na outra direção até as caixas de correspondência. Considero pegar o elevador para não ter que passar por eles de novo. Vou comprar minha casa e me mudar em algumas semanas e então não terei que encontrar mais com ele.

Ainda nem abri minha caixa de correio quando Luca aparece ao meu lado.

— Podemos conversar? — pergunta ele.

Sem olhar para ele, abro a caixa de correspondência e puxo a pilha de cartas que foi entregue pela manhã. Examino os envelopes. Ao encontrar uma carta dele no fim da pilha, eu a pego e a empurro contra o peito dele. Ele se assusta com o ato. Pega o envelope e o olha antes de devolvê-lo.

— Você não vai nem abrir?

Eu o ignoro e me afasto das caixas de correio, mas ele entra na minha frente, bloqueando a passagem. Odeio o fato de os meus batimentos cardíacos acelerarem justo agora, como se meu coração não tivesse se dado conta de que estou com raiva dele.

— Fala comigo — diz ele. — Sei que ferrei com tudo, mas isso não pode ser o fim do que a gente tinha. O que temos é especial, Naomi. Sei que sente isso também.

Ignorando meu coração disparado, olho para ele, esperando que ele saia do meu caminho.

— Acho que bem lá no fundo, você sabia que era eu — continua ele. Levanto uma sobrancelha, curiosa com o rumo que ele dá à conversa. Ele abaixa a voz:

— Você disse meu nome.

— Como é que é?

— Você disse meu nome durante o sexo. Acho que você sabia que era eu.

Eu tinha tentado enterrar essa lembrança, mas agora ele está trazendo isso à tona e sinto meu rosto corar.

— Eu disse seu nome porque estava fantasiando com uma pessoa que achava que era outra — digo, tentando manter a voz baixa, porque Joel parece estar tentando ouvir do outro lado da recepção. — Quem sabe se você fosse melhor de cama, eu não teria feito isso?

CAPÍTULO TRINTA E DOIS

Ruim de cama

— Ai!

Essa é a reação de Anne quando conto o que disse para Luca ontem. Me sinto bem orgulhosa de ter soltado essa, mas Anne parece achar que fui longe demais.

Ele não foi ruim de cama. Eu só queria calar a boca dele. Não ligo se feri seu ego. Ele sempre foi convencido e sei que vai superar. Mesmo assim, sei que palavras podem magoar. Espero que eu não tenha causado nenhum dano permanente.

— Ele não é a vítima aqui — digo, mais como um lembrete para mim mesma do que para Anne. — E quem me magoou primeiro foi ele. O que eu disse não é nada comparado ao que ele fez comigo.

Nós duas viramos a cabeça quando Patrick entra na sala. Dá para ver que ele está um pouco hesitante em mandar Anne fazer alguma coisa depois da minha rispidez de ontem.

— Que tal a gente perguntar a opinião de um homem? — sugere Anne. — Ei, Patty...

— Não me chame assim — interrompe ele.

Ela continua mesmo assim:

— Alguém já te disse alguma vez que você era ruim de cama?

Acho que Anne não refletiu muito bem sobre essa pergunta. Patrick começa a gaguejar e seu rosto fica vermelho-vivo.

— O que... por que tá perguntando isso?

— Naomi disse pro namorado dela que ele é ruim de cama — explica ela. — Eu disse pra ela que é bem maldoso dizer isso. O que acha? Alguém já disse isso pra você?

— Esse não é um assunto apropriado para se ter no trabalho — diz ele.

— Ainda mais com o seu chefe — acrescento.

Anne arregala os olhos.

— Ai, meu Deus! Desculpe. Não tive a intenção de te constranger. Você não precisa dizer se alguém já te disse isso.

— Ninguém me disse isso — afirma ele. — É só... é só... que não é adequado.

Ele murmura alguma coisa sobre voltar ao trabalho e vai embora. Anne o observa sair da sala. Assim que ele sai, ela olha para mim e sorri.

— Ele fica tão fofo quando fica todo atordoado — comenta ela.

Quase engasgo com o café.

— Você acabou de chamar o Patrick de fofo?

Ela dá de ombros.

— De um jeito meio ursinho de pelúcia careca e mandão.

— Nada disso parece fofo, exceto a parte do ursinho de pelúcia. E acho que nunca comparei Patrick com um.

— Você tá caçando pelo em ovo. A questão é que ele ficou todo transtornado com o mero pensamento de que alguém possa pensar que ele é ruim de cama. Você disse na cara do Luca que ele é.

— Acho que não foi por isso que Patrick ficou transtornado. Ele ficou transtornado porque a funcionária estava perguntando sobre a vida sexual dele.

— Você tá mudando de assunto porque sabe que tenho razão.

— Não estou mudando de assunto. Tem noção do quanto isso foi esquisito?

— Não foi tão esquisito assim. Ele já entrou aqui durante várias conversas constrangedoras antes.

— Verdade, mas nunca o arrastamos para dentro de alguma delas.

Anne dá um tapa no próprio rosto e solta um grunhido.

— Aff! Foi esquisito, né? Você não acha que ele vai me mandar embora, acha?

— Talvez não por isso, mas se você continuar aqui conversando comigo a manhã inteira, ele vai ter um motivo justo.

Anne aproveita a deixa e se levanta.

— Agora vou ter que evitar ele pelo resto do dia. Ou da semana.

* * *

Paro no patamar da escada do segundo andar e olho para os degraus que levam ao terceiro. Em geral eu subiria para dar uma olhada no cachorrinho. Agora que sei quem o Luca é, hesito. Estou brava com ele, mas isso não significa que tenho que parar de me importar com Bruno. Depois de uma breve deliberação, subo.

O apartamento dele está mais bagunçado agora do que das outras vezes em que estive aqui. Há uma pilha de papéis na mesinha da cozinha. Eu me aproximo para ver o que é. Reconheço minha própria letra. São as últimas cartas que escrevi para ele. Levanto as páginas e percebo que são *todas* as cartas que escrevi para ele. Ele guardou todas elas. No fim da pilha está a primeira carta que escrevi na quinta série. Eu a leio e fico um pouco triste. Eu era tão legal. Tão inocente. Não fazia ideia de que ia receber uma carta tão cruel como resposta e que isso se transformaria em anos da amizade por correspondência mais esquisita que nem imaginava que podia existir. Não tinha como prever que tudo ia acabar da maneira como acabou.

Arrumo as cartas de volta onde as encontrei e vejo um envelope fechado e endereçado a mim. Decido levá-lo comigo. Afinal de contas, está endereçado a mim.

Levo o Bruno para passear, depois me sento no meu sofá com o envelope. Devolver a carta para o Luca ontem foi uma reação instintiva da qual me arrependo. A ideia de nunca saber o que está dentro deste envelope me perturbou o dia inteiro. Rasgo o envelope para abri-lo. Fico surpresa ao encontrar mais dois envelopes fechados dentro. O primeiro está com o meu último endereço de Oklahoma. Reconheço o segundo endereço como sendo da casa que meus pais tiveram antes de eu me mudar para a faculdade e eles se mudarem para um lugar menor. Cada um dos envelopes tem um selo amarelo que indica que não puderam ser entregues.

Querida Naomi,

Sei que faz um tempo que não recebe notícias minhas. A vida tem sido uma montanha-russa ultimamente. Começou quando você não me respondeu. Ou, pelo menos, eu achava que não tinha respondido. Minha ex-noiva interceptou sua carta e a escondeu de mim durante vários meses. Ela também era uma doida e, por um tempo, achei que ela era o melhor que eu poderia conseguir. Então ela jogou sua carta em mim, e foi quando eu soube que tinha me respondido. Ir me esconder com você? Esse convite ainda está de pé? Porque, se estiver, vou pegar o próximo voo.

Sei que dizemos coisas maldosas e brincamos o tempo todo (pelo menos espero que você esteja brincando), mas quero que saiba que estou falando sério.

Com amor,

Luca.

Querida Naomi,

Acho que nesse meio-tempo em que me mudei para Dallas e voltei para San Diego, você também se mudou. É um pouco estranho perceber que não faço ideia de onde você mora agora. Vou enviar esta carta para o endereço dos seus pais, caso ainda more lá. Tomara que eles consigam entregá-la a você.

Resumindo: não me casei e só vi sua última carta meses depois que a enviou.

Atualização da minha vida: no momento moro com o cara que me disse que eu não deveria simplesmente ignorar a primeira carta que me mandou na quinta série. Também moro com três crianças que gritam muito e a mãe deles que tira muitas sonecas. Preciso fugir. Alguma sugestão de para onde eu deveria ir?

Com amor,
Luca.

Achei que estava triste antes. Achei que estava com raiva. O que sinto agora é algo diferente, não consigo explicar. Queria ter visto estas cartas antes. Queria não as ter empurrado contra o peito de Luca quando ele tentou entregá-las para mim ontem e queria não o ter insultado.

Se soubesse como reendereçar as cartas, elas teriam chegado até mim. Os carimbos postais nos envelopes indicam que foram escritas na época em que comecei a desistir de ter notícias dele novamente. Foi quando eu esperava que ele fosse aparecer um dia, do nada. Acho que nunca parei de esperar que isso fosse acontecer.

Quando Luca bate na minha porta, viro as cartas como se fosse me meter em encrenca por tê-las lido. Vou até a porta para deixá-lo entrar. O azul de seus olhos está cristalino e não há indício de um sorriso no rosto. Acho que nunca o vi assim tão bravo.

— Eu poderia mandar te prender por sequestro de cachorro — diz ele. Passa por mim e pega a coleira de Bruno. Eu me viro, franzindo a testa, para observá-lo.

— Ainda não acredito que ele é surdo — digo. Ele não responde e coloca a coleira no cachorrinho. — Ele parece um cachorro normal pra mim.

Luca engata a coleira.

— Você tá me ignorando agora? É isso?

— Foi mal — diz ele. — Não queria submeter você a mais nenhuma mediocridade.

Reviro os olhos.

— Ah, é você quem tá bravo *comigo* agora? É assim que funciona? Você mentiu pra mim, Luca. Você me enganou. Não tem o direito de ficar com raiva de mim.

Ele se afasta da porta e vem na minha direção. Meu coração acelera. Não me mexo, me recusando a ser encurralada. Tenho que esticar o pescoço para olhar para ele. Ele ainda está segurando o cachorrinho, que lambe seu queixo com alegria. Ele fica me encarando, mas não é muito fácil levá-lo a sério quando está segurando um cachorrinho tão fofo. Aperto os lábios para me impedir de sorrir.

— Tenho todo o direito de estar chateado — diz ele. — Acha mesmo que é a única que tá magoada com tudo isso? Eu me apaixonei por você e te perdi.

Aí estão essas palavras de novo, me pegando desprevenida. Meu coração bate tão forte que acho que pode acabar pulando do peito. Minha mão se levanta contra a minha vontade na direção dele. Eu a forço a voltar para baixo antes de tocá-lo. Ele olha para a minha mão e depois para mim de novo. Há algo em seu olhar que me faz pensar se ele teria recuado ao meu toque.

Quero acreditar que ele só está dizendo isso para me reconquistar, mas parece que ele não está mais tentando me conquistar de novo.

— Como pode dizer que se apaixonou por mim? Você nem me conhece direito.

Ele suspira, ajeitando Bruno para longe do rosto.

— Errado. Já tem tempo que te conheço. Pode ser que no começo tenha sido só uma ideia de você. Achava que você tinha que ser tão engraçada pessoalmente quanto era nas cartas.

— Isso não é amor, é...

Ele me interrompe, continuando:

— Fiquei tão apaixonado por você que não conseguia curtir a companhia de mais ninguém, porque já tinha decidido que era você. Tentei dizer para mim mesmo que estava te colocando num pedestal, que não podia ser tão engraçada, ou bonita, ou incrível como eu imaginava que era. Antes de vir pra Miami, tinha me convencido de que estava errado em pensar que podia estar apaixonado por alguém que nunca tinha conhecido. E aí te conheci pessoalmente, e acabou que eu tinha razão. Tudo que achei que sentia era real. Me apaixonei por você de novo.

Não tenho chance de responder, pois ele se vira para a porta.

— Luca...

Ele abre a porta e olha para trás, para mim.

— Pena que pessoalmente você também é tão maldosa — diz ele. — Acho que me livrei de uma enrascada.

CAPÍTULO TRINTA E TRÊS

A amizade mais esquisita do mundo

LUCA

Fico parado próximo ao único pedaço de grama da quadra, esperando o cachorrinho fazer o que precisa para eu poder voltar para dentro e ser infeliz sem nenhuma testemunha. Disse para Naomi que me livrei de uma enrascada, mas talvez estivesse errado.

Talvez eu seja a enrascada.

Saio batido de todos os relacionamentos que tenho e deixo só um rastro de dor e amargura para trás. Faço isso desde sempre. Sempre achei que, se conhecesse Naomi, as coisas seriam diferentes. Nunca me importei em fazer com que meus relacionamentos anteriores dessem certo. Não é que eu fosse o tipo de cara que não queria se acertar com ninguém. Era porque estava esperando por uma mulher que estivesse à altura do que eu imaginava que Naomi era.

Não haveria mentiras, dissimulação, não iria fingir como me sentia só para não parecer um babaca desalmado. Achava que, quando conhecesse Naomi, tudo seria verdadeiro. E foi. Pelo menos até o momento em que eu disse para ela o meu nome.

Acho que é melhor ter acabado logo. Prefiro saber o quanto antes a me alongar ainda mais. Posso fingir que não magoa tanto quanto de fato machuca.

Levo o cachorrinho para dentro. Joel não está trabalhando, mas mesmo assim está sentado à mesa da recepção. Acho que ele não tem nada melhor para fazer. É um pouco patético. Suponho que vou acabar como ele um dia.

— Ela não destruiu seu apartamento, né? — Ele faz a pergunta sem tirar os olhos do livro que está lendo.

— Não. Só roubou meu cachorro de novo.

* * *

Faz seis meses desde a última vez que falei com Ben, por isso fico surpreso quando recebo uma ligação dele do nada. Por um momento, me pergunto se Naomi o encontrou durante sua busca por mim, mas isso provavelmente já teria vindo à tona. Atendo à ligação.

— Isso vai parecer bem aleatório, mas qual a distância de Boca Raton até Miami?

— Não é muito longe. Você tá em Boca Raton? — pergunto.

— Vão me mandar pra lá pra arrumar um projeto que minha equipe anda estragando. O que vai fazer na segunda? Quem sabe a gente não pode dar uma escapada pra almoçar.

— Posso almoçar — digo. — Contanto que seja por perto. Estou cuidando de um cachorrinho e costumo vir pra casa para levar ele pra passear no intervalo de almoço.

Ele concorda em se encontrar comigo no café. Diz que é porque olhou o cardápio deles enquanto estávamos conversando e a comida pareceu boa, mas tenho a sensação de que ele quer ver onde moro para garantir que não estou num pardieiro como o que morei na faculdade.

Na segunda-feira, chego em casa a tempo de levar o cachorrinho para passear antes de Ben aparecer na minha porta. Mostro a ele que minha casa é pelo menos um tanto quanto decente. O prédio é legal, mas meus móveis são de segunda mão. Depois de uma visita rápida, descemos para o café.

Quando entramos, vejo Naomi à mesa onde ela costuma almoçar com Anne. Achei que ela talvez fosse evitar este lugar depois de tudo o que aconteceu entre nós. Fico feliz que não é o caso. Não quero que ela deixe de fazer as coisas de que gosta só por minha causa. E talvez eu seja um pouco masoquista, porque por mais que me magoe, gosto de vê-la, mesmo que de longe.

— Preciso te dizer uma coisa — digo para Ben.

— É a respeito da ruiva que você tá encarando desde que entramos?

Dá para ver que ele está tirando sarro.

— Você se lembra da minha amiga por correspondência?

— Como não lembrar? Nunca que eu ia imaginar que vocês ainda estariam se correspondendo, mesmo muito tempo depois que todo mundo já tinha parado. — Damos um passo à frente na fila. — Por quê? Você finalmente teve notícias dela de novo?

Gesticulo na direção de Naomi.

— É ela. Naomi Light.

Ele vira a cabeça para ver.

— A ruiva? Sério? — Ele então olha para mim com os olhos arregalados, abaixa a voz e diz: — Peraí. Você veio até aqui atrás dela?

— Não exatamente.

— Como assim, "não exatamente"? Ou foi atrás dela ou não.

— Não fui. Me mudei pro prédio e ela estava... aqui.

— Ela te conhece? — pergunta Ben. — Por favor, me diga que ela sabe quem você é.

— Então, eu meio que ferrei com tudo.

— Você? Ferrando com tudo? Não me diga.

Ignoro o sarcasmo dele.

— No começo, não contei pra ela quem eu era. E agora ela não confia em mim.

Está na cara que ele não entende o quanto eu ferrei com tudo porque diz:

— Tenho que conhecer ela.

Então ele sai da fila e vai para a mesa dela. Xingo baixinho e o sigo.

— Naomi Light — diz ele, se sentando ao lado de Anne, de frente para Naomi. — Você é uma lenda.

Ela fica confusa e um pouquinho assustada. Anne se afasta dele, claramente incomodada com o estranho se intrometendo no almoço delas.

— Você já deve ter visto ela na previsão do tempo — diz Anne.

— Previsão do tempo? — Ele olha para Naomi de novo. — Como assim, você tá na TV?

Naomi olha para Ben e depois para mim. Pela expressão dela, vejo que está ligando os pontos e supondo que nós dois nos conhecemos.

— Ela faz a previsão do tempo aqui — digo para Ben.

Anne olha por cima do ombro para mim. Ben continua, se dirigindo a Anne desta vez:

— Essa moça aqui se corresponde com o meu amigo Luca desde a quinta série. Dá pra acreditar? — Ele se volta para Naomi, levando a mão ao peito de um jeito dramático. — Ainda estou traumatizado com aquela da cutícula.

— Você leu as cartas? — questiona Naomi.

— Só algumas. — Ele estende a mão por sobre a mesa. — Me chamo Ben.

Ela aperta a mão dele.

— Ben Toole?

Fico surpreso por ela saber o nome dele. Ele parece surpreso também.
— Não sabia que o Luca tinha falado de mim.
— Penny falou.
Percebo que isso não vai ser uma apresentação rápida, então me sento ao lado de Naomi. Ela se afasta para me dar espaço, mas não rápido o bastante, e minha perna encosta na dela enquanto me acomodo. Ela se afasta mais um pouco, mas ainda sinto a região da minha perna que tocou brevemente a dela. É quase o suficiente para me distrair de seu olhar fulminante para a lateral do meu rosto.
— Ela foi atrás da Penny enquanto estava me perseguindo — digo para Ben.
— Eu não estava te perseguindo.
— Meio que estava, sim — retruca Anne.
— Ele estava escrevendo cartas pra mim pro canal de notícias sem endereço de remetente — Naomi explica para Ben. — Eu só estava tentando encontrar um jeito de escrever de volta pra ele.
— Como está Penny? — pergunta Ben. — Ainda maluca?
— Totalmente pirada — responde Anne.
— Não conversamos com ela por muito tempo — intervém Naomi. — Só o suficiente para descobrir que Luca não morava mais lá.
Não estou olhando para ela, mas tenho consciência de cada pequeno movimento que ela faz. Ela passa os dedos pelo cabelo, e sinto o aroma familiar de seu xampu, tão forte como se meu rosto estivesse enterrado em seu pescoço. Preciso reunir todas as minhas forças para não encostar minha perna na dela só para ver se ela se afastaria de novo.
— E que a Naomi foi o motivo de o casamento nunca ter acontecido — Anne se intromete.
— Você foi bem longe pra encontrar um endereço — comenta Ben.
— Ela foi pra San Diego e pra uma base onde fiquei na Geórgia também — acrescento.
— Pelo menos não menti sobre quem eu era — solta ela. Depois, se vira para Ben e continua: — Ele mandou uma ameaça de morte pra mim no canal de notícias.
Ben vira a cabeça de supetão para mim. Sua expressão é de horror.
Direciono a resposta para Ben, porque não sou capaz de me virar na direção dela, com ela assim tão perto de mim. Tenho medo de fazer algo estúpido.
— Não foi bem uma ameaça de morte — argumento. — Eu só disse que esperava que ela fosse atingida por um raio.

— Pra ser sincera, quando Naomi leu, ela riu — argumenta Anne. — Eu já estava pronta pra levar a carta pro gerente.

— Vocês dois são tão esquisitos — diz Ben, balançando a cabeça. Se dirigindo a Naomi outra vez, continua: — Sabia que se não fosse por mim Luca não teria respondido aquela sua primeira carta? Acho que vocês têm que me agradecer pela amizade mais bizarra do mundo.

— Eles não são mais amigos — observa Anne. — Não tá sentindo a tensão entre eles?

Ben desvia o olhar de Naomi para mim, franzindo a testa, como se não tivesse percebido como isso está sendo constrangedor para nós dois. Eu me viro para olhar para ela bem a tempo de pegá-la me encarando, mas ela logo desvia o olhar para o outro lado.

— Caramba, você ferrou com tudo mesmo, hein? — constata Ben. — Peça desculpas pra ela. — Ele olha para cada um de nós de novo e sua curiosidade leva a melhor. — O que você fez? Arrancou cutícula da mão dela? Ameaçou matá-la?

— Já faz seis meses que ele vem morando aqui, escreveu cartas pra ela e a levou pra sair, tudo isso deixando ela pensar que ele era outra pessoa — relata Anne.

— Seis meses? Caramba. — Ben olha para Naomi. Ela está olhando pela janela ao seu lado.

Não consigo me segurar e, por baixo da mesa, coloco a mão na perna dela. Ela não tira minha mão, mas também não olha para mim.

— Acho que eu já deveria saber que ele seria um belo de um babaca pessoalmente, assim como era nas cartas — diz ela.

Suas palavras machucam mais do que um tapa na cara, mas os dois têm o mesmo efeito. Tiro a mão de sua perna. Ela olha para mim por um instante antes de olhar para Ben e Anne do outro lado da mesa.

— Eu não fiquei mentindo pra ela por seis meses — digo para Ben. — É que só tive coragem de conversar com ela pela primeira vez algumas semanas atrás.

— Não me surpreende. Você é muito banana quando se trata de falar com mulheres — fala ele. Então, se dirigindo para Anne e Naomi, acrescenta: — O que é estranho, considerando que ele era pegador até o primeiro ano do ensino médio. Nunca o vi com ninguém até Penny aparecer.

De canto de olho, vejo Naomi virando a cabeça na minha direção. Me arrisco a virar a cabeça também e encontrar seu olhar. Sua testa está levemente franzida, os lábios um pouquinho separados, como se estivesse pensando em dizer alguma coisa, mas então ela muda de ideia e sua boca se fecha. Eu me pergunto se ela lembra que foi no primeiro ano quando perguntei para ela se poderíamos ser amigos no Facebook. Eu me pergunto se ela vai ligar os pontos e perceber que perdi interesse nas minhas colegas de sala por causa dela.

Ela me encara por um momento antes de voltar a atenção para Ben.

— Você conhece o Luca desde a quinta série mesmo?

— Desde a quarta, na verdade.

— Mas vocês ficaram na mesma sala na quinta série? Você também tinha um amigo por correspondência?

— Claro. O nome dele era... — Ele coça o queixo, se esforçando para lembrar. — Andy, acho. Algo assim.

É óbvio que ela reconhece o nome pela maneira como seus olhos se iluminam.

— Andy Nicoletti?

Ben sorri.

— Você lembra o nome completo de todo mundo da sua turma da quinta série?

A boca de Naomi se abre em um sorriso.

— Não, mas cresci com Andy. A gente namorou por um tempo no ensino médio.

Sei que o ensino médio foi há muito tempo, mas não consigo deixar de me perguntar por que ela parece tão feliz quando pensa em Andy Nicoletti. Então, ela olha para mim por um breve instante, e acho que sei por quê. Deve estar tentando me deixar com ciúmes.

— Fala sério! — exclama Ben. — Não acredito que eu estava me correspondendo com o futuro ex-namorado da lendária Naomi Light.

Ela revira os olhos, ainda sorrindo.

— Não sou assim tão lendária.

— Você escreveu pra esse cara por quase vinte anos e não ficou maluca. Isso é bem lendário, se quer saber.

Ela se inclina na mesa, apoiando o queixo nas mãos.

— Por quanto tempo você se correspondeu com Andy? — ela quer saber.

— A maioria do pessoal que eu conhecia só continuou por uns dois meses.

— Tenho quase certeza de que as últimas cartas que escrevemos falamos sobre o que a gente queria ganhar no Natal daquele ano. — Ele olha para mim e acrescenta: — Você foi o último da turma a receber uma carta, o que foi engraçado, porque você nem queria escrever no começo. — Se dirigindo para Naomi novamente, ele diz: — Esse cara manteve as cartas em segredo até a oitava série, quando me mostrou aquela da cutícula.

— Não me surpreende você ser tão fixado nessa. E nem é a pior — declara Anne.

— Não consigo tirar uma cutícula sem pensar naquela carta — retorque Ben.

— Será que isso quer dizer que fiquei traumatizado? Acho que devo estar traumatizado.

— Fiquei curiosa sobre Andy Nicoletti — retoma Anne. Ela dá uma olhada para mim antes de se virar para Naomi. — Por quanto tempo vocês namoraram?

— Uns dois anos. Terminamos logo antes da faculdade.

— Ele era gato?

Naomi se recosta no assento de novo e solta um suspiro como se estivesse recuperando boas lembranças. Sei que elas só estão falando de Andy para me deixar com ciúmes, mas não consigo deixar de ficar incomodado com a ideia de Naomi se derretendo por outro cara.

— Ele era *bem* gato — responde ela.

— Eita, então ele deve ter sido aquele que escapou por entre os seus dedos — diz Anne. — A gente devia ir atrás dele depois.

— Me falem se vocês forem — pede Ben. — Quem sabe não mando uma ameaça de morte pra ele.

As duas dão risada.

— Eu gostaria de mandar uma pra ele — digo, sem conseguir me controlar.

— Opa, galera — Anne se alarma. — Vamos com calma aqui.

— Ninguém vai mandar ameaça de morte pra ninguém — diz Naomi. — Não vamos atrás dele.

— Sem graça — reclama Anne. — Ele era ruim de cama?

Assim que Anne diz isso, meu rosto esquenta. Achei que Naomi tinha dito aquilo num momento de raiva, mas se ela contou para a Anne... Preciso dar o fora daqui. Eu me levanto antes de alguém conseguir responder.

— Tem um restaurante espanhol no final da rua — digo para Ben. — A comida lá é mais gostosa. Vamos.

CAPÍTULO TRINTA E QUATRO

A exumação de Naomi Light

NAOMI

— Você precisava mesmo ter dito aquilo? — pergunto a Anne.
— Dito o quê? O comentário sobre ser ruim de cama?
— É.
— Eu não te entendo. Achei que estava brava com ele.
— Estou, mas agora ele deve estar pensando que te contei sobre a nossa vida sexual.

Ela franze a testa.

— Então, tudo bem você ficar brava com ele, mas não quer que ele fique bravo com você?
— Ele já tá bravo comigo. Você não viu? Toda vez que tinha alguma coisa pra me dizer, ele dizia pro Ben, como se eu não estivesse ali, sentada bem do lado dele.
— Não foi muito fácil decifrar ele — reconhece Anne. — Uma hora, ele te olhava com aqueles olhos fofos de cachorrinho pidão; outra hora, te encarava como se quisesse cumprir aquela ameaça de morte.
— Acho que é porque falei pra ele que ele é ruim de cama. E você simplesmente relembrou isso. Sou eu a babaca da vez?
— Vocês dois são babacas.
— Por que tá dizendo isso?
— Ele manteve a identidade em segredo. Foi uma atitude babaca. Você não contou pra ele sobre as cartas. Atitude babaca também.
— Acho que fingir a identidade é um pouco pior do que umas cartinhas inocentes.
— Inocentes? Então me explica todas aquelas cartas sensuais e o encontro secreto que você estava tentando planejar.

— Não era um encontro secreto sensual. Eu só queria conhecer a pessoa com quem me correspondi durante todo esse tempo. E acho que ele deveria ganhar outro ponto de babaquice por ter ignorado completamente essas cartas. Ele me levou a acreditar que queria me conhecer, e aí parou de me responder.

— Talvez ele nem estivesse ignorando. Pode ser que ele estivesse respondendo o seu convite toda vez que aparecia na sua porta.

— O que nos leva de volta ao fato de ele ter sido babaca por não ter me contado quem era. Podemos dar um terceiro ponto pra ele por isso?

— Só se você ganhar outro ponto por mentir pra ele sobre todas as viagens que fez. E outro pelo comentário "ruim de cama".

Solto um suspiro.

— Isso nos deixa empatados.

— Nem tudo tem que ser uma competição. Deixa essa demonstração de superioridade para as cartas e simplesmente manda a real pra ele.

Olho pela janela para o meu prédio. Luca e Ben passaram por ele agora há pouco, indo para o outro restaurante. Talvez Anne tenha razão. Isso não deveria ser uma competição. Não quero que seja. Só quero...

Paro um momento, refletindo sobre o que eu quero. Sinto saudade de escrever cartas para o Luca, mas, mais do que isso, sinto saudade do que tinha com ele quando pensava que seu nome era Jake. Odeio que o motivo por eu não ter nenhum dos dois agora é porque eles são a mesma pessoa.

Acho que só quero isso de volta. Tudo isso.

* * *

Ainda estou pensando em Luca quando chego em casa. Pego a caixa de cartas no armário e dou uma olhada nelas. Por muito tempo me perguntei se Luca tinha guardado alguma das cartas que mandei para ele. Não as vi nas duas primeiras vezes em que estive em seu apartamento, antes de saber quem ele era. Me pergunto se ele também as guarda em uma caixa no armário como eu. Talvez ele planeje queimá-las.

Por mais brava que esteja com ele, sei que jamais conseguiria destruir as cartas. Imagino que as levarei comigo em toda mudança que fizer. Provavelmente ainda as terei, escondidas no sótão, quando for uma velha viúva. Terei noventa e sete anos até lá e meu falecido marido nunca vai ter tido conhecimento do que havia na caixa. Quando eu morrer, deixarei minha mansão para os netos — sim, planejo ser rica e morar em uma mansão quando ficar velha assim. Meus netos irão andar pela casa, escolhendo as coisas que querem vender e as que querem manter quando derem de cara com a caixa.

Por um momento, irão pensar que esbarraram na pilha de cartas de amor da vovó Naomi, até lerem algumas das cartas e perceberem que não, não são cartas de amor, mas algo muito mais interessante. São cartas de ódio. Vovó Naomi tinha um inimigo que, durante décadas, escreveu cartas horrorosas para ela. Mas por que ela guardou todas essas cartas? Talvez tivesse medo de que um dia essa pessoa pudesse encontrá-la e envenená-la. Os netos então levariam as cartas para a polícia e uma investigação seria iniciada para uma morte que a princípio acreditaram ter sido de causa natural. Meu corpo seria exumado e uma nova autópsia seria realizada.

Esse é o tipo de coisa que eu teria escrito em uma carta para ele. De repente, me dou conta de que a gente talvez nunca mais escreva um para o outro. Não gosto dessa ideia. Deixo a caixa de cartas na sala e desço até a recepção. Não sei muito bem o que espero encontrar. Não acho que ele vá deixar outra carta na minha caixa de correio a esta altura.

Quando chego à recepção, vejo Luca perto do elevador. Ben não está mais com ele. Ele me observa por um momento depois que a porta se abre, então desvia o olhar e entra. Eu me forço a entrar no elevador com ele. Ficamos lado a lado, encarando a porta.

— Luca, desculpa — digo, num impulso, quando as portas se fecham.

Ele se vira para olhar para mim, e eu faço o mesmo. Ele franze a testa.

— Pelo quê?

Fico irritada por ter que me explicar. Não estou irritada com ele, mas comigo mesma, por trazer o assunto à tona. Suspiro.

— Pelo que eu disse no outro dia.

Ele levanta uma sobrancelha.

— Poderia ser um pouco mais específica?

O elevador parece abafado. Eu me pergunto se é tarde demais para retirar as desculpas. Decido seguir em frente.

— Pode ser que eu tenha insinuado que você era ruim de cama. Não disse pra Anne que você era, se foi isso que pensou quando ela fez aquele comentário. Só contei a ela o que eu tinha falado.

Ele me encara, com a expressão imperturbável, exceto pela pontinha de um sorriso no canto da boca. Odeio que ele ache isso engraçado enquanto eu ficava remoendo o assunto.

— Não precisa pedir desculpa por isso — objeta ele. Por um momento, penso que ele só vai dizer isso. Mas não. — Você só estava com raiva. — O olhar dele viaja pelo meu corpo antes de voltar para o meu rosto. — Sei que você gostou.

Fico tão brava e tão envergonhada que solto um grunhido. Isso só o faz se divertir mais ainda, e a pontinha de um sorriso se transforma em um sorriso largo. Seu sorriso me faz odiá-lo ainda mais, porque, puta merda, ele fica tão lindo sorrindo desse jeito.

— Eu te odeio — digo.

Ele tenta franzir a testa, mas parece que não consegue deixar de sorrir.

— Por que você diria uma coisa dessas?

— Você sempre foi tão arrogante, desde quando começamos a trocar cartas. Eu meio que tinha a esperança de que você fosse um ogro horrendo, mas... aff! Você deve ter ficado tão convencido quando me conheceu, e a única coisa que eu queria era transar com você.

O sorriso dele desaparece.

— Se eu era arrogante, era só porque queria te impressionar. Mas você tinha razão, sabia?

— Sobre o quê?

— Na quinta série. Eu não era sexy. Só era magro.

A porta do elevador se abre no meu andar. Começo a sair, mas ele estende a mão e seus dedos roçam no meu braço. Paro e me viro para ele, ainda sentindo seu toque na pele. Sua testa está franzida, os lábios, entreabertos, como se estivesse decidindo se vai dizer o que está se passando por sua cabeça.

— Luca?

— Você não teve um ataque de pânico.

Levo um instante para me lembrar do meu medo do elevador. Olho para as paredes de dentro dele e depois para o corredor antes de me voltar para Luca de novo.

— Verdade — digo, fazendo um aceno com a cabeça. — Acho que me senti segura.

As mãos dele deslizam pelo meu braço até alcançar minha mão e ele entrelaça os dedos nos meus. Aperto sua mão de leve antes de soltá-la.

A porta do elevador começa a se fechar e eu me afasto para que não me atinja. Mantemos o contato visual enquanto a porta se fecha, nós dois estamos imóveis. Eu me pergunto se ele está tão em dúvida quanto eu a respeito de deixar a porta se fechar entre nós. Penso em esticar o braço para impedi-la, mas não sei o que diria se fizesse isso. Deixo a porta se fechar, assim como ele.

Fico no corredor por um momento, ainda encarando a porta, ainda sentindo os dedos dele nos meus e ouvindo o eco do que ele disse antes de a porta se fechar. Ouço o ronco da polia conforme o elevador sobe até o andar de Luca.

Me afasto do elevador e, enquanto ando até meu apartamento, penso no primeiro ano de correspondência. Me pergunto se ele também releu as cartas recentemente, ou se as palavras que eu tinha esquecido que havia dito foram poderosas o suficiente para permanecer com ele esse tempo todo, esperando por uma oportunidade para serem ditas mais uma vez.

CAPÍTULO TRINTA E CINCO

Zona de amigo por correspondência

Pode ser que eu esteja louca, mas quero que ele me escreva de novo. Não sei direito como abordar o assunto. Pode parecer um pouco estranho ir transar com alguém para nem mesmo falar com essa pessoa, e do nada dizer que quero voltar a me corresponder com ele. Parece um pouco como colocar a pessoa na zona da amizade, mas pior. Será que existe algo como colocar a pessoa na zona de amigo por correspondência?

Por outro lado, acho que não se chamaria zona da amizade, considerando que já namorei com ele. Talvez zona do ex seja mais preciso. Algumas pessoas se tornam amigas depois que terminam. Algumas nunca mais se falam de novo. Em geral pertenço ao último grupo, mas não é assim que quero que as coisas terminem entre mim e Luca.

Estendo a mão e faço carinho nos gatinhos, que estão ao meu lado, lambendo os pelos um do outro. Em vez de pedir para ele se podemos voltar a nos corresponder, talvez seja melhor que eu dê o primeiro passo e escreva para ele. Afinal, fui eu quem recusou a última carta que ele me deu. Luca deve estar com medo de dar o próximo passo. Não sabe que eu já o perdoei.

Esse último pensamento me faz refletir. Será que eu o perdoei? Não pensei muito sobre isso. Não estou mais com raiva. Me pego com mais saudade dele a cada dia que passa. Só preciso encontrar um jeito de dizer isso para ele.

***

Espero Bruno começar a chorar antes de subir para pegá-lo. Não estou evitando Luca, mas ainda não quero cruzar com ele. Tenho medo de que ele me convença a deixar Bruno sozinho, ou pior, pegue sua chave de volta para que eu não tenha outra opção.

O bilhete que deixei na geladeira não está mais ali. Será que ele jogou fora ou guardou em sua caixa? Penso em bisbilhotar o apartamento para ver se consigo encontrar onde ele a guarda, mas decido não fazer isso. Trouxe outro bilhete comigo. Deixo na geladeira com o mesmo ímã.

Querido Luca,
    Peguei algo do seu apartamento. Consegue adivinhar o que é?
    — N.

Levo Bruno para passear e passo a tarde pesquisando sobre surdez em cachorros. Tento provar que ele pode ouvir, mas ele não reage a nenhum barulho que faço. Acho que é hora de aceitar que esse cachorrinho não ouve nada mesmo. Eu me sento e vejo vários vídeos de como treinar um cachorro surdo com gestos, depois tento alguns deles com Bruno. Vai dar muito trabalho, mas acho que sou capaz. Estou bem empenhada nisso quando Luca bate na minha porta.

— O que pegou do meu apartamento?

Ele não perde tempo com cordialidades. Vai direto ao ponto. Mesmo assim, penso na última vez que ficamos assim tão perto um do outro, como sua mão roçou na minha, fazendo minha pele se arrepiar, uma sensação que está presente até agora.

— Você não deveria responder uma carta verbalmente — repreendo.

— Eu deveria ter escrito essa pergunta num papel e entregado a você sem falar nada?

Dou de ombros.

— Acho que sim.

Dou um passo para o lado para deixá-lo entrar.

— Mas, falando sério — diz ele, desta vez dando um sorrisinho. — O que pegou? — Ele olha para a sala onde Bruno está brincando com os gatinhos. — Bruno?

— Não. Bom, sim, mas não era disso que eu estava falando. A propósito, ensinei ele a sentar.

Ele parece cético.

— Como? Ele é teimoso pra caramba.

— Ele faz qualquer coisa por um pedaço de queijo.

Vou até a cozinha e pego um pacote de queijo. Bruno sente o cheiro e vem correndo. Faço o gesto do vídeo. Ele abaixa o bumbum no chão e me encara com expectativa. Dou o pedaço de queijo para ele. Ele come e depois corre para o outro lado da sala para se juntar aos gatinhos.

Pela expressão no rosto de Luca, dá para dizer que ele está impressionado e talvez com um pouco de ciúme.

— Não sabia que já tinha tido cachorro — declara ele.

— Nunca tive um cachorro.

— Sério? Então você é uma encantadora de cachorros, por acaso?

— Vi muitos vídeos hoje à tarde. Além do mais, tive um furão quando era criança. Eu adorava ensinar novos truques pra ele.

Luca sorri. Ele se encosta no braço do sofá.

— Acho que seu sonho da quinta série se tornou realidade, então. Você não mencionou que queria um furão na primeira carta que escreveu pra mim?

— Também queria um gato. Agora tenho dois.

Ele solta uma risada.

— O que eu disse sobre gatos naquela época?

— Que gatos eram chatos, e por isso seriam perfeitos pra mim. Algo assim.

Olhamos para Roland e Phoebe, que estão brincando na sala com Bruno.

— Acho que eu estava errado a respeito disso. — Ele se afasta do sofá e vem na minha direção, porém passa por mim, me fazendo virar, enquanto segue para a bancada da cozinha.

— Você estava errado a respeito de muitas coisas — eu o relembro. — Por exemplo, meus pais não são irmãos.

Eu o sigo até a bancada e puxo um banco para me sentar. Quando cruzo as pernas, um dos meus pés bate no joelho dele. Ele olha para o meu pé, mas não se mexe para dar espaço. Eu também não me movo. Sinto a região do pé que encosta na perna dele esquentar. Só consigo me concentrar nisso. O calor se espalha da minha perna pelo resto do meu corpo.

Observo seu pomo de adão subir e descer antes de ele olhar para mim de novo.

— Eu era meio que um merdinha naquela época, não era?

— Naquela época? Quer dizer que não é mais?

O sorriso dele esmorece um pouco. Por um instante me pergunto se fui longe demais. Afasto o pé do joelho dele, trazendo sua atenção de volta para minhas pernas.

— Você tá lendo as cartas de novo — fala ele sem olhar para cima —, não está?

— Estou. Assim como você.

— Imaginei que você pudesse ter visto a minha caixa.

— Fiquei surpresa por você ter guardado todas aquelas cartas. Vivia me perguntando se eu era a única que guardava todas.

— A primeira eu joguei fora. Daí me arrependi e catei ela do lixo. Não consegui me livrar delas.

— Eu achava mesmo que você me odiava naquele primeiro ano — digo. — Foi só quando percebi que mais ninguém estava se correspondendo que pensei que talvez não me odiasse tanto quanto queria que eu acreditasse.

Ele olha de novo para mim, e parece que é a primeira vez que vejo aqueles olhos azul-gelo em muito tempo.

— Por que guardou as cartas se achava que eu te odiava?

Dou de ombros.

— Difícil dizer. Gosto de pensar que eu era muito sentimental, mas devia ser só uma acumuladora mesmo. Eu costumava guardar todos os meus cartões de aniversário, até minha mãe me forçar a jogá-los fora.

— Tenho mais duas cartas lá em cima se você quiser — informa ele. — São as cartas que tentei te mandar depois que você já tinha se mudado. Tentei te entregar no outro dia, mas acho que você ainda estava com muita raiva de mim. — Ele diz isso com hesitação, como se estivesse se perguntando se ainda estou com raiva.

— Ah... hum... isso vai ser constrangedor.

— O quê?

— Foi isso que eu peguei do seu apartamento.

Ele franze a testa.

— Você pegou as cartas?

— Elas estavam endereçadas a mim. — Dou de ombros.

Ele inclina a cabeça, o canto do lábio se erguendo.

— Agora estou surpreso por não ter percebido que elas não estavam lá. Quando você pegou?

— No dia depois que tentou entregá-las pra mim. Elas estavam perto de todas as outras cartas.

Ele levanta uma sobrancelha.

— Por que não disse nada antes?

— Você não estava com um humor muito amigável naquele dia, lembra?

Ele suspira.

— Pode ser que a minha reação ao seu comentário sobre as minhas habilidades na cama tenha sido exagerada.

— Há! Sabia que era por isso que estava chateado. — Não sei por que fico tão satisfeita.

Enquanto Luca se ajoelha para colocar a coleira de volta em Bruno, uma ideia me ocorre.

— Quer ler nossas cartas?

Ele olha para mim.

— Como assim?

— Tipo, a gente podia ler todas as cartas juntos. Reli algumas recentemente, mas só tenho as suas. E se a gente lesse em ordem?

— Tenho que levar Bruno pra passear.

— Ah. Esquece. Só pensei que...

— Vamos ler depois do passeio — interrompe ele.

Sorrio.

— Pego minha caixa e te encontro lá em cima?

— Boa ideia.

CAPÍTULO TRINTA E SEIS
Gentil e inocente

LUCA

Quando volto para casa, Naomi já está me esperando com uma caixa. Não sei por que ela simplesmente não entrou. Ela tem a chave do meu apartamento. Abro a porta para entrarmos. Dou comida para o cachorro enquanto Naomi se acomoda no sofá. Meus móveis não são tão bons quanto os dela. Comprei em uma loja de usados quando me mudei para cá. Não são surrados, mas nada combina com nada.

Vou até o quarto e pego minha caixa de cartas. Volto para a sala e me sento ao lado dela no sofá. Deixo bastante espaço entre nós para que ela não se sinta pressionada por mim.

Ela se inclina para a frente para abrir sua caixa, que deixou no chão, e puxa uma pilha de cartas antigas. Reconheço minha velha caligrafia infantil. É esquisito ver isso. Ela se endireita e se aproxima um pouco de mim. Digo a mim mesmo para não interpretar muita coisa desse movimento, mas consigo sentir o cheiro do cabelo dela daqui e isso me faz querer ficar um pouco mais perto e cheirá-la. Sei como a pele de seu pescoço fica quando está toda arrepiada depois de eu beijá-la bem ali. Quero experimentar isso de novo. Ela provavelmente não estaria sentada tão perto de mim se soubesse que só consigo pensar nisso.

Ela se senta sobre os pés e me entrega a pilha de cartas.

— Pode ler essas daqui — diz ela. — Vou ler as que mandei.

Entrego para ela a pilha de cartas da minha caixa. Estão em ordem cronológica decrescente. Depois que Penny jogou todas as cartas para fora da caixa, levei um tempão colocando de volta em ordem e me distraindo com a leitura. Passo pela pilha que ela me entregou. As dela estão na mesma ordem.

Ela puxa a primeira carta do fundo da pilha que lhe entreguei e começa a ler.

— Querido Luca. Estou muito animada de ser sua nova amiga por correspondência. Minha professora disse que você...

— Pare — interrompo.

Ela olha para mim com os olhos arregalados.

— Por quê?

— Não leia com esse tom de voz.

Ela franze a testa.

— Que tom?

— Você sabe do que estou falando. Você tá se fazendo parecer toda gentil e inocente. Agora vou parecer o maior imbecil quando ler a minha.

— Mandando a real: você era o maior imbecil. Esse foi o tom que imaginei quando escrevi a carta, então é o tom que vou usar.

Ela termina de ler a carta, então é minha vez.

— Merda — digo. — Minha letra era horrorosa.

— Era mesmo — concorda ela. — Imagina como eu me senti tendo que decifrar essa loucura só pra descobrir as suas palavras terríveis.

— Você deve ter ficado arrasada.

— Fiquei. — Ela faz um biquinho, exagerando a expressão de tristeza.

Preciso reunir todas as minhas forças para não me aproximar e beijá-la. Ela sorri e, por um segundo, parece que estamos de volta ao ponto que estávamos antes de eu enganá-la. Porém, não sou tão burro para achar que ela me perdoou assim com tanta facilidade. Ela baixa os olhos para minha boca durante uma fração de segundo, tão rápido que acho que pode ter sido coisa da minha imaginação. Ela pega uma mecha do cabelo, colocando-a atrás da orelha, então sorri de novo e volta a atenção para as cartas.

— Sua vez — diz ela.

Nos revezamos lendo as cartas um para o outro, rindo das coisas que escrevemos e havíamos esquecido e com vergonha de outras. O tempo passa rápido enquanto estamos lendo e, quando me dou conta, está escuro lá fora. Fazemos um intervalo só para eu levar Bruno para passear de novo. Enquanto estou na rua, Naomi fica à vontade na cozinha, e quando volto, há sanduíches de queijo. Comemos na cozinha e depois voltamos para a sala.

Me sento no sofá e ela se senta ao meu lado, tão perto que seu braço fica encostado no meu. Ela se senta sobre os pés, dobrando a perna de um jeito que fica por cima da minha. Inclino o rosto para baixo para olhar para ela, mas ela não está prestando atenção em mim. Está com uma pilha de cartas na mão, pronta para continuar lendo.

Querido Luca,
Quer saber uma coisa esquisita? Alguém deixou uma caixa cheia de banana na minha varanda hoje. Fiquei bem confusa. Também apareceram biscoitos de Natal na minha varanda durante as festas de fim de ano. Nem estamos na época das festas de fim de ano, aí não sei muito bem o que está rolando. Estou tentando descobrir se tem algum feriado relacionado a bananas que eu deveria saber.
Com amor,
Naomi.

Querida Naomi,
Alguém confundiu você com um macaco, o que não me surpreende. Foi por isso que deixaram bananas para você. Falando em frutas, fui a um pomar pela primeira vez hoje. Sabia que as pessoas pagam uma quantidade ridícula de dinheiro para colher as próprias maçãs, sendo que poderiam pagar muito mais barato na loja para alguém já fazer todo esse trabalho? Enfim, isso me fez pensar em você. Aposto que você come suas maçãs sem remover o adesivo que a mercearia coloca nelas. Você deve comer tudo, até o caroço. O cabinho também, se a maçã tiver um.
Com amor,
Luca.

Querido Luca,
É bem assim mesmo que como maçãs. Meu sistema digestivo é muito robusto. É por isso que consigo escrever para você.
Com amor,
Naomi.

Querida Naomi,
Tive uma ideia. Se ainda estiver solteira quando a gente completar vinte e cinco anos, vamos casar. Que tal? A propósito, que nome é esse: Naomi Light. Parece uma super-heroína esquisita e inventada por um cara que não corta o cabelo há três anos e usa cortador de unha para tirar as pontas duplas.
Com amor,
Luca.

Querido Luca,

Você está fazendo parecer que vinte e cinco anos é daqui a muito tempo. Não é. Faço vinte e cinco mês que vem e, a propósito, não estou solteira. Além disso, como você me pede em casamento desse jeito esfarrapado numa frase e na seguinte insulta meu nome e espera que eu aceite? Você deve estar bebendo água salgada de novo.

Com amor,
Naomi.

Ela coloca a carta no colo e olha para mim. Estamos com o rosto tão próximo um do outro que se eu me movesse só um pouquinho para a frente, alcançaria seus lábios.

— Isso foi só alguns anos atrás — diz ela. — Você já não estava noivo da Penélope quando tentou fazer esse pacto de se casar aos vinte e cinco anos?

— Não. Eu estava tentando escapar dela quando escrevi essa carta.

Ela fica quieta por um momento. Dá para ver que está pensando. Prendo a respiração, esperando suas próximas palavras.

— Você ficou bastante tempo com ela. Vocês se conheceram quando você estava nas forças armadas. Foi o que Maxwell disse.

Meu corpo enrijece. Não gosto de falar da Penny. Naomi começa a se afastar, mas coloco o braço em seu ombro e ela para de se mover.

— Ficamos juntos sem compromisso por um tempo. A gente era aquele tipo de casal que ficava indo e voltando — digo. — Nunca quis nada sério com ela.

— Então por que pediu ela em casamento?

Ela não tira os olhos de mim. Mantenho o olhar fixo nela.

— Eu não pedi.

Ela franze a testa. Dá para ver que ela acha que estou mentindo. Queria que ela não tivesse perdido a confiança em mim por eu ter escondido quem eu era.

— Ela usou o meu cartão de crédito e comprou um anel, depois começou a planejar o casamento — continuo.

Naomi revira os olhos, depois se afasta de mim para puxar uma das cartas mais recentes da pilha na minha frente. É a última que escrevi para ela antes de Penny e eu nos mudarmos para o Texas.

— Foi o que escreveu nesta carta — aponta ela. — Você espera mesmo que eu acredite que foi isso que aconteceu?

Suspiro. Nunca tive que contar a história toda para ninguém antes. A maioria das pessoas se dispõe a aceitar que quase casei com uma pessoa que era doida o suficiente para fingir um noivado. Mas Naomi merece ouvir a verdade.

— Foi um mal-entendido.

— Como assim?

— Vou chegar lá. — Tomo um gole de água para limpar a garganta antes de continuar. — Eu e Penny saímos das forças armadas mais ou menos ao mesmo tempo. Ela sabia que eu nunca me comprometeria a ir para Dallas com ela, então me seguiu até San Diego. Eu não sabia, até dar de cara com ela na universidade. Acho que ela pensou que poderia me conquistar. Eu a evitei por algumas semanas, mas ela era insistente. Dava um jeito de topar comigo todo dia. Fiquei de saco cheio dela. Ela morava num dormitório, e eu tinha meu próprio apartamento. Ela começou a passar cada vez mais tempo no meu apartamento, até que um dia me dei conta de que ela tinha se mudado pra lá. Quando a confrontei, ela ofereceu pagar metade do aluguel. Eu estava me mantendo com o benefício das forças armadas, e meu apartamento era caro, então cedi. Depois de um tempo, ela começou a se apresentar para todos os meus amigos como minha namorada.

"Não era fácil desmentir. Estávamos morando juntos, fazíamos compras juntos, íamos pra universidade juntos. A família dela até veio visitar a gente algumas vezes. Ela ficava falando sobre se mudar pra Dallas quando terminássemos a faculdade, então achei que até lá a gente já teria se separado. Acontece que ela queria que eu me mudasse com ela. Eu estava fazendo veterinária, que era um curso mais longo que o dela, então pude adiar essa conversa por um tempo. Acho que eu deveria simplesmente ter sido sincero com ela. Eu vivia dizendo pra ela que não estava pronto pra algo sério, mas acho que, depois de um tempo, imaginei que ela saberia que eu me sentia assim. Eu estava errado. Um dia, ela me ouviu conversando com Ben e achou que eu estava falando dela. Achou que a gente ia se casar."

— Como ela entendeu isso da sua conversa com o Ben? — pergunta Naomi, franzindo a testa. — O que disse que fez com que ela pensasse isso?

— Isso... — Hesito. — Não é importante. Depois de um ano, acho que ela ficou de saco cheio de me esperar fazer o pedido e começou a planejar o casamento, e usou o meu cartão de crédito pra comprar um anel para ela.

Ela se vira no sofá para ficar de frente para mim, com os olhos semicerrados.

— Não faz o menor sentido. Acho que você tá deixando de contar algum detalhe importante.

Dou de ombros, na esperança de deixar o assunto para lá.

— Ela era doida.

— Era disso que estava falando com o Ben, não era? Você estava traindo ela?

— Não. Não, não.

Ela fica séria.

— Não minta pra mim de novo, Luca. O que estava conversando com o Ben que fez ela achar que vocês estavam noivos?

Percebo que, se eu contar, ela vai me achar um doido varrido. Se eu não contar, nunca vai confiar em mim de novo. Tenho que contar para ela. Aperto os lábios, me preparando.

— Eu estava falando de você.

— De mim?

— Ben sempre soube das cartas. Ele era o mais próximo que eu tinha de um melhor amigo. Ele vivia me enchendo o saco por escrever coisas tão horríveis pra você na quinta série. Da sexta em diante, eu me achava bom pra caralho. Tinha namorada nova dia sim, dia não. A mesma coisa no ensino médio, pelo menos nos dois primeiros anos. — Faço uma pausa, soltando um suspiro. — Você vai achar isso patético.

Ela levanta uma sobrancelha.

— Mais patético do que ficar noivo de alguém sem querer?

— Aí você me pegou.

— Continue — incentiva ela.

Olho para a mesa de centro porque é difícil demais olhar para ela ao admitir isso.

— Ben começou a tirar sarro de mim porque parei de namorar no terceiro ano do ensino médio. Disse que deveria ter alguma coisa a ver com todas aquelas cartas que eu escrevia pra você. Acho que ele não fazia ideia do quanto tinha razão. Já não éramos tão próximos durante o ensino médio, mas tínhamos algumas aulas juntos, e ele percebeu que eu estava diferente. A gente não estava se falando quando saí pro treinamento militar. Cruzei com ele uns três anos depois que voltei pra San Diego. Penny não me largava. Depois ele me disse que foi bom ver que eu finalmente tinha seguido em frente e não estava mais vidrado "naquela menina da quinta série".

Gesticulo para a última carta que li na mesa de centro, aquela com o pacto de casamento aos vinte e cinco anos.

— Eu tinha acabado de escrever esta carta pra você, dois dias antes. Falei pro Ben que a gente ia se casar, que eu já tinha te pedido, e que ia deixar você escolher o anel perfeito. Acho que Penny estava passando pela sala nesse exato momento. Ela não me ouviu dizer seu nome. Achou que eu estava falando dela.

— Mas você não tinha pedido ela em casamento. Por que ela iria pensar isso, baseada numa conversa com o Ben que ela entreouviu?

Dou de ombros.

— Sei lá. Acho que ela queria tanto que isso fosse verdade que criou todo um pedido de casamento na cabeça dela.

— Mas ela com certeza ouviu o sarcasmo na sua voz quando você estava conversando com o Ben.

— Eu não estava sendo sarcástico. — Quando ela semicerra os olhos, acrescento: — Tá bom, pode ser que eu só tivesse gostado da ideia de me casar com você. Tinha a intenção de te convencer a se encontrar comigo. Casar parecia ser o próximo passo mais lógico.

— Ah, qual é — diz ela, dando risada. — Você achou mesmo que eu ia concordar em me casar com você? Eu nem te conhecia.

A risada dela tem um efeito sobre mim. Meu coração bate um pouco mais rápido e posso sentir os cantos da minha boca se esticando, até estar sorrindo.

— Coisas estranhas acontecem. Nunca disse pra Penny que eu a amava, e ainda assim ela achou que a gente ia se casar.

Naomi boceja.

— Sério? Você nunca disse essas três palavrinhas? Nem por obrigação?

— Você tá cansada? Tá ficando tarde.

Ela nega com a cabeça.

— A gente já leu bastante. Falta só uns dois anos. Não deve demorar muito. E quero saber mais sobre... — Ela cobre a boca com a mão, resistindo a outro bocejo. Quando termina a frase, as palavras saem como um murmúrio ininteligível.

Dou risada. Ela fica lindinha quando está cansada. Quero me aproximar e abraçá-la, mas me forço a ficar onde estou.

— O que você disse?

— Quero saber por que era tão obcecado por mim.

— Podemos falar sobre isso depois. A gente precisa terminar essas cartas antes que acabe desmaiando de sono.

CAPÍTULO TRINTA E SETE

Corte de papel

NAOMI

Acordo espremida entre Luca e o encosto do sofá. Minha cabeça está apoiada em seu peito e tem alguma coisa dura cutucando minha barriga. Olho para baixo e, na penumbra da sala, vejo que Bruno está dormindo entre nós. Suas patas estão todas esticadas. É a pata traseira do cachorrinho que está me cutucando.

Reposiciono Bruno para que ele não me chute mais. O cachorrinho boceja e rola para o lado, esticando a pata e chutando Luca desta vez. Ele resmunga. Eu me sento, com cuidado para não esbarrar em ninguém. As pilhas de cartas estão exatamente como deixamos em cima da mesa de centro. Olho ao redor para a sala escura, procurando um relógio.

Acho que meu movimento acorda Luca porque quando me viro para ele, seus olhos estão abertos.

— Oi — fala ele.

— Que horas são? Não queria ter dormido.

Ele toca na tela do celular, iluminando-a.

— Quase duas.

— Preciso ir pra casa. Tenho que me arrumar pro trabalho.

Ele se senta para que eu possa sair do sofá com mais facilidade, mas não me mexo. Nós dois observamos Bruno rolar dormindo do meio para a ponta do sofá. Dou risada, cobrindo a boca com a mão para tentar não fazer barulho. Então lembro que o cachorrinho não pode me ouvir. Luca encontra meu olhar e trocamos um sorriso.

Na luz tênue, suas pálpebras parecem pesadas e as pupilas estão escuras. O cabelo está desgrenhado e a barba começa a despontar no rosto. Tenho que me esforçar para não chegar um pouco mais perto dele para lembrar qual a sensação dessa barba na minha pele.

— É muito legal você ter progredido tanto com o treinamento dele — comenta Luca, se referindo ao cachorrinho. — Vai ser mais fácil encontrar um novo lar pra ele.

Meu sorriso se dissolve. É fácil esquecer que Bruno pertence ao abrigo e que Luca está apenas cuidando dele por um tempo.

— Quanto tempo até isso acontecer? — pergunto.

Ele dá de ombros.

— Pode levar meses. Semanas. Dias. Tem um evento de adoção nesse fim de semana. Acho que ele ainda não está pronto, mas vou ligar pro abrigo de manhã pra saber se querem ele lá.

— Ah. — Olho de novo para o cachorrinho dormindo. Não sei por que fico tão triste. — Pensei que eu teria mais tempo com ele.

Deslizo para fora do sofá. Luca se levanta atrás de mim. Pego minha caixa de cartas e me viro para ele.

— Gostei de ler as cartas com você — diz ele.

Afirmo com a cabeça, cansada e confusa demais para responder.

— Que tal a gente terminar de ler depois? — propõe ele.

— Claro, vamos sim.

Ele me acompanha até a porta.

— Posso te levar em casa — oferece ele ao abrir a porta para mim.

— Obrigada, não precisa. Nem tenho que sair do prédio. Além do mais — acrescento, gesticulando para a caixa que estou segurando junto à barriga —, se alguém tentar alguma coisa, posso usar a caixa pra me defender.

— Isso dá um outro significado para o conceito de usar palavras como arma.

Saio para o corredor e me viro para ficar de frente para ele. Algo mudou entre nós. Não estou mais com raiva dele. Quero que as coisas voltem a ser como eram antes de ele me dizer quem era. Quero confiar nele de novo.

Ele fica na porta, me observando arrumar a caixa nos braços. Estou enrolando. Já poderia ter me virado e ido para a escada, mas alguma coisa está me segurando aqui no corredor.

— Boa noite — digo. Apesar de ser o início da minha manhã, sei que ele vai voltar a dormir.

Eu me viro e vou para a escada. Estou quase lá quando ouço o som de passos apressados atrás de mim. Olho por cima do ombro e vejo que Luca está me seguindo.

— Eu disse que você não precisa me acompanhar...

Antes que possa terminar a frase, ele envolve meu rosto com as mãos e me beija. Ainda estou segurando a caixa junto à barriga, que fica posicionada de um jeito esquisito entre nós, e ele tem que se esticar sobre ela para me alcançar. Sinto o calor de seus lábios nos meus, e sua barba arranha meu rosto como imaginei que faria. Meu coração acelera tanto que fico com receio de derrubar a caixa.

Quando ele me solta, dá um passo para trás e empurra a porta da escada para abri-la.

— Desculpa — pede ele. — Eu só vim abrir a porta pra você, mas...

— Mas? — incentivo quando ele para de falar.

— Não queria que fosse pra casa pensando que eu não queria te beijar.

Sorrio, mas não consigo encontrar palavras para responder. Desço para o meu andar, pensando nele, no beijo, em tudo o que aconteceu essa noite.

Entro em casa e coloco a caixa no chão para poder trancar a porta. Hesito antes de virar a chave. Talvez eu esteja caçando pelo em ovo. Tenho o costume de fazer isso. Tínhamos uma conexão tão boa antes, e depois de passar a noite lendo cartas antigas com ele, parece que nada mudou. Quero muito voltar a confiar nele, então talvez eu deva parar de procurar motivos para não confiar.

* * *

— Parabéns por ser a mais nova proprietária de uma casa — pronuncia Anne, batendo a taça na minha. — Me avisa se precisar de ajuda com o financiamento. Já me disseram que sou uma ótima companhia.

É sexta-feira à noite. Acabei de passar a tarde dando uma última olhada na minha nova casa e depois assinando uma pilha de documentos até meu pulso ficar dolorido e eu ter quase certeza de estar desenvolvendo a síndrome do túnel do carpo. Quando terminei, me entregaram a chave da casa e me dispensaram. Nunca pensei que comprar uma casa poderia ser tão brochante. Agora estou em um restaurante cinco estrelas com Anne, celebrando com um jantar caro e uma garrafa de champanhe.

— Já tenho dois candidatos pra morar comigo — informo a ela. — O nome deles é Roland e Phoebe.

Ela revira os olhos.

— Gatos não contam.

— Por que não?

— Eles não pagam aluguel.

— Estou pensando em inscrevê-los numa agência de modelos animais. Tenho certeza de que eles podem conseguir um belo trabalho com todos os truques que venho ensinando a eles.

— Você é tão esquisita. — Ela toma um gole do champanhe e, ao fazer isso, seu celular vibra na mesa. Ela o vira às pressas para que eu não possa ver o que aparece na tela, mas é tarde demais.

— Patrick está te mandando mensagem? Nem sabia que você tinha o número dele.

— Mandei nossa selfie na frente da sua nova casa pra ele — comenta ela. Dá para ver que ela está tentando manter um ar despreocupado, mas seu rosto está ficando vermelho.

— Ai, meu Deus! Você gosta dele.

— O quê?! Não, claro que não. Ele é meu chefe e é praticamente careca.

Quase cuspo o champagne.

— Você disse que Maxwell era fofo.

— Quem?

— O amigo do Luca que encontramos na Geórgia. Ele era careca.

Ela dá de ombros.

— E daí? Isso não tem nada a ver com Patrick.

Sorrio, decidindo deixar para lá. Ela deixa o celular virado para baixo enquanto terminamos de jantar.

— Quando vai se mudar pra casa nova? — pergunta ela.

— A empresa de mudança vem na semana que vem. Vou começar a empacotar tudo no fim de semana.

— Legal. E o Luca?

— O que tem o Luca?

— Não se faça de boba. O que vai fazer com relação a ele?

Sorrio.

— Eu tenho um plano.

CAPÍTULO TRINTA E OITO

Fim da linha

LUCA

Estou na cama, meio dormindo, meio acordado, quando ouço a batida na porta. Me levanto, sem me preocupar em colocar uma camiseta, e vou atender. Não recebo muitas visitas aqui, e as poucas pessoas que vêm nunca apareceriam aqui assim tão tarde. Imagino que só pode ser uma pessoa, mas ainda assim fico surpreso ao abrir a porta e vê-la ali.

— Naomi.

Ela não espera ser convidada para entrar. Passa pela porta e fica na ponta dos pés para me beijar. Sua boca está com gosto de vinho. Não pergunto onde ela esteve o dia todo. Ela está aqui agora, e está me beijando, e é só isso que importa.

Sem soltá-la, estendo o braço para empurrar a porta. Ela não para de me beijar conforme andamos pelo apartamento, batendo nos móveis e tropeçando nos brinquedos de cachorro a caminho para o quarto. Quando chegamos, acabamos na cama. Ela vai tirando a roupa, entre beijos e carícias suaves, o tipo de toque que causa arrepios mesmo em um quarto aquecido.

Quando terminamos, ficamos ali deitados, a cabeça dela encostada no meu peito. Ela respira profundamente. Não consigo ver seus olhos, mas acho que ela pode ter adormecido. Eu poderia ficar assim para sempre, mas não sei se ela poderia. Sei que a magoei e ainda estou tentando me redimir.

De manhã, ela ainda está na minha cama. Eu a observo por um tempo. Não é sempre que ela pode dormir até mais tarde, então eu não a acordo. Eu me visto sem fazer barulho, depois arrumo Bruno e todos os seus pertences e o levo para a loja de animais. É sempre difícil deixar um bichinho de que cuidei ir embora. Antes de

Roland e Phoebe, cuidei de um gato adulto, e antes do gato, teve um cachorro idoso. Tento não me apegar aos animais, mas toda vez acontece, e aí volto para casa sentindo que um pedaço de mim está faltando, até trazer o próximo animal.

Acho que vai ser ainda mais difícil com Bruno. Não porque ele é mais especial do que os outros animais de que cuidei, mas porque Naomi se apegou a ele também. Ficar aqui na loja de animais com Bruno em uma cerca, esperando que seu primeiro candidato à adoção apareça, parece um pouco como entregar o animal de estimação de outra pessoa.

Agora ele vai para o seu novo lar, onde Naomi não vai ouvi-lo chorar, e não vai haver motivo nenhum para ela entrar escondida no meu apartamento e deixar bilhetinhos na minha geladeira.

Está chovendo hoje, então, em vez de deixar a cerca de Bruno do lado de fora como da última vez, estamos amontoados dentro da loja e a gaiola dele está enfileirada com todas as outras no corredor central. Tomara que a chuva forte não impeça que as pessoas venham e adotem um animal de estimação.

Estou observando a frente da loja quando as portas se abrem e uma mulher usando uma capa de chuva pesada entra. Ela tira o capuz e, por um momento, acho que estou imaginando aquele cabelo ruivo flamejante. A sensação é a mesma de quando a vi pela primeira vez saindo do prédio, quando ela segurou a porta para mim. Só que, desta vez, já tenho memorizada a maneira como ela anda e como as covinhas aparecem em suas bochechas quando ela sorri. Sem dúvida a mulher que está entrando na loja é aquela pela qual me apaixonei mesmo antes de conhecê-la.

Quando ela nos vê, seu sorriso fica ainda maior e as covinhas, ainda mais pronunciadas.

— O que você tá fazendo aqui? — pergunto. Não consigo deixar de sorrir ao vê-la.

Ela olha para Bruno, que está todo animado, pulando na grade e tentando alcançá-la. Depois, olha de novo para mim.

— Estou aqui pra adotar Bruno.

Gostaria de poder dizer a ela que sim e deixá-la passar à frente da longa lista de pessoas que já preencheram os formulários, mas não é assim que funciona. Seu sorriso desaparece quando ela vê a expressão no meu rosto.

— Bruno já tem um bocado de candidatos. Tem uma lista de espera pra ele.

Para minha surpresa, seu sorriso se alarga.

— Ah, eu sei. Já preenchi um formulário. Recebi a ligação hoje de manhã. Minha solicitação foi aprovada, e sou a primeira da lista.

Franzo a testa. Não olhei a lista de candidatos, então não posso ter certeza.

— Sério?

— Fiz o pedido para adotá-lo assim que você me disse que ele talvez fosse adotado nesse fim de semana. — Ela vai até a cerca para fazer carinho. — Eu não poderia deixar ele ir com qualquer um.

Olho para a pilha de papéis na mesa e folheio até ver o pedido dela.

— Mas você não atende todos os requisitos — digo para ela. — Bruno precisa de uma casa com jardim. Um apartamento é adequado enquanto ele é pequeno, mas ele vai ser um cachorro grande. Precisa de muito espaço.

Ela se abaixa e pega o cachorrinho, segurando-o junto ao peito.

— Vou me mudar.

Franzo a testa. Ela nunca mencionou isso antes.

— Vai?

Ela confirma, com aquele sorriso bonito ainda nos lábios.

— Vou. Comprei uma casa.

Não sei dizer se ela está brincando comigo ou não.

— Quando?

— Fechei ontem.

Não consigo pensar no que dizer. Por um lado, estou feliz por ser ela a adotar Bruno. Mas saber que vai se mudar e o fato de ela só ter me contado agora me deixa hesitante. Uma onda de emoção que não consigo descrever toma conta de mim quando penso na noite passada. Não consigo deixar de me perguntar se aquele foi o jeito de ela se despedir, uma última noite juntos antes de ela ir para outro lugar. Nem sei se ela ainda vai querer me escrever depois que ferrei com tudo.

— Onde? — pergunto. Parece que só consigo formar frases curtas, quase monossilábicas.

Ela sorri, mas o sorriso não é genuíno desta vez. Ela pega um envelope da bolsa e entrega para mim.

— Leia depois que eu sair.

Fico olhando para o envelope na mão enquanto ela finaliza a adoção com um dos funcionários do abrigo. A única coisa que há no envelope é meu nome, escrito naquela letra curva familiar dela. Não tem nem endereço do remetente.

Depois que ela sai, vou para o carro e fico ali sentado, enquanto a chuva desaba no teto. Deslizo o dedo sob a aba do envelope, abrindo-o com cuidado.

Querido Luca,

Lembra quando você mandou todas aquelas cartas para o canal de notícias sem endereço do remetente? Considere isso uma vingança. Será que vai conseguir descobrir meu novo endereço mais rápido do que eu descobri o seu?

Com amor,

Naomi.

Viro a página e verifico o envelope de novo. Depois olho por cima do ombro, procurando o carro dela no estacionamento. Claro que ela ia me dizer para ler isso depois que já tivesse ido embora. Leio a carta de novo, esperando encontrar uma pista que talvez tenha deixado passar da primeira vez, mas não há mais nada além desse bilhete provocador.

Pego o celular e ligo para o número dela, mas cai direto no correio de voz. Envio uma mensagem, apesar de já saber que ela não vai me responder. Devo procurar por ela da mesma maneira que ela procurou por mim.

Olho para os prédios distorcidos pelo para-brisa encharcado e começo a rir. Me pergunto se foi assim que ela se sentiu quando mandei aquela primeira carta para o canal de notícias.

Viro a chave na ignição e vou para casa. Quando chego lá, verifico a correspondência, mas, para minha decepção, ela não deixou nada ali para mim. Subo até o segundo andar. Bato na porta, mas ela não atende. Fico ouvindo por um momento, mas está tudo quieto. Ela já deve ter ido para a casa nova. Olho para um lado e para o outro do corredor, como se fosse obter pistas, mas nada.

Então, me lembro de uma coisa. Naomi não ficou parada à espera de uma pista cair do céu. Ela percorreu as ruas em que morei, falando com vizinhos antigos de quem nem eu me lembrava, como Carol Bell. Talvez seja isso que eu deva fazer.

Vou ao apartamento ao lado e bato na porta. Ninguém atende. Tento o apartamento seguinte, e o próximo, até que alguém finalmente atende, mas acontece que Naomi não conversava muito com nenhum de seus vizinhos e ninguém sabe para onde ela foi. Depois de bater em todas as portas de seu andar e falar com uma meia dúzia de pessoas, me sinto derrotado, mas não vou desistir ainda.

Estou indo para o elevador quando tenho uma ideia. Preciso pensar como Naomi. Então, vou pela escada, esperando que os degraus me ofereçam uma pista, mas é outro beco sem saída. Desço para a recepção. Joel está sentado à mesa, preferindo ler seu jornal a me dar atenção. Já sei a resposta, mas tenho que perguntar.

— Naomi não te falou pra onde estava se mudando, falou?

Ele franze a testa para o jornal.

— Achei que vocês dois tinham se acertado ou algo assim.

— Acho que isso é um não.

Ele faz um movimento de cabeça na direção da porta.

— Eu a vi falando com a criança mais cedo.

Olho para fora e vejo Caitlin agachada na calçada úmida, vasculhando um arbusto em busca de lagartas. A chuva parou e o sol saiu.

— Obrigado — digo para Joel. Saio do prédio. — Ei, menina.

Ela gira para ficar de frente para mim com um sorriso radiante no rosto.

— Tem um casulo no arbusto!

— Legal. Ei, por acaso Naomi disse alguma coisa pra você sobre pra onde ela estava se mudando?

— Não — responde ela sem hesitar. Começa a se virar para olhar o casulo, mas para e olha para mim de novo. — Ah! Ela queria que eu dissesse pra você que ela estava indo pro restaurante.

— Restaurante?

— Ai! Quer dizer, não era isso que ela queria que eu te dissesse. Ela só... — Caitlin solta um grunhido. — Tô estragando tudo. — Ela respira fundo, se recompondo. Quando fala outra vez, seu tom é bem diferente, como se tivesse treinado para falar: — Pode ser que ela tenha mencionado que estava indo para o restaurante.

— O restaurante espanhol?

Caitlin confirma.

— Aquele com os *huevos rancheros* gostosos.

Sorrio, achando graça de seu sotaque exagerado. Agradeço pela informação e vou em direção ao restaurante. Quando chego lá, dou uma olhada no salão, procurando por Naomi. Não a vejo. Estou prestes a ir embora, mas algo me impede. Vou até a mesa em que tomamos café da manhã algumas semanas atrás.

Na mesa, há uma porção de pacotinhos de geleia e creme para café organizados no formato de duas grandes carinhas sorridentes. Por um instante, penso que uma criança deve ter deixado isso aqui, mas aí olho com mais atenção. É uma cópia das carinhas que desenhei na areia no dia em que Naomi e eu fomos à praia. Ela até usou pacotinhos de geleia de morango para representar seu cabelo ruivo.

— Posso arrumar isso agora?

Eu me assusto com a garçonete. Não percebi que tinha alguém me observando. Ela está com as mãos na cintura, as sobrancelhas erguidas.

— Pode. Acho que consegui o que precisava.

Com a nova pista, atravesso a rua para o edifício-garagem para pegar o carro. Acho que sei para onde Naomi foi depois daqui.

Quando chego à praia, nem tiro os sapatos, vou correndo para a areia. Penso em Naomi e em como ela gritou ao correr descalça pela areia quente e sorrio. Ao chegar ao topo da duna, meus sapatos estão cheios de areia. Há muito mais pessoas na praia hoje do que quando eu e Naomi estivemos aqui. Examino a multidão por um momento, procurando um cabelo ruivo, mas ela não está aqui.

Me aproximo da água, desviando de famílias e crianças brincando. Não sei muito bem o que estou procurando, mas sei que é aqui que eu deveria estar. Paro quando alcanço uma pilha de alga que parece estar destacada do monte maior perto da água. Dou um passo para trás para ter uma visão melhor. As algas foram arrumadas no formato de um número: 1372.

Não há mais nada. Só o número. Olho ao redor da praia, procurando algo que me dê mais contexto, mas não encontro nada.

Há uma mulher deitada em uma toalha ali perto, tomando sol.

— Com licença. Você viu quem fez isso? — pergunto para ela.

Ela olha na minha direção, parecendo incomodada por eu estar me dirigindo a ela.

— Não sei — diz ela, dando de ombros.

Olho de novo para o número. Não é parte do telefone dela. Já sei disso. Talvez um endereço? Mas não há nome da rua, cidade ou CEP. Pego o celular e digito "1372 Miami" na barra de busca. Diversos possíveis endereços aparecem com vários nomes diferentes de ruas.

Suspiro ao perceber que vou ter que visitar cada um desses lugares para descobrir onde ela está. Volto para o carro e coloco o primeiro endereço no GPS. Levo quatorze minutos da praia até uma loja que parece estar fechada há algum tempo. Mesmo assim, saio do carro e vou até a porta, que está coberta por tapumes, esperando encontrar uma pista ali, mas não há nada. Volto para o carro. Agora, em vez de simplesmente dirigir até o próximo endereço da lista, coloco cada endereço no Google e verifico se é comercial ou residencial.

Se Naomi me deu parte do endereço de sua nova casa, não quero perder tempo indo a lojas velhas.

Coloco cada endereço residencial em um site de imóveis e procuro de novo. Minha nova pesquisa limita minhas opções. Há uma casa em um bairro a uns dez minutos daqui que corresponde ao endereço, e o site marcou o imóvel como vendido recentemente. Acho que é este. Coloco o endereço no GPS e vou até lá.

A casa tem um gramado verde e palmeiras na frente. O jardim dos fundos é cercado, coberto por telhas vermelhas e há uma garagem fechada, portanto, se Naomi está aqui, não terei como ver seu carro. A placa da imobiliária ainda está na frente da casa, marcada com a palavra "VENDIDO" em grandes letras vermelhas.

Estaciono o carro do outro lado da rua na frente da casa e desço. Estou pensando em ir até a porta da frente e bater quando percebo alguma coisa grudada na caixa de correio. Atravesso a rua e me aproximo dela. É um envelope branco com meu nome nele. Eu o pego da caixa de correspondência, abro e desdobro a pequena folha de papel de dentro.

Querido Luca,

Uma das minhas coisas favoritas a respeito da "gente" sempre foi sair para verificar a correspondência, imaginando se tinha uma nova carta sua. Vivia cada semana na expectativa da próxima coisa ridícula que você mandaria. Você estava sempre nos meus pensamentos, de um jeito ou de outro. Em geral, eu ficava pensando no que escreveria para você. Nos últimos dois anos, vivia imaginando para onde tinha ido e por que não me escrevia mais. Não quero perder contato de novo. Este é o meu novo endereço. Espero que sua vida seja boa. Talvez você ainda possa me escrever de vez em quando.

Com amor,
Naomi.

Encaro a carta na mão, completamente atônito, me perguntando por que ela me faria jogar esse jogo e passar por todo esse transtorno só para me dizer para ter uma vida boa e que podemos nos corresponder. Achava que as coisas estavam melhorando e que ela tinha me perdoado, mas esta carta me faz perceber que eu estava errado. Acho que escrever para ela é melhor do que nada, mas, no fundo, esperava que não fosse só isso. Não sei se vou conseguir escrever para ela sabendo como é ter muito mais do que isso, e também qual é a sensação de perder tudo.

CAPÍTULO TRINTA E NOVE

Escreva para mim

NAOMI

Ele está parado ao lado da minha nova caixa de correio, lendo a carta que escrevi para ele, quando me aproximo da esquina da minha casa. Espero até ter certeza de que ele terminou de ler a carta antes de falar.

— Ou podemos parar de perder tempo e você pode entrar comigo. — Ele se vira para olhar para mim, os olhos arregalados, e tenho certeza de que ele não sabia que eu estava atrás dele. — A gente não precisa ter pressa. Você pode me visitar e quem sabe um dia sair do seu apartamento, e a gente pode deixar bilhetes na geladeira e escrever cartas um pro outro de cada canto do sofá.

Ele me encara por um momento, apertando a carta na mão. Como ele não se mexe, começo a questionar se entendi tudo errado. Talvez não fosse isso que ele queria, afinal. Talvez a noite passada tenha significado mais para mim do que para ele. Nunca me expus dessa maneira antes e, agora que fiz isso, fico bem assustada com a falta de reação dele.

— Eu te amo — digo para ele.

Essas três palavras parecem arrancá-lo de seu torpor, e ele dá um passo na minha direção, me ergue e me beija.

Quando nos separamos, ele me coloca de novo no chão e olha para mim com a testa franzida.

— Esta carta — diz ele, levantando-a. — Achei que...

Ele não termina a frase, só balança a cabeça. Sei que foi maldade escrever uma carta assim, mas, por outro lado, nossas cartas nunca foram gentis. Acho que isso significa que ganhei a rodada.

Então ele dá risada, e me pergunto se ele se deu conta disso também. Ele me beija mais uma vez e quando se afasta, diz:

— Você não pode adotar todos os animais que eu pego pra cuidar.

Acho que isso significa que ele está dentro.

EPÍLOGO

Dois anos depois

Querida Naomi,

Devo avisar que não há uma pulseira cara dentro desta caixinha. Só não quero que fique decepcionada, ainda mais porque o que está dentro dela é muito mais importante do que qualquer joia. Antes de abrir, você precisa saber que, ao contrário do que você afirma, arrumar seus travesseiros não teve absolutamente nenhum efeito no volume e na intensidade do seu ronco. Vou dar uma dica: é uma caixa de dilatadores nasais.

Ah, merda! Me entreguei, não foi? Sou péssimo em fazer surpresas. Espero que mesmo assim goste do presente. Vou até ajudar a colocar, porque sou um cavalheiro.

Você pode comprar ração para gato a caminho de casa amanhã? Está quase acabando e você sabe como Roland fica quando a tigela dele não está cheia. Muito obrigado. Beijos.

Com amor,

Seu marido.

Ergo a cabeça para olhar para Luca, que está me observando com um sorrisão no rosto. Ele adora ver minha reação quando leio suas cartas, ainda mais quando escreveu algo para me irritar.

— Você espera mesmo que eu compre ração para gato depois de tirar sarro do meu ronco? Sério?

Ele dá de ombros.

— Os gatos são seus.

— Mas você me forçou a adotá-los — eu o lembro.

— Não forcei nada. Além disso, não tirei sarro do seu ronco. Estou fazendo um favor para nós dois.

Ele empurra a caixa para mim. Eu a pego e removo o laço da caixinha com cuidado, depois rasgo o papel de presente. Embaixo dele, há uma caixa de dilatadores nasais com um bilhete: *Brincadeira. Pode deixar que eu compro a ração.*

— Viu? Você tinha que ler a carta primeiro. Senão o bilhete não faria sentido.

Reviro os olhos, mas não consigo impedir o sorriso nos cantos da boca. Fico na ponta dos pés e dou um beijo nele.

— Além do mais, o ronco é culpa minha. Você dormia tão quietinha antes disso. — Ele gesticula para a minha barriga, distendida de sete meses de gravidez.

— Foi tudo ideia sua mesmo — concordo.

Eu o acompanho até a porta para me despedir, pois ele vai voltar ao trabalho até o fim do dia. Dou outro beijo nele e o observo sair. Ainda estou sorrindo quando ele se afasta com o carro. Já estou pensando no que colocar na próxima carta para ele. Me sento no sofá, apesar de não ter muito espaço para mim, já que Bruno ocupa metade dele. Pego o caderno, a caneta e começo a escrever.

ASSINE NOSSA NEWSLETTER E RECEBA INFORMAÇÕES DE TODOS OS LANÇAMENTOS

www.faroeditorial.com.br

CAMPANHA

Há um grande número de pessoas vivendo com HIV e hepatites virais que não se trata. Gratuito e sigiloso, fazer o teste de HIV e hepatite é mais rápido do que ler um livro. FAÇA O TESTE. NÃO FIQUE NA DÚVIDA!

ESTA OBRA FOI IMPRESSA EM JUNHO DE 2024